中公文庫

老後の資金がありません

垣谷美雨

中央公論新社

目次

老後の資金がありません

1

なんて見事だろう。

これほど華やかな花を、ほかに知らない。

後藤篤子《ごとうあつこ》は食卓に肘をついて芍薬《しゃくやく》に見とれていた。赤いベネチアングラスの花瓶が、こんなにエキゾチックな雰囲気を醸《かも》し出《だ》すとは嬉しい誤算だった。

「おい、篤子、聞いてんのか。一生に一度のことなんだぞ」

怒りを含んだ夫の声で、篤子は我に返った。

夫は楊枝《ようじ》をくわえたままこちらを睨《にら》んでいる。

「一生に一度？　そんなことわかってるってば。だけどね、結婚式に六百万円もかけるなんて、やっぱりどうかと思うよ。結婚する当人たちが出すっていうんならともかく、親が出さなきゃならないなんて変だよ」

この会話、いったい何度目だろう。娘の結婚式のことで、ここのところ毎晩この調子だ。

「お前はさやかがかわいそうだと思わないのか。向こうは金持ちのお坊ちゃんなんだぞ。肩身の狭い思いをさせる気か？　釣り合いが取れてなくて、ただでさえ引け目を感じてるだろうに」

「だって六百万だよ、六百万。芸能人じゃあるまいし」

そう言いながら、篤子はテーブルの上の食器を片づけだした。

今日の夕飯は、鰹《かつお》の刺身とカボチャの煮物と豆腐の澄まし汁だ。結婚以来ずっと夫は帰りが遅い。そのせいで、十一時を過ぎても食器洗いの家事が残る。

刺身の皿を見ると、千切り大根と大葉が手つかずのままだった。スーパーの刺身のパックに入っていたツマをそのまま皿に移し替えただけだが、それだって店側がサービスでつけてくれたわけじゃない。ちゃんと価格に含まれている。それなのに、どうして夫はこうももったいない食べ方をするのか。

元来自分は、きれいな食べ方をする男性が好きだった。どうしても苦手で食べられないものだけを残すのならともかく、夫はメインの魚や肉だけを食べて野菜に手をつけないことがある。それが下品に思えてぞっとするようになったのは、五十歳を過ぎた頃からだ。

「なあ篤子、六百万円とはいっても、両家で折半《せっぱん》するんだから三百万円ずつじゃないか。それくらいの貯金、うちにないわけじゃないんだろ？　だったら出してやれよ」

「あのね章《あきら》さん、あなたはもう五十七歳だよ。その歳になってから老後の資金を取り崩したらダメだよ」

夫のことを「章さん」と呼ぶことに決めたのは二年ほど前だ。それまでは「お父さん」と呼んでいた。あれは確か、デパートの北海道展ではぐれてしまったときのことだ。靴ずれで痛い思いをしながら混雑する中を捜し回り、やっと見つけたと思ったら、夫はジャガバターの試食をしていた。その幸せそうなマヌケ面を見た途端に頭に血がのぼり、思わず「お父さん！」と大きな声で呼んだら、何人もの中高年男性が振り返った。

世の中にはたくさんの「お父さん」がいる。呼び方を変えようと決めたのはそのときだ。子供たちが既に成人していたこともある。夫から「篤子」と呼び捨てにされていることを思うと、夫をさんづけで呼ぶのは腹立たしかった。しかし、呼び捨てが習慣になってしまうと、夫の親族の前でもつい「アキラ！」などと呼んでしまうかもしれない。年齢とともに頭が回らなくなってきているから、場面場面で呼び方を変えるなんて面倒だ。だから仕方なく「章さん」と呼ぶことに決めた。

「篤子、老後のことは、それほど深刻に考えなくてもいいんじゃないか？」

「なに言ってんのよ。定年まであと三年しかないんだよ」

夫は中堅の建設会社に勤めている。

「何度も言ったろ。俺の会社は六十五歳まで勤められるようになったんだよ」

「六十歳以降は給料が下がるんじゃなかった？」

「それはそうだけど」

「どれくらい下がるの？　半分くらい？」

「さあ、どうだっけな。年収にしたらたぶん四分の一くらいじゃないかな。だけど、退職金もあるじゃないか」

夫は食後のお茶を飲みながら、のんびりと話す。危機意識がまるでない。

「退職金はどのくらい？　二千万円くらいは出る？」

「まさか。そんなの大昔の話だよ。去年退職した流通部の部長は一千万円を切ったってさ。噂によると、退職金で残りの住宅ローンを全額返済するつもりだったらしくて、ショックを受けてたってよ」

そう言って、夫はまるで他人《ひと》ごとのように朗らかに笑う。

「そんなの初耳だよ。そういうことは、すぐに私に教えてくれなきゃ困るよ」

「早く教えたところで、退職金は増えないよ」

夫はまたもや明るく笑った。

どうしてこうも呑気《のんき》なのだろう。

「相変わらず篤子は心配性だな。人生、なんとかなるもんだよ。今までだって、篤子がしっかり家計を引き締めてくれたおかげでうまくやってこられたじゃないか。篤子がコツコツ預金して、住宅ローンをこまめに繰り上げ返済してくれたおかげで、定年前に完済できる目処《めど》が立ったただろ？　本当なら七十歳まで払い続けなきゃならなかったんだぞ。やっぱり持つべきものは金銭感覚のしっかりした女房だよな」

確かに夫の言う通り、妻である自分が知恵を絞ってやりくりしてきた。だからこそ、子供を二人とも私立大学にやることができたんだし、住宅ローンもようやっと残りあと二年と迫った。だが、ちょっとでも気を緩めたら、一千二百万円しかない預金などすぐになくなるし、そもそも年金がもらえる六十五歳までの生活費には足りない。

「章さん、私たちの世代は年金もあてにならないし、不慮の事故や天災にも備えがないと不安だよ」

妻を打ち出の小槌《こづち》か何かと勘違いしているのではないか。いくらでも捻出できると思ったら大間違いだ。

「あのな篤子、うちはいいとしてもだよ、相手の都合ってもんがあるだろ」

さやかの婚約者は商社に勤めるサラリーマンだが、実家は岐阜《ぎふ》県内でスーパーマーケットのチェーン店を手広く経営している。父親は山間部の出身で、そこはいまだに結婚式に金をかけ、近所にもお披露目する風習が残っているという。東京での披露宴も盛大にやりたいらしいが、招待客はスーパーの取引先が多いと聞いているから、結婚式を接待の場のひとつと考えていることは明らかだ。

「ともかくさ、俺はみっともないことはしたくないんだよ」

出た。夫の本音が。

口では娘の幸せのためだと言っているが、実は見栄っ張りだ。新郎側と比べて見劣りするのが嫌なのだ。日頃から、何かと格好をつけたがる。

夫は東京で生まれ育った。隣に住む人のこともよくわからないこの大都会で、虚勢を張る必要がどこにあるのか。まったく理解できない。それに比べ、自分の親族で外聞を気にする人間なんてひとりもいない。実家は山陰地方にある城下町だ。あんな閉鎖的な町で生まれ育ったにもかかわらず、人目を気にせず成長期を過ごすことができたのは、ひとえに実家の両親の考え方——自分は自分、他人は他人——のおかげだと今も思っている。

「章さん、今どき地味婚が恥ずかしいなんて言う人はいないよ。大金持ちでも簡素な式を挙げる人が多いんだから、そんな豪華にする必要ないってば」

「あのな、そもそも必要かどうかという篤子の考え方がおかしいんだよ。そんなこと言い出したら、世の中すべての儀式は不要になるだろ。日本人の伝統的な世界観として、古代からハレとケがあってだな、そして」

「そんなこと言われてもねえ」

篤子は夫の言葉を遮《さえぎ》った。そうしないと、延々としゃべり続ける。

雄弁部に所属していたような類《たぐ》いの男と、なんで結婚してしまったんだろう。若い頃は、四歳年上というだけで大人に見えた。憧れの秀栄《しゅうえい》大学を卒業しているという一点のみで、自分なんかよりずっと賢い人間なのだと疑いもせず、尊敬の念さえ抱いた。

結婚したのは、篤子が大学を卒業後、小さな商事会社の経理部で働いて二年経った頃だった。男性社員のアシスタント業務だったために、面白味を感じられないうえに、部内は中年の男性社員ばかりで、ときめく出会いもなかった。このままここで歳を取っていくのだろうか。そんな不安にかられるようになったとき、同期の女性のひとりが結婚退職した。大きな花束を抱えて、晴れ晴れとした表情で「お世話になりました」と頭を下げる彼女を見ていると、腹の底から焦りが込み上げてきた。そんな時期、知り合いから夫を紹介された。そして、半年の交際を経て結婚した。

本来、こんな男は好みのタイプじゃなかった。しみじみとそう思うようになったのは、五十歳を過ぎてからだ。いくらなんでも気づくのが遅すぎる。自分のことながら、呆《あき》れて苦笑すら漏れない。夫は何かにつけ理屈っぽいうえに、言葉の端々に歴史や政治の知識をひけらかす。それを知的だ、頼もしいなどと錯覚していられた頃が最も幸せだった。今となっては、おのれの弁に酔う横顔を見るたび、格好ばかりつけたがるこんな男が我が夫かと思うと情けなくなる。

五十歳を境に、それまで気づかなかったことが次々と明らかになっていく。

五十歳というのは、何かの節目なんだろうか。

それにしても……夫の両親への仕送りが月々九万円というのも厳しいものがある。ずっと貧乏暮らしだったというのなら同情もするが、贅沢三昧《ぜいたくざんまい》の暮らしをして預金が底をついたというのだから呆れてものが言えない。そのうえ、いまだに一流ホテルかと見紛《みまが》うような老人施設に居続ける。あの親にしてこの子ありとはよく言ったものだ。

浴室のドアが開く音がした。さやかが風呂から上がったらしい。

「お父さん、帰ってたの？　お帰りなさい」

パジャマ姿のさやかが、バスタオルで髪を拭きながらリビングに入ってきた。

「おう、ただいま」

夫はほうじ茶をぐいっと飲み干すと、「俺も風呂に入るかな」と言いながら立ち上がった。

「勇人《はやと》はまだ帰ってないのか？」

ドアに向かいかけた夫が、振り返って尋ねた。

「飲み会で遅くなるって言ってたけど」

篤子も立ち上がり、食器を流しへ運ぶ。

「何の飲み会だ?」

「知らない」と答えながら、篤子は水道の蛇口を捻《ひね》った。

「ゼミのか?」

「知らない」

「部活のか? それともアルバイト先の飲み会か?」

「だから知らないってば」

思わず声が大きくなる。夫は昔から子供たちのことは何でも篤子に尋ねる。子供が幼い頃ならまだしも、勇人は大学四年生で、さやかは二十八歳だ。子供たちの行動を逐一《ちくいち》、母親が知っているわけがない。

「すみませんねえ、なんでもかんでも篤子様にお尋ねしてしまいまして」

皮肉っぽくそう言うと、夫はバタンと大きな音をさせてリビングのドアを閉め、浴室へ向かった。

篤子は急いで食器を洗う。キッチンで湯を使うと、浴室のシャワーの出が悪くなるから、夫が脱衣所で服を脱ぎ終わる前に洗ってしまわねばならない。最新の高級マンションなら、こういう不便なことはないんだろうなあとぼんやり思う。

「お母さん、ごめんね。私の結婚式のことで、またお父さんともめたんでしょ?」

背後から、さやかの気弱げな声が聞こえた。

「ううん、そうじゃないよ。大丈夫よ」

何歳になっても心配な娘だった。

さやかは誰に似たのか、小学生の頃から勉強が得意ではなく、クラスでも中の下か、下の上といったところだった。偏差値の低い女子大にどうにか合格してホッとしたのも束の間、卒業間際になっても就職試験の面接にことごとく落ち、結局は派遣会社に登録した。しかし、派遣先でも契約を延長されることは一度もなく、それどころか一週間で馘《くび》になったこともある。頭の回転が速いとは言い難いうえに、気も利《き》かないから無理もない。気が弱いところも、子供の頃からちっとも変わっていない。

これがもしも昭和の時代であれば、個人商店の店主やその妻が、出来の悪い店員を一から叩き直してくれたかもしれない。だが、今や社員教育に力を注ぐのは大企業だけになってしまった。それ以外は即戦力が求められるから、さやかのような人間はすぐにお払い箱になる。大卒という肩書があっても、トロい人間には居場所がなくなった。

紆余曲折のあと、さやかが落ちついたのは、学生時代にアルバイトをしていた文化屋という雑貨店だった。時給は高校時代より五十円上がって九百三十円だ。少ないアルバイト代の中から年金保険料や健康保険料や携帯電話代などを支払ってしまえば、手もとにはたいして残らない。それを考えて、さやかには家にお金を入れさせていない。

今日、篤子は会社の昼休みにコンビニで買い物をした。そのときに、またもや絶望感にも似た溜め息が漏れてしまった。レジで篤子の前に並んでいた客が宅配便を頼むと、若い店員がすばやく大きさと重さを測り、レジに何やら打ち込んでから、抽斗《ひきだし》から大きなハンコを出して、パンと押した。なんの迷いもなく、一連の作業をリズミカルにこなす。この店員がさやかだったらと想像した。さやかなら慣れるまでに時間がかかるだろう。客や店長から急《せ》かされたりしたら、頭の中が真っ白になってしまうかもしれない。速く正確に処理することが厳しく求められる社会で、さやかのような人間が働ける場所は少ない。そう思うと、息苦しくなった。

気づかない間に、日本は賢い人間しか生き残れなくなったらしい。

ささやかで平凡な暮らしをするのさえ難しい世の中になってしまった。

——どうせ私は何をやってもダメな人間だ。

いつ頃からか、さやかの表情には人生への諦めのようなものが漂い始めたように思う。いったい何のために高い学費を払って大学を卒業させたのか、子供の頃からの塾やおけいこごとの費用を合算すると、教育費にいくら注ぎ込んだことか。それらすべてが無駄だったのかと今更ながら空しくなる。

——若くて可愛い。

さやかが、そう言われるのはあと何年だろう。

親の欲目かもしれないが、さやかはそこそこ可愛い顔をしていると篤子は思っている。夫に似たのだ。夫は背も高くないし足は短いし、最近は髪も薄くなったうえに太り気味で、要はイケメンとは程遠いのだが、色白で涼しげな目元をしている。外見に関していえば、さやかは親の良い部分だけを受け継いだらしい。今どきの若い女の子の多くに見られるように、さやかも骨格が華奢《きやしや》でほっそりしているから、立ち姿もきれいだ。とはいえ、昨今の目鼻立ちのくっきりしたハーフみたいな顔の女性と比べれば、地味で寂しげな印象を人に与えるかもしれないが。

さやかのアルバイト先である雑貨店の文化屋は、駅前のアーケード商店街の中にある。七十代と五十代の母娘が営んでいる店だ。客は女性ばかりで、若い男性と知り合う機会もなく、この先さやかはどうなってしまうのだろうと、篤子は不安を募らせていた。

高校までは男女共学だったが、篤子の知る限り、ボーイフレンドの影がちらついたことは一度もなかった。気の弱さや自信のなさからくるオドオドした態度や暗い表情に、十代の男の子は魅力を感じなかったのだろうか。女子大時代にしても、合コンなどとは無縁の生活をしていたように見受けられた。今はまだかろうじて二十代だが、浮いた話ひとつないまま、気づけばあっという間に四十歳……そんな嫌な予感がしてならなかった。自分たち夫婦だって、いつまでも元気でいられるわけじゃない。親が死んだあと、さやかはどうやって食べていくのか。考えるほどに暗澹《あんたん》とした気持ちになった。

さやかにも長所はある。子供の頃から家庭的な面があり、そこそこ料理もできるし、洗濯や掃除も時間はかかるが丁寧《ていねい》だ。これもまた昭和の時代であれば、おとなしくておっとりしたいいお嬢さんだと言われたのではないか。自分の頃は大学進学率も低かったから、女の頭の良し悪しなど、そう簡単にはバレなかった。それを考えると、今や隔世の感がある。

あれは確か、東京には珍しく雪が積もった日のことだった。

——会ってほしい人がいるの。

さやかが恥ずかしそうに切り出した。

聞けば、相手は英会話教室で知り合った男性だという。そもそも、さやかが英会話を習っていたこと自体、家族の誰も知らなかった。さやかはさやかで、このままでは自分の先行きが危ういと思い、悪戦苦闘していたらしい。

タチの悪い中年男に引っかかったのではないか。

咄嗟《とっさ》にそう思ったのは自分だけではなかった。

——まさか俺より年上ってことはないだろうな。

夫の苦渋《くじゅう》に満ちた顔が思い出される。

——もしそうだったら章さん、どうする？　反対するの？

——その恋愛が姉ちゃんにとって最初で最後かもしれないよ。頭ごなしに反対するのはやめた方がいいよ。

大学生の勇人までが心配して言ったものだ。

だが、そんな心配も杞憂《きゆう》に終わった。

家族一同がホッと胸を撫で下ろしたのは、相手の男性がさやかより年下で、城南《じょうなん》大学を出ていると知ったときだ。そのうえ、父親は岐阜で手広くスーパーを経営しているという。

さやかの方が四歳も年上ということに関しても、向こうの両親は反対していないらしい。このときほど「案ずるより産むが易し」という言葉が身に沁《し》みたことはなかった。

さやかが初めて松平琢磨《まつだいらたくま》を家に連れて来たとき、イケメンではないことに、篤子は密かに安堵した。そのうえ小柄で痩せていた。もしかして、いや、もしかしなくても、体重は自分より少ないと篤子は見た。琢磨は緊張していたのか、あまり喋《しゃべ》らなかったので、どういう性格かはわからなかったが、礼儀正しい挨拶や、その立ち居振る舞いから、生真面目そうな印象を受けた。

向こうの両親と顔合わせをして、正式にさやかの結婚が決まったときは、やっとこれで肩の荷を下ろせたと思った。

「おやすみ」

テレビを見ているさやかの背中に声をかけ、篤子は寝室に入った。

クローゼットの中の洋服を眺めながら、明日は何を着て行こうかと考える。黒のパンツにグレーのカットソーでいいかな。ハンガーに吊るして眺めてみると、平凡すぎて面白くもなんともない。だが、「今日の私の服装、派手だったかしら、趣味が悪いかしら、若作りしてると陰で嗤《わら》われていないかな」などと心配しないでいられる分、仕事に集中できる。そう思い直し、タンスから膝下ストッキングを出し、ハンガーの首のところにひっかけた。これで一式できあがりだ。

はい、本日の仕事はこれでおしまい。あとは寝るだけ。

朝はあまり強い方ではないので、寝る前に準備できることはすべてやっておくのが長年の習慣だ。

篤子が銀行系のクレジット会社で事務職として働くようになって十数年が経つ。身分はパートだが、平日は毎日朝九時から五時まで働き、残業する日も少なくない。

ベッドに入り、毛布も蒲団も足もとに重ねたまま、大の字になって天井を仰いだ。一日のうち、解放感に浸れるのは、寝るまでの、このわずかな時間だけだ。

ああ疲れた。今日はいつもの何倍も疲れた気がする。というのも、朝からずっと、今日は金曜日だと思い込んでいたからだ。今日一日だけ頑張れば、明日は休みだ。そう思って疲れた身体に活を入れていた。それなのに、夕方近くになってから木曜日だと気づいたときの落胆といったら……。年に何回かそういった日がある。

それにしても、たかが結婚式に六百万円とは。

両家で折半したとしても、三百万円も要る。

だけど、あの頼りなかった娘がやっと幸せをつかむんだもの。それぐらいは出してやってもいいかも。お金のことで、嫁ぎ先と気まずくなったりしたら、さやかが今後つらい思いをし続けることになるかもしれない。

この際、思いきるか。

人生最後の大きな出費と覚悟を決めたらどうだ、自分。

そのときふと、春の日の桜並木をひとり歩いた清々しさを思い出した。

――これで教育費はすべて払い終わった！

この春、大学四年生になる勇人の一年分の授業料を振り込んだ。その銀行からの帰り道だった。長年に及んだ学費の支払いから解放され、やっと子育てを終えた達成感で心が満たされていた。心地よさを心ゆくまで味わいたくて、その足でカフェに入り、たまの贅沢であるケーキセットを自分に許した。

あの授業料の支払いが、人生最後の大出費ではなかったのか。

勇人は来年、大学卒業と同時に就職する。複数の大手企業から早々に内定をもらったうえに、四年生になる前にほとんどの単位を取ってしまったから、今はアルバイトに精を出している。就職したら会社の独身寮に入るらしい。

この秋にさやかが結婚し、翌年四月には勇人が社員寮に入る。つまりそれは、夫婦二人だけの小さな暮らしになるということだ。食費だけでなく、光熱費もがくんと減るだろう。夫が定年退職したら、一千万円に届かないとはいうものの、まとまった退職金が入るし、その直前に住宅ローンも終わっているはず。政府あげて定年を延長すると言っているくらいだから、夫は会社に残れるだろう。現役時代に比べると給料は激減するだろうが、それでも小遣い以上の金額は期待できる。

考えてみると、夫が言うように、お金のことはなんとかなるかもしれない。そもそも自分は何でもかんでも心配しすぎる嫌いがある。

子供が二人とも独立したら、お金だけでなく時間の余裕も生まれるに違いない。

――自分の時間が欲しい。

――ひとりになりたい。

これまで常にそう思ってきたような気がする。

子供たちが小さかったときは、自由な時間が一時間でいいから欲しかった。子供たちの成長とともにその願いは叶ったが、それでも、いまだに家族に縛られていると感じることがある。一日二十四時間全部を自分のものにしたいと、年齢とともに、際限なく自由を渇望するようになった。五十歳の誕生日を迎えた日を境に、人生の残り時間が少ないことを常に意識するようになったからかもしれない。

母親としての生活に区切りがつき、やっと本来の自分に戻れたときは、誰しも歳を取ってしまっている。残念ながら、人生とはそういうものなのかもしれない。

しかし、夫には定年退職があるが、自分は死ぬまで家事から逃れられない。昔は三世代同居が当たり前だったから、息子が嫁をもらったら、姑《しゅうとめ》は家事から解放されたものだが、今はそうはいかない。だが、夫婦二人暮らしになれば、段違いに家事は楽になるはずだ。洗濯物の量は減るし、家族の人数が少なくなった分、部屋の埃や汚れも少なくなって掃除も簡単に済ませられる。食事にしたって、栄養さえ足りていれば、シンプルなもので十分だ。

さやかが出て行ったら、さやかの部屋を自分の部屋にするつもりだ。結婚後もちょくちょく実家に顔を出すだろうが、近いのだから、わざわざ泊まりはしないだろう。

この３ＬＤＫを購入したとき、夫婦二人だけで住む日が来るなんて想像もしていなかった。

誰にも邪魔されない居場所が確保できる。そんなのは独身時代以来だから楽しみで仕方がない。

仰向けになったまま目をつぶり、さやかの六畳の洋室を頭に思い浮かべた。壁紙を思いきってカラフルな幾何学模様にしたらどうだろう。大胆な花柄でもいいかも。

あの子が卒業アルバムなどの思い出の品を実家に置いていくとしても、ダンボールひと箱くらいにまとめてもらいたい。ベッドはあの子のをそのまま使うことにしよう。自分のベッドの方が上等だが、さやかのは下に抽斗がついているから便利だ。自分のはいっそ処分してもいい。そうすれば、夫はこの寝室をひとりで広く使えるし、家具の配置を変えて書斎らしくすることもできる。

目を開けてベッドサイドに手を伸ばし、神田《かんだ》サッキから借りたハウツー本『結婚式のマナーと常識』を手に取った。サツキはフラワーアレンジメント教室の仲間だ。

仰向けに寝転んだまま本を開くと、小さな紙片がぱらりと落ちてきた。スーパーのレシートだった。きっとサツキが栞《しおり》の代わりに使っていたのだろう。最近のレシートは、商品名が詳しく書かれているうえに、印字が鮮明だ。

鰺《あじ》、大根、キビナゴ、舞茸、生姜《しょうが》……。

昭和の香りがするサツキのイメージに、あまりにぴったりで、思わず笑いが漏れた。

えっ、台湾《たいわん》バナナ？

五百八十円もするのに？

レシートを穴が開くほど見つめた。

うちはいつも二百円前後のフィリピンバナナだ。台湾産なんて何年も食べていない。それなのに、あの節約家のサツキが、どうして台湾バナナを買ったりしたんだろう。

彼女は、普段から無駄な物は一切買わないし、服装はといえば、いつもセーターとジーンズだ。季節によってセーターがポロシャツやTシャツに変わることはあっても、一年を通じてほとんど変わり映えしない。それも、初めて会った三十年近く前からずっとそうなのだから筋金入りだ。美容院へも行かず、髪が伸びたら自分で適当に切る。少々不揃いでも、ポニーテールだからバレないとあっけらかんと言う。サツキの子供たちが幼かった頃も、サツキが切ってやっていた。質素倹約とは彼女のためにある言葉だ。

たぶん台湾バナナは、知り合いの誰かが病気で、そのお見舞いに持っていったのだろう。見栄を張らないサツキならやりそうなことだ。果物屋でまともな果物カゴを買うと、びっくりするほど高くつくもの。

そんなことを考えながら、いつの間にか寝入ってしまった。

2

その日は朝から蒸し暑かった。

公民館の一室は、鮮やかな青紫で溢れていた。

「紫陽花《あじさい》は五十以上の品種があるんですよ」

鈴を転がすような講師の声で、みんな一斉に顔を上げた。

フラワーアレンジメント教室の講師は七十代だ。年齢相応の皺《しわ》はあるが、この年代にしては珍しく彫りの深い美人で、ボリュームのある白髪《しらが》のショートカットがよく似合っている。立ち居振る舞いも優雅で、ひと目見て上流階級の出だと思わせる。

「みなさん、驚くなかれ。これは『城ヶ崎《じょうがさき》』という品種なんですよ」

教室のあちこちからざわめきが起こる。というのも、講師の名前が城ヶ崎綾乃《あやの》だからだ。

「この紫陽花、先生みたいにきれいですよう」

誰かが言うと、あちこちで笑いが起こった。

「あら、今の笑うところでしょうか。正しい意見だと思いますわよ」

城ヶ崎は、澄ました顔でそう言ってのけたあと、自分でもプッと噴き出した。

篤子もサツキと目を見合わせて笑った。席は自由だが、いつの間にか、毎回同じ席に座るようになっている。ひとつの長机を二人で使うのだが、篤子は今日も最後列の出入り口に近い席で、神田サツキは窓際だ。

サツキと初めて出会ったのは、区役所主催の赤ちゃん教室だった。そのとき篤子は二十五歳で、サツキは二十三歳だった。初めての子育てで、「誰か助けて」と叫び出したくなるような不安な日々を過ごしていたから、すがるような思いで参加したのだ。それなのに、講演に来た男性医師は、母親たちを見下したような物言いに終始し、内容も育児雑誌で読んだことのある常識的なものばかりだった。隣の席に座っていたサツキの暗い目から、自分と同じ屈辱感を読みとったとき、傷心が怒りに変わった。このままでは気持ちが収まらないとばかりに、サツキを誘って赤ん坊連れで喫茶店へ入り、初対面にもかかわらず、共通の敵のおかげで一気に打ち解けた。

　サツキが生け花教室に通っているのを知ったのはそのときだ。教室は月に一度で、その日が唯一、夫に赤ん坊を預けて自由になれる日だという。公民館の主催だから、花代の実費のほかに千円で済むことが、篤子の背中を押した。

　早いもので、互いの第一子は二十八歳になった。子供たちの学区が異なっていたので、成績を比べることがなかったのも、長くつき合いを続けてこられた理由のひとつかもしれない。一定の距離を保ったままのつき合いだから、気楽な関係でいられた。

　その間、生け花教室はいつの間にかフラワーアレンジメント教室と名を変え、講師は何度か変わった。

　知りあった当初から、サツキ夫婦はパン屋を営んでいた。教室から持ち帰った花を店先に飾っているから、客と花の話が弾《はず》むこともあるという。花も少しは商売に役立っているらしい。自分はといえば、玄関やリビングに飾るだけだから実益はないが、花を愛でる習慣は、子供たちの成長にも良い影響を与えてきたのではないかと思っている。

　二年ほど前に講師が城ヶ崎に変わってから、花の種類も変わった。子供時代から馴染みのある花——鳳仙花《ほうせんか》にポンポンダリアに金盞花《きんせんか》、浦島草にグラジオラスなど——が多く採用されるようになった。聞いたこともない横文字の花とは違い、昭和時代を思い出して懐かしくなる。サッキの店でも、年配の女性客に受けがいいらしい。

フラワーアレンジメント教室の帰りに、サツキと二人でカフェか甘味喫茶に寄るのが長年の習慣となっている。

「私は抹茶クリーム白玉あんみつにする」

カロリーオーバーだが、月に一回くらいはいいことにしよう。若い頃はこれくらいで太りはしなかったのに、今は食べた分だけきっちり贅肉になる。以前は太った中年を軽蔑《けいべつ》していたが、自分が歳を取ってみて初めて、若い頃の何倍も自分に厳しくしなければ体形を保てないことを知った。四十代の頃は、あれこれダイエットを試しては挫折を繰り返したが、今ではあきらめの境地に達している。

「私はいつもと同じで、ところてんにします」

羨ましいことに、サツキは甘いものが苦手だ。だからか、いまだに少年のような体形を保っている。

初めて会ったときから今日までずっと、サツキは篤子に対して敬語を使っている。篤子より二歳下だからか。もしかして篤子が大卒でサツキが高卒だからなのか。それとも、さやかの誕生日がサツキの長男より五ヶ月早いからか。零歳児《ゼロ》は月齢で成長の差が大きいから、知りあった頃は、母親として先輩と後輩といった雰囲気が歴然とあったものだ。

「篤子さん、そのジャケット、素敵ですね。どこで買ったんですか？」

「通販よ」

「いくらだったんですか？」

こういうことを、サツキは平気で尋ねる。

最初は面食らったが、サツキには篤子の生活レベルを詮索する気など毛頭ないことが、そのうちわかってきた。生活の知恵として、通販や近所の店の価格帯など様々な情報を得たいという、家計を預かる主婦としての真面目な気持ちからだった。

「半額セールで八千円。綿百パーセントだから肌触りがよくて気に入ってるの。サツキちゃんのポロシャツもいいじゃない。そのブルー、すごく似合ってるよ。ユニクロ？」

篤子も、サツキにだけは遠慮《えんりょ》なく尋ねるようになった。

「ユニクロはやめました。高いですもん」

「高い？　ユニクロが？」

「最近はしまむらかライフですよ。それも、セールのとき」

サツキはさらりと言ってのける。

「ライフって、スーパーのライフ？」

「そうです。一階は食料品売り場ですけど、二階は衣料品を売ってるんですよ」

「それは前から知ってるけど……へえ、あそこで。サツキちゃんと話すと勉強になるよ」

皮肉でもなければバカにしているのでもない。次に買い物に行ったときは、二階も見てみようと決める。

「城ヶ崎先生の髪型、今日もキマってましたね。あれはカツラなんでしょうか」

「たぶんね。五十代の私でさえ最近は頭のてっぺんがぺしゃんこになってきたのに、七十代であの髪の多さはおかしいよ」

「ときどき髪型が変わるってことは、カツラをいくつも持ってるってことですよね。オーダーだと、ひとつ二、三十万円もするって聞いたことあります」

「この世の中、ほんと格差あるよね。私はあんなゴージャスな七十代にはなれない。先立つものがないもの」

城ヶ崎があの年齢でまだ働いているのは、決して生活のためなんかじゃない。働くのが好きなのだ。華やかで楽しげな雰囲気を見ていれば、誰だってわかる。

「ああいう生き方、羨ましいです。お金持ちの奥様はみんな所帯じみてないですもんね」

「やっぱり女は顔なのかな」

言った途端に自分でもおかしくなって、篤子は笑った。いい歳をして、まるで女子中学生みたいなことを言ってしまった。

だが、サツキはニコリともせず、真面目な顔で言った。「うちの祖母が『女の顔は運命なり』ってよく言ってました。城ヶ崎先生くらいの美人となると、大金持ちの男性に見初められたんでしょうね」

「そうね。そして一生涯、豊かな生活が保障される」

注文した品が運ばれてきた。

「そういえば、お宅のさやかちゃん、お式はどこで挙げるんですか？」

「麻布《あざぶ》寿園《ことぶきえん》でやりたいって、新郎側は言ってるんだけどね……」

式場はとっくに予約済みだとさやかは言った。向こうが最初から麻布寿園以外はダメだと言っていたのだから、反対する余地などなかった。

──お前の好きなようにやればいいよ。一生に一度だからな。金のことは心配するな。

夫はさやかに、そう言いきった。

篤子は、娘の嬉しそうな顔を見て、喉元まで出かかった言葉──老後の資金が減る──を引っ込めてしまった。

若い二人の人生のスタート地点が、そんなことでいいんだろうか。仮に本人たちが自分の貯金から出すのなら、もっと吟味して大切に使うのではないか。結婚の話が出た当初は、さやかのことだからきっとお金をかけない手作りの結婚式にするだろうと思っていた。そして、お祝いは奮発して思いきった額──といっても百万円くらい──を出してやろうと決めていた。最初から親の懐を期待するとは考えもしなかった。もちろん、親としてできる限りのことはしてやりたいとは思っている。

だけど……何かが違う。

同じ大金を使うなら、性能のよい家電を買い揃えるとか、いつか家を買うときの頭金の一部にする方が有効な使い方だと思う。百歩譲って、結婚は一生に一度のことだから思いきって贅沢をしたいというのなら、新婚旅行は世界一周にして見聞を広めたらどうだろう。そういうのが生きたお金の使い方ではないだろうか。それとも、自分の考え方は古いのか。篤子は、たかが数時間の披露宴に六百万円も使うことに、どうしても抵抗を覚えてしまうのだった。だから、夫にも訴えてみたのだが……。

——そんなの価値観の違いだよ。自分の考えを押しつけるなよ。

即座に一蹴されてしまった。

「麻布寿園は都心のど真ん中にあるとは思えないですね。庭が広くて自然が残っていて」

「サツキちゃん、行ったことあるの？」

「いつだったかテレビで見たんです。由緒ある建築物で指定有形文化財ですって。さやかちゃんのお相手の方、確か手広くスーパーを経営してらして、お金持ちなんですよね？」

「お金持ちなのは親御さんだけよ。新郎本人は商社に勤めている普通のサラリーマンなの」

それにしても……新郎側の親が大金持ちで、商売上の都合で盛大に披露宴をやらねばならないというのなら、全額そっちで負担してくれてもいいじゃないか。

——篤子、そんなこと言ったら足もと見られるぞ。

——足もとって、何よ。

——さやかが育ちの悪い娘だと思われるんだよ。

夫と言い争った夜を思い出す。

「さやかちゃんたちは、いつかは実家のスーパーを継ぐんでしょう？」

「今のところは、そういった話は聞いてないけどね」

琢磨には優秀な姉がいると聞いている。アメリカの大学を出てネット販売の会社を起業したというから、将来は婿養子をもらって実家を継ぐのではないかと、篤子は夫と二人で勝手に想像を巡らせていた。

「もし実家を継ぐのであれば、招待客をたくさん呼ぶのは、さやかちゃん夫婦の将来にも役立つことですよね」

「そうか、そうとも言えるわね」

「で、篤子さんのダンナさんは、花嫁の父としての心境はどうなんです？　かわいい娘を取られたくなくて、お婿さんのことを、気に入らないとかおっしゃってません？」

「そうでもないのよね。気に入ってるみたいよ」

松平琢磨の人柄そのものを気に入ってるわけじゃない。たぶん親の資産だとか、マツダイラという苗字だ。琢磨は落ちついているし、ソツがなくて礼儀正しい。だがその反面、冗談のひとつも言わない。もっとざっくばらんで明るい性格の男性だったら、どんなによかっただろうと篤子は思う。

——そのうち打ち解けた態度も見せるだろうさ。

夫はそう言うが、琢磨は何度会っても頑《かたく》なな態度を崩さない。いまだに笑顔を見たことすらない。

「実はね、うちの知行《ともゆき》も結婚が決まったんですよ」と、サツキが嬉しそうに言った。

サツキには三人の子供がいる。知行はさやかと同い年で消防士だ。三歳下の葉月《はづき》は歯科衛生士で、その二歳下の睦月《むつき》は看護師だ。

「おめでとう。男の子にしては早いね。もしかして、できちゃった婚とか？」

「残念ながら違います。知行の友だちは早く結婚する子が多いんですよ」

「そうか、そうよね。私たちの世代で言えば全然早くないもんね。で、知行くんのお相手はどんな人なの？」

「高校時代の同級生です。同じクラスにはなったことがなくて、顔と名前くらいしか知らなかったらしいんですけど、去年の同窓会で意気投合したみたい」

「知行くんはモテるでしょうね。サツキちゃんに似て可愛い顔してるもん」

奄美《あまみ》大島の出身だからか、サツキは丸顔で目がぱっちりした南国風の顔立ちだ。

「そんなことないですよ。子供の頃は可愛いかったけど、大人の男性としてはどうだろ」

「知行くんは結婚式はどこで挙げるの？」

気になって尋ねた。

「親にはちっとも相談してくれません。主人が『本人たちの好きなようにさせてやれよ、姑根性出して口出しするなよ』って」

そう言ってサツキは笑う。「嫌ですねぇ。姑根性ですって。もう私もそんな歳になったんですね。私たち夫婦は、招待客と同じように、当日式場に行くだけなんですよ。寂しい気もするけど、店が忙しいから助かります」

「それは知行くんがしっかりしている証拠よ。それで、費用はどれくらい援助するの？」

普通なら聞きにくいことでも、サツキが相手なら平気だ。

「三十万円くらいかな」

「ほんと？　そんなに……」

——そんなに少なくていいの？

言葉を呑み込んだが、サツキは敏感に察したようだった。

「私としては、かなり奮発してるつもりなんですけど」

サツキはそう言うと、ところてんをつるりと食べた。「篤子さんは、もっと出すの？」

「うん、まあね」

「どれくらい？」

「結婚式と披露宴だけでも六百万円はかかりそうなのよ。その中で新婦にかかった分を出さなきゃならないから」

そう言うと、サツキは大きな黒目勝ちの目をいっそう見開いた。

「六百万円？　それ、本気で言ってます？」

「やっぱり多いよね」

「だってほかにもたくさんかかるでしょう？　新婚旅行や新居や家電や家具なんかはどうするんです？」

「それは……」

やっぱりその分も親が出さなければならないのだろうか。

「いくらなんでも、そこまで親が出すってことはないですよね。お相手もしっかりしていらっしゃるし、ご実家はすごいお金持ちだし。それに、さやかちゃんも結構貯めてるんじゃないですか。自宅通いだもの」

慰めるかのように、サツキは早口になる。

「さやかの貯金なんて、たかが知れてるよ」

先月だったか、さやかに直接尋ねてみたら、預金通帳を見せてくれた。洋服やバッグなども何年も前に買ったものを使い続けているし、若い娘にしては、おしゃれにもさほど関心がない方だ。だが大学を卒業後は派遣登録したものの仕事の依頼がない時期も長かったし、今のアルバイトの時給も低いから、大学を出て六年経っても、やっと百八十万円が貯まったところだった。

「知行くんはどう？　貯金してる？」

「もちろんです。子供の頃から、親が貧乏だから決して頼れないぞって悟ってたんだと思います。それに、知行は専門学校卒ですから、社会人になって既に八年目になるんです。その間ずっと自宅通いだし、おしゃれにも興味ないし、車だって中古の小型車で満足してますからね、結構貯めてると思います」

「どれくらい？」

「少なくとも一千五百万円は貯めてると思いますよ」

「……すごい」

「そうでしょうか。働いて丸七年として計算すると、一千五百万円を七で割ると年に約二百万円、家に月五万円入れてくれているけど家賃も要らないし、ご飯も家で食べてるし……あれ？ もっと貯めてるかも」

「だったら結婚式も盛大にすればいいのに」

願望を込めて言ってみた。夫が言うように、ハレの日には、それまで貯めてきたものをドンと使ってしまうのが普通なのだと思いたかった。

「相手のお嬢さんが地味婚にしたいって言うんですって。だからたぶん披露宴は、レストランを借り切って簡単に済ませるんじゃないかと思います」

「でも、お相手の親御さんは、それでいいわけ？」

いつの間にか責め口調になっていることに気づき、篤子は慌てて笑みを頰に乗せた。

「そりゃ自分の娘が地味婚を望んでるんですから文句は言えないでしょう。それに、結婚式は新婦の好きなようにやるのが一番いいと思うんです。なんせ主役なんですから」

「サツキちゃん、きっと、いいお姑さんになるよ」

「そうですか？」

サツキは素直に嬉しそうに微笑んだ。

みんながみんなハレの日に散財するのなら仕方がないと思える。だが、知行くんのように、預金はたんまりあるのに地味婚を選ぶ若いカップルもいる。サツキは、親としてたったの三十万円しか援助しないらしい。

あんみつを見つめながら考えた。

自分の時給は千五十円だ。節約に節約を重ねたこれまでの日々、老後の心配……。数百万円が一瞬にして泡と消えると思ったら、またもやつらくなってきた。でももう遅い。さやかの結婚式は麻布寿園と決まっている。でも……もしかして式場を押さえただけで、内容の変更はまだ間に合うのでは？　だとしたら、急がなきゃ。

腹の底からじわりと焦りが湧いてきた。

3

九十九里《くじゅうくり》へ向かう電車内は、海水浴客でいっぱいだった。

夏休みに入ったからか、子供連れが多い。電車の窓に差しこむ太陽の光が眩《まぶ》しくて、篤子は目を細めた。

夫の妹である櫻堂志々子《さくらどうしじこ》から舅《しゅうと》の危篤《きとく》を知らされたのは、今朝早くのことだ。ちょうど一年前、舅に癌《がん》が見つかったときは既に末期だった。

夫とともに九十九里浜にある総合病院にかけつけると、酸素マスクをつけた舅は意識不明の状態だった。姑の芳子《よしこ》も志々子も、とうに覚悟はできていたのか、それとも九十歳を超えた高齢だから天寿を全うしたという思いがあるからか、泣き叫ぶこともなく、静かに舅を見守っていた。ときどき「お父さん」と耳元で呼びかけたりしている。

志々子の夫である櫻堂秀典《ひでのり》は、九十九里浜にある微生物研究所に勤めている。どういったことを研究しているのか何度か尋ねたことがあるが、そのたび聞いたこともないカタカナの専門用語を羅列した。理系にありがちな浮世離れした雰囲気が漂っていて、素人にもわかりやすく説明してやろうといった配慮はまるでなかった。

医師が看護師を連れて病室に入ってきた。舅の頸部《けいぶ》を触診したあと、胸に聴診器を当てる。

「なんとか持ち直したようですね。今夜は大丈夫でしょう」

医師はそう言って聴診器を外した。

いつもの姑なら、深々とお辞儀をして礼を述べるのだが、パイプ椅子に座ったまま立ち上がろうともしなかった。昨夜から病室に泊まっていたらしく、くたびれ果てた表情で、宙を見つめて黙り込んでいる。

医師と看護師が病室を出ていくと、志々子が言った。「今日のところは引き揚げて、うちでお茶でも飲みましょう」

折り入った話でもあるのか、真剣な顔つきをしている。

「私が残ってるから大丈夫よ。何かあったら連絡するわ」

前もって打ち合わせしてあったのか、従姉《いとこ》にあたる女性がそう言った。

「父さん、またね」

志々子が物言わぬ父に声をかけたのを合図に、みんなでぞろぞろと病室を出た。

志々子夫婦の家は、いつ来ても掃除が行き届いている。玄関にも埃ひとつない。和室に通されたが、篤子はすぐに隣のダイニングキッチンを覗いた。「志々子さん、何かお手伝いしましょうか」

見ると、既に人数分のグラスと茶菓子が用意されている。朝から準備していたらしい。

「じゃあ篤子さん、ガラスの器を出してくれる？」

篤子が食器棚からガラスの大鉢を出そうとしたら、「それじゃなくて銘々皿よ。そう、その端っこにある、そのグリーンの縁どりの」

志々子からすれば篤子は兄嫁に当たるが、篤子の方が年下だ。だからか、「お義姉《ねえ》さん」とは呼ばずに「篤子さん」と呼ぶ。篤子から見ると義妹に当たるが、志々子は年上であるうえに、常に毅然としているから、いつの間にか敬語を使うようになった。

志々子は冷蔵庫から大ぶりの梨を取り出した。流しで梨を洗いながら「全部で五人よね」とつぶやくと、慣れた庖丁使いで皮をするすると剝きながら、器用に五等分した梨を更に三切れずつに切って、さっと塩水にくぐらせる。そして今度は見事な巨峰を大きなステンレスのボウルに入れて、たっぷりの水で洗い、キッチン鋏《ばさみ》で枝を等分に切り分けていく。頭の回転が速く、動きに無駄がない。

「篤子さん、フォーク出してくれる？　そこの抽斗よ」

子供たちが小さかった頃、海水浴に来た帰りに、この家に寄ったことがある。玄関先で挨拶だけして帰るつもりだったが、志々子が夕飯を食べていけと勧めてくれた。そのときは蕎麦と天ぷらを作ってくれた。その手際の良さや台所の清潔さにも感心したが、天ぷらを作る際、カボチャはひとり一切れ、椎茸もひとり一切れ、ピーマンはひとり半個と、野菜を切る段階からきっちりと決めていて、残り物が出ないようにしていることに驚いた。いっぽう自分はといえば、大量に作って大皿に盛り、各人が自由に取って食べられるようにしていた。余ったら明日食べればいいと気楽に考えていた。

——揚げ物はたくさん食べない方がいいのよ。「もう少し食べたかったのに残念だわ」って思うくらいが、いちばん美味《おい》しいの。足りないと思ったらサラダを食べればいいわ。

彼女は常に家族の健康を気遣っていた。性格や物言いに柔らかさがないせいで、とっつきにくいが、その聡明さに、篤子は密かに一目置いている。

八畳の和室でお茶を飲んだ。それぞれの皿には、ひと口大の梨が三切れと巨峰が枝付きのまま五粒ほど載っている。誰もが無理なく食べきれる量だ。

「兄さんと篤子さんに、これを見てほしいと思って」

志々子がノートをテーブルの上に置いた。潔癖症と言っていいほどのきれい好きにしては珍しく、表紙に油染みなどの汚れがある。長年に亘《わた》って使い込んできたといった感じだ。

夫が手に取り、ぱらぱらとページをめくった。隣から覗いてみると、領収証やレシートが貼りつけてあるのが見えた。

「父さんの介護にかかった費用をメモしておいたの。うちでずいぶん負担させてもらったわ」

そう言うと、志々子は兄を上目遣いでちらりと見た。常に堂々としている彼女にしては珍しい目つきだった。

「そうか、それは大変だったな。ありがとう」

夫は素直に妹に礼を言った。

「ですけど……」と篤子は思わず口を挟んでいた。

すると、志々子だけでなく、櫻堂までもが鋭く篤子の方を向いた。

「篤子さん、何か?」

口調だけはゆったりしているが、志々子の表情は険しい。

「えっと、ですから……」

気圧《けお》されてしどろもどろになるが、今ここで言わなくてはならない。

そっと鼻から息を吸い込み、思いきり吐きだした。「うちだって仕送りしています。毎月九万円というのは、我が家にとってはすごく厳しい額なんです」

かつて夫の実家は、浅草《あさくさ》で「和栗堂《わぐり》」という和菓子屋を営んでいた。夫に跡を継がせるつもりだったが、夫はさっさとサラリーマンになってしまった。その後は妹の志々子に婿養子をもらう話が出たこともあったらしいが、志々子は仕事先で知り合った研究者の櫻堂と結婚してしまった。後継ぎのないまま舅はその後も営業を続けたが、七十歳になったのを区切りに、明治時代から続いていた店を閉めた。

浅草から九十九里に引っ越したのは、志々子のところへちょくちょく遊びに行くうちに、温暖な気候を気に入ったからだった。浅草の家を売り、志々子夫婦の五軒隣に和風建築の平屋を建てた。自営業だったため月々の年金額は少ないが、なんといっても浅草の土地が二億円で売れたのが大きかった。夫婦で豪華客船世界一周を皮切りに、旅行と美食三昧の贅沢な生活を満喫するようになった。

しかしその数年後、舅は肺気腫を患って寝ついたのが原因で足腰が弱り、血圧の高かった姑は軽い脳梗塞を発症した。それをきっかけに、夫婦揃って九十九里にあるケアマンションに入居した。せっかく建てた平屋には数年暮らしただけで、今は空き家になっている。志々子が空気の入れ替えに通っているから、家の中はさほど傷んではいないらしい。

ケアマンションには篤子も何度か訪れたことがあるが、ロビーはまるで海外のリゾートホテルかと見紛うような立派な大理石造りだった。フカフカの絨毯《じゅうたん》の長い毛足に埋もれるようにして、堂々たる上質な革張りのソファセットがいくつも置いてあり、正面の台の上には、大きな壺に季節の花々が飾られていた。吹き抜けになっている天井は高く、そこから自然光が燦々《さんさん》と降り注ぎ、エレベーターホールへと続く通路の壁には絵画が飾られ、まるで美術館のように薄暗いスポットライトが当てられていた。図書室、ジム、集会室もあるし、ゲーム室まである。一流シェフを揃えたレストランも広々としていて豪華で、ウェイターも清潔感がある男前ばかりだ。そのうえ最上階には、グランドピアノの置かれたバーラウンジまである。

入居一時金だけでひとり二千万円もしたと聞いた。コンシェルジュはもちろんのこと、看護師や理学療法士も常駐していて、すぐ隣には系列の総合病院がある。料金は月額ひとり二十二万円だが、夫婦同室の場合は二人で三十八万円と、少し割り引きがある。だが、食費やしで、一年三百六十五日ほとんど休みなしで、早朝から深夜まで働いてきた。最後くらいは贅沢しないとな。

その当時、夫がよくそう言っていたのを覚えている。残り少ない人生を、設備の整った施設で心穏やかにのんびり過ごしてもらいたい。みんながそう思っていた。当時の舅は骨と皮ばかりに痩せ衰え、姑は静かに微笑むだけで生きる気力を失くしているように見えたから、ほんの数年であの世に逝くような気がしていた。

しかし、それから十七年――。

まさか、これほど長生きするとは……。誰も口には出さないが、思いはみんな同じだろう。

一年前に舅に癌が見つかって入院した時点で、浅草の土地を売って得た二億円は底をついていた。もう退院することはないだろうと、舅の分のケアマンションを解約し、姑はひとり部屋に移った。今では姑ひとり分の二十二万円と生活費の八万円で合計三十万円が必要だ。負担の内訳は、舅姑の国民年金がそれぞれ約六万円で計十二万円、それに篤子夫婦と志々子夫婦がそれぞれ九万円ずつ仕送りをして、全部で三十万円になる。舅は延命治療はしていないし、民間の医療保険や外資の癌保険から保険金が出ていることもあり、今のところ入院治療費はなんとかなっている。そもそも後期高齢者は自己負担の割合が少ない。老人ばかりに手厚い国だと非難する人も多いが、親の面倒を見なければならない子供世代が助かっているのも事実だ。

「あのね、うちだって月に九万円出してますよ。そもそも金だけ出せばいいってもんじゃないでしょう」

びっくりした。櫻堂が口を出すとは思いもしなかった。

夫も驚いたのか、ぽかんと口を開けて櫻堂を見つめている。

理系の研究者は、家計の話などには一切興味がないものと決めつけていた。いつ会っても彼は白いシャツとグレーのズボン姿だ。洋服を数着しか持っていないのか、それとも同じ服しか買わないのかはわからない。すらりとしていて彫りの深い顔立ちだから、今風のものを着れば、それなりに見栄えがすると思うのだが、そういうことにはまったく関心がないらしい。休日は浜辺を散歩したり読書をしたりするだけで、研究のためにアメリカに赴くことはあっても、都心のデパートに行くことなど滅多にないと聞いている。

「そうだよ。あんな職人肌の頑固親父の世話は大変だったと思うよ」

夫が妹夫婦の肩を持つとは思わなかった。

「私は父さんの面倒をみるために仕事もできなかったんだから」

耳を疑った。志々子は結婚以来ずっと専業主婦だ。仕事を探しているとか働きたいなどと言うのさえ聞いたことがない。櫻堂の年収は一千五百万を超えると聞いている。秀才の息子が二人いるが、既に独立していて、長男は都心に、次男はミュンヘンに住んでいる。

いったい何がそんなに大変だったというのか。

確かに舅は常に苦虫を嚙み潰したような顔をしていて、篤子だけでなくみんなが苦手だった。だが、肺気腫と診断された時点で、すばやくケアマンションを契約して老夫婦を放り込んだのは志々子ではなかったか。姑の脳梗塞にしても、ごく軽いものだったから、リハビリの効果もあって今では普通に暮らせている。志々子が介護したわけでもない。

末席でちんまりと正座している姑を見やると、静かにお茶を飲んでいる。聞いているのかいないのか、さっきから何も言わない。しばらく会わない間に、耳が遠くなったのだろうか。舅に負けず劣らず骨と皮ばかりに痩せてはいるが、色白で細面の美人であることに変わりはなく、「和栗堂」の看板娘と言われた昔を想像させる。店に勤める和菓子職人だった舅は、店主に見込まれて、看板娘だった姑と結婚して店を継いだ。

「うちの方が兄さんのところより多く負担してるわよ」

「月に九万円なんだろ。うちと同じじゃないのか?」

「それだけじゃないわよ。病院やケアマンションのスタッフは、私たち夫婦が近くに住んでいることを知ってるのよ。最低でも週に一回は顔を見せないわけにはいかないでしょう。毎回手ぶらで行くわけにはいかないから、お医者様に心付けを渡したり、看護師さんに差し入れをしたり、いろいろと大変なのよ。兄さんは男だからね、そういったこまごましたことに想像が及ばないのは仕方がないとしても」

そう言って、篤子を見据えた。

——だけど、あなたは女だから本当はわかってるんでしょう?

そう言いたげな目だった。

――だったら証拠を見せてください。

こっちだって、そう言いたかった。ノートにきっちりと領収証を貼っているくらいだから、簡単でもいいから収支報告書を作って見せてくれてもいいではないか。几帳面で聡明な志々子なら、そんなことくらい朝飯前ではないのか。こっちは大雑把な収入と支出を聞かされるだけだから、心の中がモヤモヤしっぱなしだ。百円単位で節約して生活している自分にとって、収支すら明確でないのに月に九万円も仕送りしなくてはいけないことが、精神的なストレスにもなっている。

「だけどさ、二億円もあったのに、そんなに早くなくなるもんかね」

夫は素朴な疑問を何気なく口にしてみたといった感じだった。たぶん悪意はなかった。だが、櫻堂は夫の言葉にいきり立った。「まるで僕らが義兄さん夫婦を騙してるように聞こえますけど」

「えっ、そういう意味じゃないよ」

夫は慌てて言い、手のひらを目の前で大きく左右に振る。「ただね、最初は親父たちもつましく暮らすつもりだったはずなんだ。だって九十九里に住み始めた当初は野菜作りに励んでただろ」

近所の畑を借りたはいいが、野菜はどれもこれもうまく育たなかった。二年ほど経ってやっと少し採れるようになり、篤子夫婦のマンションにも何度かジャガイモと玉ねぎを送ってきてくれたことがある。

「兄さんたら本気で言ってんの？　お野菜なんてスーパーで買ってもたいした額じゃないわよ。篤子さん、あなたお野菜にいくら使ってる？」

「えっと……」

スーパーでは肉も魚もパンもチーズも野菜もいっしょくたに買う。例えば白菜やキャベツを丸ごと買ったら長い間もつし、トマトは年中高いけど……。

「そうですねえ、週に千円から千五百円ってとこでしょうか」

「でしょう？　月にせいぜい五千円くらいのものよ。てことは年に六万円。肥料や苗や畑の賃貸料を考えたら、節約どころか、モトさえ取れてないわよ」

「そう言われりゃそうだな」と夫はすぐに納得する。

「あのね兄さん、ド素人の野菜作りっていうのはね、節約のためなんかじゃないのよ。贅沢な趣味なの」

結局のところ、志々子は何が言いたいのだろう。鬱憤《うっぷん》をぶつけるようなことばかりを言われても、どうすればいいのかわからない。

「あのう……つまり月に九万円じゃ足りないということですか？」

おずおずと尋ねてみた。もっと出せと言われても困るが、あと一万円でいいのか、それとも五万円かと、あれこれ考えるだけで疲れてしまう。この際、はっきり言ってもらいたい。

「仕送りは今まで通りで結構よ。ただ、ひとつだけ兄さんにお願いがあるの」

志々子はいきなり居住まいを正した。

「父さんが死んだら、兄さんの方で葬儀を取り持ってもらいたいんです」

「なんだ、そんなことか。いいよ」

夫はあっさり了解した。「だって俺、長男だもん。喪主はやっぱ俺かなって考えてたから」

姑に喪主は務まらないだろうと夫が判断するのも無理はない。姑は見るからに頼りなさそうだ。

「兄さんがそう言ってくれると心強いわ。なんせ浅草で長く商売してたから、葬式もあの近所でやらないと、誰も来てくれないと思うのよ。年寄りには、九十九里は遠すぎるわ」

「確かにそうだな」

兄妹の間で話が進んでいく。姑に相談する気はさらさらないらしい。

以前から、この兄妹は母親のことをあまり好きではないのではないかと感じていた。夫はマザコンとは程遠く、親しみすら抱いていないように見えるときがある。母親は店を切り盛りしていて忙しかったから、家事や子育ては祖母とお手伝いさんに任せっぱなしだったらしい。子供が生まれたあとも店先に立って看板娘としての役割を果たしていたというから、もともと子煩悩なタイプではなかったのかもしれない。

「兄さん、それでね、悪いんだけど、葬儀費用もそっちで持ってもらえないかな」

「それは……」

さすがに夫も戸惑った顔をしている。

「たいしてかからないと思うわ。香典でチャラになるとまでは言わないけど、あの辺りは昔ながらのよしみで、結構みんな高額を包んでくるでしょう？」

「ああ、それもそうだな」

一般的に言って、葬儀代というものはいくらくらいかかるものなのだろうか。篤子の両親はともに健在で、身内から葬式を出した経験がなかったので、見当がつかなかった。

「ねえ母さん、葬儀は鳳友典礼《ほうゆう》でいいのよね」

志々子が問うと、部屋の隅で姑は頷きながら言った。「代々世話になってるから、きっとよくしてくれると思うわ」

「わかった。俺の方から連絡してみるよ」

夫はそう言い、冷えた麦茶をゴクンと飲んで続けた。「親父の財産といえば、もう九十九里の平屋だけだっけ？」

「あんなの二束三文ですよ」

いきなり櫻堂が口を出した。

「そうかなあ。敷地は結構広いだろ。それに環境もいいし」

「兄さん、考えが甘いわよ。ここは駅から遠いし、老夫婦の二人暮らしには十分な家かもしれないけど、ファミリー層には狭いもの。不動産屋に聞いた話だと、今はせいぜい五百万円くらいだろうって」

いつの間に不動産屋に査定してもらったのだろう。もしかして、売った代金を独り占めする気なのか。

「あの家はあのまま置いておこうよ」

夫がのんびりした調子で言う。「だって、俺もあと何年かで定年だし、そしたらたまには海の近くで過ごすのもいいなあと思ってたんだ。それに、いつか孫ができたら海水浴で使えるしさ」

「章さん、また現実離れしたこと言って」

知らない間に口をついて出ていた。嫁の立場で財産のことに口を出すべきでないと自分を戒めていたはずだった。というのも、相続で兄弟姉妹が骨肉の争いになるのは、配偶者が口を出すからだと何かで読んだことがあるからだ。

「篤子、俺のどこが現実離れしてるっていうんだよ」

「だって維持費がかかるじゃないの。固定資産税だっているし、気が向いたときにふらっと行って泊まりたいんなら、今まで通り電気も水道も止めずに基本料金を払い続けなきゃならないのよ。それだったら、ホテルに泊まった方がよっぽど安上がりだわ」

「ちょっとちょっと、兄さん夫婦があの家を老後に使うだなんて、そんな勝手なこと言わないでよ。あれは兄さんと私の共有財産になるのよ。兄さんひとりの物じゃないわ」

志々子がピシャリと言った。

「だったら志々子も使えばいいじゃないか」

「何のために使うのよ。ここから五軒しか離れてないのよ」

「それもそうか」

兄妹二人の会話を聞いていると、まるで舅姑ともに既に亡くなったかのようだ。部屋の隅に姑がいるのに、こんな話を続けてよいものか。

姑はずいぶん変わってしまった。篤子が結婚したばかりの頃は、いつ会っても和服に真っ白い割烹着《かっぽうぎ》を着て、髪を高く結いあげていた。その頃はまだ五十代で、きりりとした中にもうなじに色香があり、中年になっても贅肉のない美しい人だった。毎日「和栗堂」の店先に立って客に愛想を振りまき、店員を叱咤激励し、女だてらに商店主会の副会長をも務めていた。口八丁手八丁というのは、こういう人のことを言うのだと思ったものだ。

だが、今は生きる気力を失くしているように見えた。至れり尽くせりの施設というのも考えものだ。居心地が良すぎてストレスが溜まることさえないと、感情の起伏まで失ってしまうものなのか。夫が見舞いに行くと、姑はいつも部屋の中でひとりポツンと椅子に腰かけて窓の外を見ているらしい。入所して十七年にもなるが、いまだに親しい友人はできないと聞いている。誰とも話すことのない日常は、きっと苦しいだろうと察せられた。

「あのう……」

姑のいる前では言いにくいことだったが、いま言わないと後悔する。そう判断して口を開いた。

「たとえ二束三文であっても、売り払ってお葬式の費用に充てるべきではないですか？」

そりゃそうだ、もっともだ、と誰しも言うかと思ったら、なぜか冷たい目を向けられた。志々子夫婦からだけでなく、夫からも。

「まだ父さんは死んでないのよ」と志々子は冷たく言い放った。

「は？」

だから、なんですか？　葬式の話を始めたのはそっちではないか。実の娘はよくても、血の繋がらない嫁が言うのは許せないということか。

本来なら、金のかかるケアマンションを一刻も早く解約してもらいたかった。そして姑は平屋に住み、その五軒隣に住む志々子がちょくちょく様子を見に訪問する。もちろん必要ならヘルパーやデイサービスを利用すればいい。そういった方法が、最も経済的ではないか。まさにスープの冷めない距離というものだし、実の母娘なのだから、姑と嫁の関係に比べれば、ずっと気が楽なはずだ。

二億円もの預金が底をついて赤字になった時点で、すぐさまそうしてほしかった。いや、更に言うなら、豪華客船などに乗らず、きちんと節約して計画的に暮らしてほしかった。

自分の知り合いで、親に仕送りしている人などひとりもいない。みんな自分たちより親の方が金持ちだと口を揃える。それどころか、地価の高い東京では、数億円もする都心の土地を子供に遺して死ぬ年寄りがゴマンといる。

もっと遠慮なく言えば、志々子夫婦が住むこの家に、姑を引き取って暮らすのが最も安上がりだ。独立した息子たちの部屋が両方とも空いている。とはいえ、日頃から母親に対して冷たい態度の彼女が、自宅に母親を引き取るとは考えにくかった。そもそも金に困っているわけではないから、月々九万円の負担など痛くもかゆくもないのだろう。

「平屋を売らないのなら、葬儀の費用は折半にしてもらえませんか？」

冷たい視線の中、思いきって言ってみた。

「おい、篤子、葬式の費用くらい俺が出すってばさ。長男なんだから」

「章さん、そんなお金……」

いったいどこにあるのよ、という言葉を呑み込んだ。見栄っ張りの夫は、妹夫婦の前で恥をかくのを極端に嫌がる。

ささやかの結婚式が、人生最後の大きな出費だと思っていたのに……。こんなことでは、自分たち夫婦の老後が心配でたまらない。

「何を言ってるの⁉」

志々子の大声に驚いて目をやると、正面から睨んできた。「篤子さんは知らないだろうけどね、子供の頃から兄さんばっかり可愛がられてきたのよ」

いったい何の話だろう。突然の剣幕に、夫も啞然としている。

「兄さんは和菓子屋の後継ぎだからって、それはそれは大切に育てられたのよ。いつだって兄さんだけは好きな物を買ってもらえたわ」

志々子は目に涙を溜めていた。今まで毅然とした態度しか見たことがなかった。

「たまのステーキの日だって、兄さんの方が大きかった」

あまりの子供っぽさに噴き出しそうになった。

ここで笑うとマズイ。慌てて下を向き、ハンカチで口元を覆って上からきつく押さえた。

「それなのに兄さんは和栗堂を継がなかった。兄さんが結婚してマンションを買うときは一千万円も頭金を出してもらったのに、私たち夫婦には一円も援助してくれなかったのよ」

「それは……」

ずっと黙っていた姑が口を挟んだ。「その当時から、櫻堂さんは章の二倍以上の給料をもらってたでしょう？　それに、章の所と比べれば、この辺りはずっと土地も安いんだし」

「母さん、いい加減にしてよ。誰がいくら給料をもらおうと関係ないじゃないの。子供を平等に扱うのが親ってもんでしょう」

櫻堂がティッシュを箱ごと差し出すと、志々子は思いきり洟《はな》をかんだ。

「お義母《かあ》さん」と、櫻堂が厳粛な声を出す。「志々子はずっとこのトラウマを抱えて生きてきたんですよ。お義兄さんに比べて、自分は全然可愛がってもらえなかった。そう思うのは何歳になってもつらいことなんです」

姑は何も答えず、湯呑みを抱えて俯《うつむ》いてしまった。

「とにかく親父の葬式のことは俺に任せてくれ」

そう言って、夫が腰を上げた。「そろそろ帰るとするか」

うまく丸めこまれてしまったのではないか。

で、結局、あの平屋はどうするんですか？　あのまま置いておくんですか？

尋ねたかったが、嫁の立場でこれ以上口出しするのは憚《はばか》られた。それに、家を購入する際、志々子夫婦には援助せず、自分たち夫婦にだけ頭金を出してくれたなんて初耳だったから、志々子の言っていることが正しいような気もしてきて、頭が混乱していた。

だが現実問題として、うちは老後が不安だが、志々子夫婦は豊かだ。食器棚にあったコーヒーカップも高級ブランドばかりだったし、彼女がいま首に下げているバラの形のペンダントはピアジェではないか。図書館から借りた雑誌で見たことがあるが、真ん中にダイヤモンドが埋め込んである型のは確か六十万円はしたはずだ。あんまり素敵だったので、パルコのアクセサリーショップで似たようなのを二千九百八十円で買ったことがある。

モヤモヤと暗い気持ちになった。葬儀を引き受けた形のまま帰ってしまってもいいのだろうか。不安で心がいっぱいになった。

だから言った。「このノート、しばらく貸してもらってもいいですか?」

「そんなの持って帰ってどうすんのよ」

志々子は詰問調で言うと、キッと睨んだ。

——志々子さん、うちは家計が楽じゃないんですよ。だから精査してみたいんです。本当に月々九万円も仕送りしなければならないのかどうかを。

そんな風に正直に言えたら、どんなに楽だろう。

「今後の参考になるかと思ったので」

「参考って、なんの?」

「だから……いろいろと」

「なんなのよ、いろいろって。わけわかんない。とにかく持ち帰るのはお断わりするわ。今でも毎日使ってるんだから」

そう言うと志々子は素早く腕を伸ばし、ノートを奪い返した。

4

篤子が買い物から帰ると、リビングにさやかと勇人がいた。

「姉ちゃん、麻布寿園に決めたんだってね。すげえなあ」

勇人はソファに寝そべったまま、さやかに向かって言った。

「別にすごくないよ」

さやかはダイニングの椅子に座って本を読んでいた。彼女が読書の楽しさに目覚めたのはつい数年前だ。といっても、いま夢中で読んでいるのは中高生向けの海外ミステリーだ。

「ねえ、さやか。地味婚じゃあダメなのかな」

篤子は思いきって口に出してみた。心の中のモヤモヤを、一度でいいからぶつけてみたい気持ちにかられていた。というのも先日サツキから聞いた、知行くんの地味婚のことが頭から離れなかったからだ。

「ママ、もしかして、お金がないの？」

そう尋ね返した顔が、幼い日の今にも泣き出しそうな顔と重なる。

「やあねえ。お金ならあるわよ。だけどね、スタート時点からそんなに贅沢するのは、若い二人のためにならないと思うの」

それも、自分で稼いだ金ならともかく、親のお金で……という言葉を呑み込む。

娘を不憫《ふびん》に思うようになったのは、いつ頃からだったか。たぶん小学校の高学年くらいからだったと思う。自分も夫も、少なくとも小中学校時代は活発で成績もよかった。だからこそ余計にさやかのことが心配だった。

「ところで、さやか、結婚式の見積もり書を見せてくれない？」

言い方を変えてみた。明細をじっくり見て、省略できる箇所はないか、もっと値段を抑えられる項目はないかを検討したかった。

「明細は琢磨さんが持ってるの。私は数字が苦手だから」

「え？」

——何を寝惚《ねぼ》けたこと言ってんの？　なけなしの老後の資金を取り崩す親の身にもなってみなさいよ。どうして少しでも節約しようと考えないのよ！

叫び出しそうになった。だから、くるりと背中を向けて、そのまま台所に入り、深呼吸しながら自分のためにコーヒーを淹れた。

「姉ちゃん、全部でいくらくらいかかんの？」

カウンターキッチンを通して、のんびりした声が聞こえてきた。

「そうねえ、だいたい五、六百万円ってとこじゃない？」

まるで他人ごとのように言うさやかに、抑えようとしていた怒りが爆発しそうになった。

ダイタイってなんなんだ。

全部で五百七十四万三千八百九十二円です、とか言うんならまだしも。

「マジ？　五、六百万円？　そんなにすんのかよ。それっていったい誰が出すの？」

素朴な質問が有り難かった。これを機に、考えを改めてもらいたい。

「たぶん両家折半だと思うけど？」

「姉ちゃん、そんなに貯金してたの？」

素晴らしい質問だ。いいぞ、勇人、よくぞ言ってくれた。

「まさか。うちは、お父さんが出してくれるって言ったから」

「へえ、親父も思いきったもんだね。で、琢磨さんの方は自分の貯金から出すの？」

「どうなんだろ。そこまでは知らない」

「派手にやりたいのは琢磨さん側の意向なんだろ？　親の商売上の都合で盛大にやるんだったら、向こうが多めに出してもいいんじゃねえの？　姉ちゃんはアルバイトで稼ぎが少ないんだし」

「そうはいかないでしょ」

言いながら、さやかは台所から出て来た母親の方をチラリと見た。

視線に気づかないふりをして、マグカップを持ったまま、さやかの斜め向かいに座る。

「なんか、それ、変だよ」と勇人が首を傾げた。

勇人、頼もしいぞ。先を促すように、顔を上げて勇人を見た。

「僕にはわかんねえなあ。だってさ、これから一生をともに暮らしていこうっていうのに、稼ぎの少ない彼女に大金を出させる感覚がおかしくねえか？　それとも、もしかして姉ちゃん自身も盛大にやりたいとか思ってんの？　だったら仕方ないけど……」

「まさか。私は披露宴自体をやりたくないよ。写真館で写真を一枚撮るだけで十分なの」

やはりそうだったか。

さやかは、幼い頃から目立つことが嫌いだった。学芸会のときでも、できるなら人の背中に隠れていたいタイプだった。結婚が一生に一度のことだからといって、お姫様気分に浸りたいなどと夢見たりはしないのだろう。松平家に遠慮して自分の希望を言えないのかもしれない。琢磨だけの希望ならまだしも、親の商売上の戦略も絡んでいるとなれば、気の弱いさやかが抵抗できるはずがない。

「姉ちゃんがそう思ってること、琢磨さんに言ってみたのかよ」

「え？　うん、一応……言ってはみたけどね」

消え入りそうな声になる。

「そしたら琢磨さんは何て？」

「琢磨さんは何も言わなかったけど、お義母さんが結婚は二人だけの問題じゃないって」

「僕はそうは思わねえなあ。結婚ていうのはやっぱ二人だけの問題だろ」

「勇人は子供なんだよ」

弟の前では大人ぶるが、篤子から見ると、勇人の方がずっとしっかりしている。勇人は小さい頃から自分というものを持っていて、人の意見に流されないところがある。

そのときふと、さやかが中学に入学した頃のことを思い出した。

黒板をノートに書き写すとき、「ここは重要だから赤ペンで書きなさい」と、細かく指示する女の先生がいた。そのたびに隣席の女の子が「赤ペン貸して」と手を伸ばしてくるので、さやかは断われずにいた。なかなか赤ペンを返してくれないので、待っているうちに、どこを赤ペンで書けと言われたのか、毎回わからなくなってしまう。そのことを篤子に打ち明けたのは、一学期も終わろうとする頃だった。まるで小学生のようだと呆れた。どうしてそこまで自分に自信のない子に育ったのか。なぜ当然の権利を主張できないのか。

――隣の子に、赤ペンを忘れずに持ってくるように言いなさい。

――そんなこと言えない。

――だったら、貸さないとはっきり断わりなさい。

――無理だよ。

――さやか、しっかりしなさい。嫌なことは嫌だと言いなさい！

そう言って叱り飛ばしたのが昨日のことのようだ。あれから少しは成長したのだろうか。我が娘といえども、内面まではわからない。

あのとき、母親の言いつけどおり、貸さないと言って断わったら、相手はいきなり怒りだしたらしい。そして、さやかのことを「優しさのかけらもない子だ」と言い触らしたという。

何かあるたびに、もしも自分だったらどうするかを考えてアドバイスしてきた。だが、それが間違いだと気づいたのは、ずいぶん後になってからだ。自分とさやかは似ていない。そもそも自分であれば、たかが同級生の女子なんかにナメられたりはしない。

自分とは性格も能力も違う女の子を、いったいどう育てたらいいのか、正直言ってわからなくなった。それに比べて勇人は思春期の頃でさえ快活だったし、成績もいいうえに中高ともにバスケ部でキャプテンを務めていた。だから勇人のことで心配したことは今までほとんどない。

「あのさ、姉ちゃん、琢磨さんて人はさ」

言いかけて勇人はテレビを消し、ソファに沈めていた身体を起こして、姉を正面から見た。

「優しい人なの？」

あまりに素朴な問いかけだった。

「何言ってんのよ。そんなの当たり前でしょう。変なこと聞かないでよ」

さやかは怒ってみせるが、気弱な横顔が気になった。

「ねえ、さやか、麻布寿園でやることは今さら変えられないとしても、内容をもっと簡素にすればどうかな。例えば、お色直しの回数を少なくするとか、引き出物をもっと安い物にするとか、料理の格を下げるとか」

「でも……何度も式場に通って琢磨さんのお母さんも交えて話し合って決めたんだし、もう今さら……」

琢磨の母親が何から何まで口出しするので、篤子は本番の日まで式場には顔を出さないことに決めていた。琢磨の母親と衝突したりしたら、後々さやかが嫌みを言われたりして苦労するのではないかと考えてのことだった。

「ちょっと篤子さん、それくらいのことで節約してもたかが知れてるって」

勇人は中学時代から、母親のことを「篤子さん」と呼ぶようになった。思春期になった頃、「ママ」と呼ぶのが気恥ずかしくなり、かといって「母さん」もテレビドラマみたいで照れくさいし、「お袋」は昭和時代の映画のようで変だからと、迷った末の苦肉の策だったのだろう。

「篤子さん、そもそも麻布寿園で結婚式を挙げること自体お高いわけよ」

「それはそうだけど、でも勇人、少しでも……」

「篤子さん、まあ聞きなよ。百人招待するとして、料理を二千円下げたところで、二十万円浮くだけだよ。篤子さんは、できればドカンと安くしたいわけだろ？」

勇人の言う通りだ。総額六百万円のところを、できれば三百万円以下にしてもらいたい。

「ママ、そうなの？　そんなに安くしたいの？」

さやかが不安そうにこちらを見る。

「そういうわけじゃないの。おめでたい席なんだし、ケチケチするのもナンだしね」

心にもないことが口から勝手に飛び出してくる。

勇人は微かに首を傾げると、背を向けてテレビの方へ向き直った。子供の頃から勘の鋭い息子は、母親の気持ちも懐具合もお見通しなのかもしれない。

「あっ、時間だ。私そろそろ行くね」

さやかは久しぶりに高校時代の親友と会って食事をするらしい。

清楚なワンピースの裾を揺らしながら玄関を出て行くと、勇人は立ち上がった。「ねえ、篤子さん」

自分から呼びかけておいて、こちらを見ないまま台所に入り、冷蔵庫を物色し始めた。

「琢磨さんて、なんとなく僕、ヤバイと思うんだよね」

背中を向けたまま言う。嗅覚の鋭い息子の言葉で、一気に不安が押し寄せる。

「ヤバイって、何が？」

「あんまりいい人に思えないんだよね」

勇人が松平琢磨に会ったのは、家族揃っての会食のときの一度だけだ。

不安を拭い去りたくて言ってみた。「人は見かけじゃわからないわよ。無愛想な人が案外いい人だってこともあるし、表面上ニコニコしてるからって優しい人とは限らないよ」

「あのねえ、僕は小学生じゃないんだよ。そんなこと言われなくたってわかってるよ」

勇人は振り返り、しかめっ面を作ってみせた。「それよりさ、結婚するなら絶対に金持ちがいいって姉ちゃんが言い出したのって、いつ頃からかなあ」

「大学四年くらいかな。就職の内定がなかなか出なくて不安になったんでしょ」

「だよねえ。だけど、いまどき男の経済力に頼って生きていくの、どうなんだろ。リスクが高い気がするけどなあ。あっ、これ食べていい？」

勇人は笑みを見せた。冷凍庫にアイスクリームを見つけたらしい。

「それにさ、琢磨さんが勤めているヤマオカ貿易っていう商社、中堅というより零細の部類だよ。バイトの先輩がそこに就職したけど、給料安すぎて、こんなのじゃあ一生結婚できねえって嘆いてたもん」

「えっ、そうなの？」

城南大学を卒業していると聞いているから、中堅以上だろうと勝手に思っていた。

「でも、琢磨さんのお父さんは手広く商売している人だから」

「だから、何？」

「だから息子夫婦に援助するんじゃないの？」

「そりゃ結婚式や新居にかかる費用は援助するかもしれないけど、そのあとはどうすんだよ。サラリーマンの息子に毎月仕送りしたりするわけ？　金持ちってそういうことをするもんなの？　僕たち庶民には考えられないけど」

「そういえば……そうね」

勇人と話せば話すほど不安になってくる。

「それとも、既に岐阜のスーパーの株をもらってんの？　その配当金が入るとか？」

「ああ、なるほどね。そうかもしれない」

少し気持ちが落ち着いた。

「そういうこと、ちゃんと聞いといた方がいいんじゃねえの？」

「さやかはもう二十八歳よ。親が口出しすることじゃないでしょう。私が結婚するときだって、自分たちで勝手に何もかも決めちゃったもの。心配しなくても大丈夫じゃない？」

安心したくて、同意を得ようと笑いかけた。カチカチに固まったアイスクリームと格闘していた勇人は、冷やかな目でチラリとこちらを見た。「それ、違うんじゃね？　篤子さんはガキの頃からしっかりしてたんじゃないの？　田舎のばあちゃんがそう言ってたよ。だけど、姉ちゃんは違う」

「どういうところが？」

「いくつになっても今ひとつしっかりしてないところ」

だから？

だから私にどうしろと？

いったい何歳まで子供の面倒を見なければならないの？

大学を出してあげたのだから、あとはひとりで強く生きていってほしい。そう思って投げだしたくなることがある。

だが……それは強者の考え方だ。

さやかを育てる過程で、篤子はそのことを思い知った。もしもさやかが勇人と同じように利発な子供であれば、自分は世の中の一部分しか見ないで、弱者のなんたるかを知らないまま一生を終えたのではないかと思うことがある。健康な身体に恵まれているにもかかわらず、職にあぶれたり貧乏のどん底だったりする人々を、あの人たちは努力が足りないせいであなったのだ、自業自得なのだと嘯《うそぶ》いていたことだろう。

「どういう人なら、さやかにお似合いだと思う?」

結婚が決まっているのに、今さらこんな話題はどうかと思うが聞いてみたかった。

「わかんない。ただ、姉ちゃんと同じように気の弱い人だったら心配だよ」

「でしょう? だからやっぱり琢磨さんみたいに、少しくらい無愛想でも強い男性の方が安心じゃない」

「だけど姉ちゃんの方が四歳も年上だよね。二人の力関係が、僕にはよくわかんないよ」

「男と女に年齢なんて関係ないでしょう」

「そうかもしれないけど……琢磨さんが強い人間だってこと、なんでわかるわけ?」

「雰囲気よ。無口だから、『男は黙って仕事する』ってタイプかなと思うの」

「父さんはおしゃべりだけど、仕事はちゃんとしてると思うよ。僕だっておしゃべりだし」

改めて問われてみれば、琢磨を強くてしっかりした人間だと思う根拠はなんだったのかがわからなくなる。そう思いたかっただけなのではないか。

「でも、やっぱり、あの二人はお似合いだと思うの」

さやかは、強い男性のあとを半歩下がってついていくタイプではないか。自分にあまりに似ていない娘のことは、母親といえどもよくわからないが。

五十歳を過ぎた今となっては、夫なんていうものは、外でしっかり稼いできて、そのうえ優しい人だったら、それだけで御の字だと思うようになった。自分は若い頃から、女性をぐいぐい引っ張っていくタイプの男性を好きになったこともないし、つきあったこともない。そもそもそういった男性が自分のような生意気な女に声をかけてくるはずもない。だが、篤子の親の世代は、夫婦間に上下関係があるのが普通だったことを思えば、さやかも案外うまくいくのではないかと思う。

「このアイス、固すぎてスプーンが突き刺さんねえよ。レンジでちょっとだけチンしてみようかな。どう思う？」

勇人は篤子の返事も待たずに電子レンジの扉を開けた。

5

デスクの内線電話が鳴った。

「はい、経理部です」

──もしもし、人事課の鈴木《すずき》ですが、そちらに後藤篤子さん、います？

「はい、私ですが？」

──すみませんが、お手すきのときにでも人事課までお越し願えますか？

「承知いたしました」

人事から電話があるなんて珍しいことだった。

何の用だろう。もしかして、正社員登用とか？

この春に三社が合併して社名が変わってから、社内の雰囲気は悪くなった。篤子の両隣に座っていた優秀な社員は二人とも地方へ異動を命じられた。後任には、常識もなければヤル気もない四十代の正社員の男女が来た。女性社員は旅行が趣味で、朝からずっと旅行会社のサイトを眺めている。男性社員は飽きもせず、ももいろクローバーZの動画を食い入るように見つめている。上司の目がないときは、やりたい放題だ。

それに比べて今日の自分は、午前中だけで彼らの一週間分の仕事はしたと思う。彼らのせいで、異様なほど忙しくなった。それなのに、給料は彼らよりずっと少ない。以前は、九百五十円の時給が千円に上がったなどといっては大喜びしていたが、だんだんバカバカしくなり、今では憤りを通り越して、正社員に対し、ふと憎しみを抱きそうになることさえある。

篤子は人事課に行く途中にトイレに寄り、髪を整えて、口紅をきりりと引き直した。

「経理部の後藤篤子です」

部屋に入り、手前に座っていた人事課の女の子に声をかけると、奥の方で鈴木課長が立ち上がったのが見えた。

「後藤さん、お呼び立てしてすみません。どうぞ、こちらへ」

そう言って、別室のドアを指し示す。

鈴木は常ににこやかな男性だった。四十歳前後だが、物腰が柔らかで、育ちが良さそうな印象を受ける。スーツもネクタイも地味だが、よく見ると上質だ。

「えっと、後藤篤子さんはですねえ……」

そう言いながら、鈴木はファイルを開いた。

――後藤篤子さん、あなたがいないと経理部は立ちゆかないので、来月から正社員になってくれませんか。

そのひとことで、給料は何倍にもなる。夢のようだった。いや、働きぶりを考慮すれば当然のことだ。遅すぎるくらいだ。期待を込めて、鈴木の口元をじっと見つめた。

「最初は直接雇用のパートだったんですね。それで合併後は半年ごとの雇用契約になっています。そのこと、ご存じですか？」

「はい、聞いております」

「それでっと……今月末でちょうど半年ですから、契約満了になるわけですが」

まさか、単に更新するだけなのか？　だったら時給は今までと変わらない。

「今月をもって期間満了とさせていただきます」

「え？　それは、どういうことですか？」

「更新はしないということです」

「というと？」

意味がわからなかった。

「ですから」と言葉を区切り、彼は視線を外した。「今月で終了ということです」

「まさか、馘《くび》ってことですか？」

「まあ、そういう言い方もできますが」

「そんな……今までずっと一生懸命働いてきたのに」

「おっしゃる通りです。私も非常に残念に思います。真面目に頑張っておられることは経理部の課長からも聞いております。ですが、この地域の営業所が閉鎖されることになりましたので整理解雇の一環なんですよ」

「私なら、少しくらい遠いところでもかまいません」

「それがそうもいかないんですよ。合併といっても対等じゃありませんからね。僕だってこれからどうなるかわからないんです」

深刻そうな表情がわざとらしかった。

「もう決定事項ですから」

抗議しようとする篤子の口を封じるように、そう鈴木はきっぱりと言い放ち、壁の時計をチラリと見やると、さも忙しそうに立ち上がった。

6

秋風が吹き始めた頃、さやかが結婚した。

披露宴は予定通り盛大に執り行われた。

美しい花嫁だった。細身で色白だからか、痛々しいほどの清潔感が漂っていた。雛壇《ひなだん》に座ったさやかが、終始嬉しそうに微笑んでいたことに、篤子は内心ほっとしていた。というのも、挙式の一週間ほど前から、表情が曇っているように感じられて心配だったからだ。しかし、どうやら取り越し苦労だったようだ。マリッジブルーという一過性のものだったらしい。

新郎の父親の得意先の一団が、雛壇の前の特等席を占領していた。乾杯の音頭は取引先の銀行の支店長がやり、そのあと似たようなスーツ姿の男性たちの挨拶が延々と続いた。いったい誰の結婚式なのか。商売のための接待にしか見えなかった。こんな力関係の中で、果たしてさやかは大切にされるのだろうか。

夫は、花束贈呈の場面でも晴れがましい表情でにこにこしていた。号泣したのは篤子の方だった。よくもここまで立派に育ってくれたという感慨ではない。娘が嫁に行く寂しさでもない。不安と心配の入り混じった不憫さだけが心を占めていた。

式も披露宴も滞りなく済み、若い人たちはレストランでの二次会へ流れていった。

篤子の実家からは、両親と兄家族が出席してくれた。疲労感でいっぱいの中、年老いた両親を東京見物に連れていくのは骨が折れると思っていたが、数年前まで東京に住んでいた兄夫婦が先頭に立ってくれたので大助かりだった。

結局、挙式と披露宴、イタリアへの新婚旅行、新居の準備などで、篤子が貯金を崩して出してやったのは、五百万円にもなった。

金持ちはケチだと言うのは本当だった。きっちりと花嫁側にかかった分を請求された。世間の常識からすれば当たり前のことで、文句を言う筋合いではないのかもしれない。だが、お色直しを最低三回はやってほしいだとか、引き出物は高級ブランド品でなければ困るだとか、細々と注文をつけてきたのは、松平家側だ。それを思えば、やはり釈然としなかった。それよりも何よりも、気の弱いさやかは地味婚を望んでいたのだ。雛壇で終始微笑んでいたのは、もしかして演技ではなかったか。

そう思うと、更に不憫になった。

二ヶ月前にリストラされてからというもの、篤子はずっと仕事を捜し続けていた。パート収入はなくなったが、失業保険をもらっているので、暮らしはそれまでとほとんど変わりはなかった。だが、失業保険が切れる前であっても、いい仕事が見つかったときは、そのチャンスを逃さず、すぐにでも仕事に就きたいと考えていた。

さやかの結婚で五百万円も使ったために、一千二百万円あった預金は、残り七百万円となってしまった。

——老後の資金は最低六千万円は必要です。

美容院で読んだ雑誌にはそう書かれていた。このままでは老後が心配だ。

さやかからは何も言ってこなかった。結婚後もちょくちょく実家に顔を出すものだと思っていたので、心にぽっかりと穴が開いたようだった。さやかが突然帰ってきて台所を覗くなり、「この肉じゃが、うちの夕飯にもらっていい？」などと言って、ちゃっかりタッパーに詰めて持って帰る場面を何度も想像した。もしかして今日あたり、ひょっこり顔を出すかもしれないと思い、総菜を多めに作った日も何度かあった。

新婚旅行の土産や式の写真は郵送してきたが、岐阜でのお披露目の話もまだ聞いていない。夫は「便りのないのは良い便りって昔から言うだろ」とのんびり構えている。

その土曜日も、篤子は朝からミートソースを煮込んでいた。トマト缶を使うのではなく、新鮮なトマトを刻み、挽き肉は和牛の赤身だけを使う。玉ねぎのみじん切りをじっくり炒めると、こくのある仕上がりになり、粉チーズとよく合う。さやかの大好物だ。

「おっと、いい匂いだと思ったら篤子風特製ミートソースじゃん」

深めのフライパンを木杓子でかき回す篤子の背後から、勇人が覗き込んだ。「うまそう」

「俺がフォーク出すから、勇人は冷蔵庫から粉チーズ出せ」

夫までがはしゃいだ声を出す。

最後に、テーブルの真ん中にサラダの入った大ぶりなガラス鉢を置くと、食卓が整った。

「さやかったら、全然帰ってこないわね」

パスタをフォークに絡めながら、向かいに座っている夫に話しかけた。

「うまくやってる証拠だろ」

夫は気にも留めていないらしく、満足そうにパスタを頬張っている。

「そうかなあ」

「そうじゃなきゃあ、何なんだ？　メールは来るんだろ？」

「そりゃあ、こっちが出せば、簡単な返事くらいは来るけどね」

「メールでは元気そうなんだろ？」

「うん、まあね」

「姉ちゃんたちはアツアツの新婚さんなんだから、楽しく暮らしてるよ」

勇人の言葉で、やっと気持ちが落ち着いた。

考えてみれば、自分にもそういった時期があったではないか。心配そうな声で母が電話してくるたびに鬱陶《うっとう》しく思ったのを思い出した。

さやかが幸せであれば、それでいい。

そう自分に言い聞かすことで、さやかのいない寂しさを心の奥にしまった。

7

紅葉が一段と赤みを増した頃、舅が亡くなった。

篤子夫婦が病院に駆けつけたとき、舅は息を引き取る寸前だった。

姑を初め、志々子夫婦や親戚たちがベッドの周りを取り囲んでいる。

「ご臨終です」

医者がそう言うと、あちこちからすすり泣きが聞こえてきた。

ほどなくして、鳳友典礼が九十九里の病院まで遺体を引き取りにきた。

「ご愁傷《しゅうしょう》さまでございます」と葬儀社の社員は深々と頭を下げた。

社員の説明によると、焼き場は連日予約でいっぱいで、順番待ちの状態だという。人口が密集している東京では、高齢人口も多く、昨今は日々の死亡者も相当な数に上る。そのために、通夜は三日も先で、葬式はその翌日となった。

「ご遺体は、わたくしどものホールにございます安置室に運ばせていただきます」

そのままそのホールで葬儀を執り行うので、いったん自宅に遺体を引き取らなくてもいいらしい。それを知って、篤子は内心安堵していた。夫には悪いが、遺体をマンションのリビングに三日間も置くことに抵抗があった。マンションの一室という密閉された空間で、死者とともに過ごすことを考えると、息が詰まるような感覚がある。自分が生まれ育った田舎町は一戸建てがほとんどで、マンションやアパートがないからかもしれない。集合住宅のエレベーターを使って遺体を運びこむのも、他の住人に悪いような気がした。しかし、今まで気づかなかっただけで、エレベーターで遺体を運んだ例はたくさんあったのかもしれない。

「御親族の方も、安置室に一緒にお泊まりになることができますが、どうなさいますか？」

葬儀社の男性が尋ねた。

「どうする？」と志々子が尋ねながら、櫻堂と篤子夫婦を交互に見る。

若い頃ならまだしも、この歳での徹夜は身体にこたえる。そのあと何日も体調が戻らないに違いない。

「朝まで線香を絶やしちゃいけないんですよね？」と、夫が葬儀社の男性に尋ねた。

だとしたら、誰が残るのか。

「よろしければ、私ども職員が二十四時間体制で責任を持って見守らせていただきますが」

「でも私たちがいるのに職員さんに頼むなんて、お父さんがかわいそうじゃない？」

志々子が誰にともなく言うが、夫も櫻堂も「うん」「そうだな」と低くつぶやくだけだ。

徹夜で番をすることに、二の足を踏んでいるのが見てとれた。疲れがたまったからといって、弔慰休暇の後さらに何日か勤めを休むわけにもいかないことを思えば当然だ。

「私はもう帰るわ。ひどくくたびれたから」

姑が力ない声で言う。「あなたたちも、もう若くはないんだから無理しない方がいいわ」

夫の頬がほんの少し緩んだ。

「きっとお父さんも、早く家に帰れって、あの世で言ってるわよ」

姑の言葉で、全員が一斉にベッドに横たわる遺体を見つめた。

舅が本当にそう言ってくれている気がした。

「お袋の言うとおりだ。今日のところは葬儀社の人に任せて、我々は引き揚げよう」

夫がさばさばした顔で言うが、肝心の志々子が何も言わない。

いつの頃からだろうか、全員が志々子の顔色をうかがうようになった。そして、知らない間に彼女がすべての決定権を握るようになってしまっていた。

「志々子はどう思うんだ？　寝ずの番なんかした日には身体を壊すよ」

「うん、まあ、それは確かにそうだけど……」

歯切れが悪かった。

この四人の中で仕事を持っていないのは志々子と自分だ。親族が寝ずの番をすることに、それほどこだわるのなら、まずは志々子自身が泊まると言えばいいじゃないか。

「お義父さんは天寿を全うしたんじゃないかな」

櫻堂が穏やかな口調で言った。「だから、生物として考えたら悲しいどころか、めでたいくらいなんだよ」

研究者の櫻堂が言うと、科学的な根拠があるような気がしてくる。

「そう、かな?」

志々子は腕組みをほどき、やっと納得したという風に肩から力を抜いた。「そうよね。職員さんに任せても、お父さんはきっと許してくれるよね」

櫻堂が力強くうなずく。長年の暮らしで、気難しい妻の扱いに慣れているのかもしれない。

夫は微笑みを浮かべた。「葬儀の準備もあることだし、これからが大変だよ」

夫の言葉で決着がついたと思ったのか、背後に控えていた男性職員が足をすっと前へ踏み出し、「私どもにお任せください」と静かに言った。

それを合図に、みんなで病院をあとにした。

「じゃあ兄さん、お葬式のことお願いね」

「任せとけよ」

「老舗の名に恥じないものにしてね。そうしないとお父さんがかわいそうだから」

「うん、わかった」

夫は今にも胸を叩きそうな意気込みを見せた。

だが、帰りの電車の中で夫は言った。

「実は俺、今すごく忙しくて、そうそう会社を休むわけにはいかないんだ。だから、篤子の方で葬儀社と打ち合わせをしてくれないかな」

「私ひとりで？　無理だよ、経験もないのに」

「葬儀社が全部やってくれるさ。向こうはプロなんだから、何でもハイハイって適当に相槌を打ってりゃいいんだよ」

「自信ない」

「だって暇なんだろ」

「そういう言い方、ないんじゃない？　私だって毎日必死に仕事を捜してるんだよ」

「ごめん、違うんだ。そういう意味じゃないんだよ」

夫は慌てて早口になる。「いま俺の会社、なんだか変なんだ。雰囲気がどんどん悪くなってる。だから、足をすくわれないようにしないと、ヤバいんだ。だから、頼むよ」

疲労が滲《にじ》み出た横顔を見ていると、かわいそうになってきた。それと同時に、今までもこの先もずっと専業主婦で、たっぷり時間もお金もある志々子がやればいいじゃないかと再び憤りが込み上げてくる。

「章さん、わかったよ。私がひとりでなんとかするよ」

そう言うと、夫は「悪いな」とボソリと言った。

志々子の前で見せる元気な表情とは打って変わって、横顔には翳《かげ》があった。

8

夫は会社へ、勇人は大学へ行っていて、家の中は自分ひとりだった。

今日も朝からインターネットで求人情報を見ていた。

年齢が高いこともあり、なかなかいい仕事は見つからない。落胆する反面、平日の昼間に家にいられることに、密かに幸せを感じていた。密かに、というのは、忙しく働いている夫や世間の人々に対して、後ろめたい気持ちがあったからだ。

世の専業主婦たちは、いつもこんなにゆったりした日常を過ごしているのだろうか。子供が独立したあと、家で何をして過ごしているのか。志々子の生活が羨ましくなってくる。

これまで自分は、慌ただしい生活の中で常に疲れ果てていて、一番の楽しみは眠ることだった。それを思うと、今の暮らしは天国のようだ。若いときは、やりがいだの女性も自立せねばならないなどと、高尚なことばかり考えていたが、五十歳を過ぎると、そんなこと、もうどうでもいいからとにかく身体を休めたいと思うようになっていた。

同じ働くといっても、お金持ちの奥様である城ヶ崎のように、花が大好きだからフラワーアレンジメント教室の講師をしているのとは雲泥の差がある。

玄関のチャイムが鳴った。

壁の時計を見ると、約束の時間きっかりだった。

――鳳友典礼でございます。

インターフォンを通して、女性の優しそうな声が響いてきた。

ドアを開けると、ほっそりした女性が立っていた。

「このたびはご愁傷さまでございます。わたくし、後藤様のご葬儀を担当させていただくことになりました本間千帆《ほんまちほ》と申します」

たぶん四十代だろう。艶のあるストレートのロングヘアを後ろできっちりひとつに束ね、紺色のスーツが似合っている。名刺には課長と書かれていた。

笑顔が自然で物腰が柔らかだった。気軽に相談できそうだ。そう思うと、朝からの緊張が少しずつほぐれてきた。

スリッパを勧め、リビングに招き入れて、煎茶を出した。

丁寧なお悔やみの挨拶をひと通り言い終えると、本間は本題に入った。

「早速でございますが、まず棺桶をお決めいただきたいと存じます」

本間は、写真入りの立派なパンフレットをテーブルの上に広げた。凝った彫刻を施した五十万円もする檜《ひのき》から、四万円の桐まで高価な順に並んでいる。

どれにすべきなのか見当もつかなかった。

ああ、失敗した。

あらかじめサツキに教えてもらっておけばよかった。サツキは何年か前に舅の葬式を出している。しっかり者のサツキにアドバイスをもらっておかないなんて、自分としたことがな

ん と迂闊《うかつ》だったのだろう。

「どれがいいかと言われても……」

決めかねていると、本間はパンフレットを指しながら助け船を出してくれた。「こちらの物を選ばれる方が多いようですよ」

下から二番目の、十二万円の棺桶だった。

五十万円のを勧められなくて良かったと胸を撫で下ろす一方で、どうせ燃やすのにどうして十二万円もするのかと思う。いちばん安いのでも四万円もする。そもそも原価はいくらなのだ。十二万円あれば、省エネのエアコンのいいヤツが買える。古いエアコンは電気代もかかるし、効きも悪くて、何年も前から買い換えたいと思っていた。それ十二万円もあれば……香港《ホンコン》や台湾にも旅行できるし、しかもいいホテルに泊まれる。それとも以前から欲しかったワンピースやバッグを買うのもいい。レストランのディナーなら、何回分にもなる。

あれこれ考えると、棺桶に十二万円なんて、どうしても納得がいかない。

自分の親の葬式なら、迷う余地なく一番安いのを選ぶだろう。

――どうせ燃えてしまう物に、そんなに金かけて篤子はいったい何を考えてるんだ。

常に合理的で現実的な実家の父の声が、今にも聞こえてきそうだ。

「あのう……棺桶というのは、ひと目見て高級品か安い物かわかるものですか？」

品のない質問だと思ったが、尋ねないではいられなかった。

本間は一瞬、驚いたように身を硬くした気配を見せたが、すぐに笑顔を取り繕った。「さあ、どうでしょうか。普通はちょっと見ただけではわからないと思います。特に、これなどは布貼りですから木質は見えませんし」

その誠実さが嬉しかった。少しでも高い物を売りつけてやろうという商魂はないらしい。

「そうですよね、わからないですよね」

思わず笑顔になって言うと、本間は一瞬だが目を泳がせた。

「もちろん、見る人が見たらわかるとは思いますが」

本間は前言を簡単に翻した。

見る人とはどういう人か。専門的知識のある人のことか。

とにもかくにも、志々子にさえバレなければ安い物でいいのではないか。

「例えば四万円のにしたとすると、請求書の明細にはどう書かれるんですか?」

「は? 請求書、ですか?」

怪訝な顔で簞子を見る。「商品名の『心』と記載されますが?」

松竹梅だとか上中下などと違い、志々子にはバレないだろう。そもそも自分以外に明細を見る人間がいるとしたら夫だけだ。

うん、四万円ので大丈夫だ。

だがふとそのとき、志々子の鋭い視線が頭に思い浮かんだ。聡明な彼女にはわかってしまうのではないか。いやいや、いくら志々子でも、実物を見ただけで値段がわかるはずがない。

だけど、もしも後日、請求書を見せてほしいと言われたらどうする？　そのときは、忙しくてどさくさに紛れて失くしてしまったと言えば済む。だって、あのノートを貸してくれなかったんだもの。お互い様だ。

だけど、和栗堂の葬儀は代々、鳳友典礼に頼んでいるというのだから、「心」と聞いた途端にピンと来るかもしれない。だって、姑の母親が百歳で亡くなったのは、そんなに前のことじゃないから、今も覚えている可能性はある。何しろヤツは頭がいい。となると、父親をないがしろにしたと言われかねない。面と向かって口にすることはないだろうが、あとあとしこりを残す恐れはある。

だけど、やっぱり……どうせ燃やすのにもったいないじゃないの。

顔を上げると、本間が咄嗟に笑顔を取り繕った。

一瞬だが、眉間に皺を寄せているのを見てしまった。早く決めろとイライラしていたのか。

「ほかのみなさんは、さっさと決められるんですか？」

「そうですね、急いで決められることが多いです。お葬式は結婚式と違って突然でございますから、日程も差し迫っておりますでしょう。ほかにもまだたくさん決めなければならないことがございますし。例えば祭壇だとか会葬者への返礼品なんかの細々したことまで」

「本間さんもお忙しいんでしょう？　すみません」

「いえ、とんでもない。納得いくまでご検討いただいて結構なんですよ」

とってつけたように愛想笑いをする。

納得いくまでと言われても、四万円のでさえ高いと思ってしまう場合はどうすればいいのか。他の人はそんなことは思わないんだろうか。

「なんでしたら、棺桶は後回しにして、祭壇から先に決めていかれたらいかがですか」

やはり忙しいらしい。

「四万円のを選ぶ人は、どれくらいいます？」

「正直申しまして、今までわたくしが担当した中ではひとりもいらっしゃいません」

「えっ？」

「ですが、考え方は人それぞれでございますから、ご自由に選んでいただいてよろしいんじゃないでしょうか」

そうだよね。じゃあやっぱり四万円のにしようかな。うん、そうしよう。

やっと、決めることができた。少しホッとして、口を開きかけたときだ。

「一般的には、こちらの十二万円の『紫』が多いと申し上げただけでございまして、もちろん五十万円の『鳳凰』を選ぶ方も少なくはないんでございますよ」

本当だろうか。本間は、背が高く痩せていて楚々《そそ》とした雰囲気がある。だからか、商魂たくましい感じは微塵《みじん》もないが、人は見かけによらないものだ。

だが、さすがに四万円の「心」に決めるとは言い出しにくくなった。だって、この世でいちばんの貧乏人みたいじゃないの。

「じゃあ、この十二万円のにします」

言った途端に後悔したが、本間はにっこり笑って「承知いたしました」と言い、明細書に達筆で「紫」と書き入れた。

「次に祭壇ですが」

本間は別のパンフレットを広げた。菊の花で飾られた立派な祭壇の写真が目に飛び込んでくる。

「普通はみなさん、この辺りのを選ばれることが多いようです」

彼女が指差したのは、百二十万円と書かれた物だった。

なぜこれが百二十万円もするの？

穴の開くほど写真を見つめた。材木に透かし彫りが施してある。その緻密《ちみつ》さは芸術的とも言える。それが日本人の職人の手彫りで、しかも一回使ったらすぐに廃棄するっていうんなら高額なのもうなずける。しかし、これら一式は何度も使い回すんじゃないの？　それに、人件費の安い中国か東南アジアで作っているのでは？

「こっちの三十万円のでいいです」

思いきって言った。なぜこれほど言いにくいのか、自分でもわからない。

——お義父さん、なんで死んだりしたんですか？　あなたが死んだせいで、こんなにお金がかかるんですよ。

舅に対して、だんだん腹が立ってきた。

「奥様、本当にそれでよろしいんでしょうか」

ためらいがちだが、やめた方がいいと言っているも同然だった。

「と申しますのも、浅草の和栗堂と言えば、あの辺りでは誰でも知っている老舗です。そんじょそこらの、ぽっと出の饅頭《まんじゅう》屋とは格が違います。それに、老人は葬式に行き慣れていて、祭壇を見る目も肥えてますし……いえ、もちろん、こちらの三十万円のも当社自慢の透かし彫りで、立派な物には違いありません。ですから、奥様がどうしてもこちらがいいとおっしゃるなら、それでも構わないと思います。今はもう、そういう時代ですしね。ただやっぱり、お嫁さんの立場として、どうかなと思いまして。あとで御親族の方々に何か言われなければいいですが……。あら、わたくしったら差し出がましいことを言ってしまいました。申し訳ございません」

祭壇のページをじっくりと眺めた。

最も安価なものが三十万円、次が五十五万円、八十万円、百万円、百二十万円、百五十万円、二百万円と続く。三十万円でもとんでもなく高いと感じてしまう自分は金銭感覚がおかしいのだろうか。冠婚葬祭とはお金がかかって当たり前なのだと素直に納得できない自分が変なのか。

ああ、この場に夫がいなくてよかった。アイツは見栄っ張りだから、棺桶も祭壇も「上から二番目」あたりを注文するに違いない。

それにしても、日常生活との比較——例えばこれが旅行や洋服ならどうだろうとか、そんなお金があったら家電が買い替えられるのに——を持ち出す自分が非常識なのか。だけど、使い回すのならレンタルってことじゃないか。それなのに、どうしてこんなに高いのだ。

あっ、そういえば……さやかの結婚式のドレスも式場のレンタルなのにバカ高かった。

普段のちまちました節約——例えば、大根が百九十八円なら買うけど、三百円もするなら買わない——が無意味に思えて空しくなってくる。

「参列者は少なくとも百人というお話でしたので、うちで一番大きなホールを押さえてございます。ですから祭壇があまり小さなものでは釣り合わないかと……」

確かに三十万円のはかなり見劣りした。高価な物に比べると小さくて簡素で侘《わび》しい。当然だが、高価であればあるほど見栄えがする。だが、百五十万円以上になると立派すぎないか。

「百五十万円や二百万円の祭壇は、社葬で使われることがほとんどです。あまり一般葬では使われません」

パンフレットを覗くこちらの視線を追っているのか、要所要所で的確なアドバイスをする。視線を追われていること自体が鬱陶しかった。さっさと決めてしまって、一刻も早く帰ってもらいたくなってくる。

他の葬儀社もこんなに高いのだろうか。今さら後悔したって遅いが、舅が亡くなることはわかっていたのだから、何社か調べておけばよかった。でも、和栗堂の葬儀は代々この鳳友典礼に頼んでいるのだから、他社に変更するのは許されなかったかもしれない。

どうしよう、どうすべきか。迷っているうちに目が疲れて気分が悪くなってきた。

本間の言うように、百万円以下の祭壇では格好がつかないのではないか。由緒正しい和栗堂の最後の店主の葬儀なのだ。棺桶とは違い、祭壇は百万円以下のものであれば、ひと目見て安物だとわかってしまう。ど素人の自分にもわかるくらいだもの。

聡明な志々子の鋭い視線が頭に再び思い浮かんだ。

「百二十万円のにします」

言ったそばから、両腕にぞわっと鳥肌が立つような感覚があった。

こんなにお金を使ってしまって大丈夫なのか、自分。恐怖心に似た不安が襲ってくる。

いや、待てよ。香典という強い味方があるじゃないか。和栗堂があった浅草の隣近所には、老舗の店がたくさんある。それらの店主たちもこぞって参列してくれるだろうから、香典も相当な額にのぼるはずだ。プラスマイナスゼロとまでは言わないが、三分の二、いや四分の三くらいは香典で賄《まかな》えるのではないか。

うん、大丈夫だ、心配性がすぎるよ、自分。

「奥様、賢明なご判断だと思います。それでは、この百二十万円の『白菊』ということで」

本間は明細書に「白菊」と書き入れた。

「あのう……今さらすみませんが、やっぱり棺桶は四万円のに変えたいんですけど」

棺桶は安い物でも見劣りしないはずだ。焼け石に水だとは思うが。

「承知いたしました」

本間はにっこり笑って、「紫」に二重線を引き、「心」と書き直した。

「次に式場使用料ですが、大ホールは十万円と決まっております」

それが安いのか高いのか、見当もつかない。だが、決まっているというのなら仕方がない。

「遺影写真が三万円でございまして、霊柩車《れいきゅう》が五万円、骨壺が二万円、焼き場までのマイクロバスが四万円で、枕飾りが三万円、安置料が二万円でございます。ドライアイス代は別途となりますが、気温にもよりますのでのちほど請求させていただきます」

「枕飾りって何ですか？」

「これでございます」

本間はパンフレットの中にある、小さな文机《ふづくえ》みたいな台を指差した。「遺体の枕元に置く供物台でございます。白木の小台に香炉、花瓶、燭台、鈴。それとご飯を盛った茶碗に二本の箸を垂直に挿した一膳飯、そして三方《さんぽう》の上に枕団子、浄水などを置きます。花瓶にはシキミまたは菊などを生けます」

完璧に暗記しているらしく、流暢《りゅうちょう》にしゃべる。

ミニチュアの置き物のような物が、こんなにいろいろ載っているのにたった三万円とは、ずいぶん安いじゃないの。なんだか得をしたような気分になってきた。

「全部でいくらくらいになりますか？」

「いまご説明いたしました以外にも、会葬者を接待する費用が必要になります。お寿司やおつまみやビールやジュースでございますね。それと会葬御礼品と礼状などで、だいたい四十万円くらいになるでしょうか」

「はあ……」

葬儀に行ったとき帰りに渡される品々を思い浮かべた。

小さな袋に入った塩と、誰も使わないようなヘンな柄のハンカチと、日本酒の一合瓶。あんなのに大金を払わなきゃならないのかと思うと、涙が出そうだった。

「それと、花輪が必要でございます。ひとつ二万五千円ですが、おいくつになさいますか?」

頭がくらくらしてきた。

「いくつくらい用意するのが普通なんですか?」

「亡くなられた方の奥様のお名前でおひとつ、そしてご長男夫婦様、ご長女夫婦様、孫一同様、そして、御親戚の方々でいくつか……全部で五本から十本でしょうか」

「十本で二十五万円、ですか」

「これは、それぞれの方に支払っていただくものです。ですから、お供えいただけるかどうかを、まずは親戚の方々にお尋ねになってみていただけますか?」

何が高くて何が安いのか。どれくらいが妥当な値段なのか。

さっぱりわからなくなった。

これが大根やトイレットペーパーであれば、明確にわかるのだが……。

金銭感覚が麻痺してきたのを自分でも感じていた。

9

濃いピンクの久留米鶏頭《くるめけいとう》が、ビロードのように艶やかだった。

その隣に、紫紺の竜胆《りんどう》と赤黒い吾亦紅《われもこう》を添えると、秋らしい濃厚な色合いになった。最後に、可憐に揺れる白いコスモスを配置してできあがりだ。

フラワーアレンジメント教室の中は、時間の流れがゆったりとしている。世知辛い俗世間と遮断された空間は、心地がよかった。

秋の花々を見つめているうち、夕暮れどきの人恋しさに似た感情が湧き上がってきた。

この時間、さやかは何をしているだろうか。

楽しく暮らしているのだろうか。

今夜あたり、電話してみようかな。

講師の城ヶ崎は、今日も素敵な装いだった。木綿の白いブラウスなら自分も持っているが、戦前の少女を連想させる代物だ。しかし城ヶ崎のは白地に白糸で施された緻密な刺繍が、まるで芸術作品のようだった。きっと値段が一桁違うのだろう。

「先生、今日のブラウス、すごくきれい」

教室の右の方から黄色い声が飛んだ。

「あら、そう？　どうもありがとう」

微笑むと、一層華やいで見える。

「このブラウスは古い物なのよ。昔の日本製は、木綿の質が良くて縫い方も丁寧だから、今も大切にしているの」

「いいなあ」

「私も欲しい」

「素敵だわ」

あちこちから、羨望の溜め息が聞こえてきた。

「そういえば、うちの母も」と、三十代後半と見える上品な女性が城ヶ崎に微笑みかける。

「古い物をお直しに出して最近のデザインに作り変えてもらってるんですよ」

きっと、そのお直し代とやらは、自分のブラウス代の何倍もするのだろうと篤子は思う。

「昔の物をいつまでも使い続ける。そんな慎ましやかな暮らしもいいものですね」

そう言って、城ヶ崎はにっこり笑った。

慎ましやか？

そもそも、城ヶ崎はそのブラウスをいくらで買ったのか。きっと目玉が飛び出るほど高かったのではないか。だったら慎ましやかな暮らしとはいったいなんなのか。頭がこんがらがってくる。

そのとき、サツキがすっとそばに寄ってきて、小声で言った。「私はお直しに出したいほど上等のブラウスなんて持ってませんから、生地が傷んできたら換気扇を拭いて捨てます」

サツキの言葉は一瞬にして、頭をすっきりさせてくれた。

「だよね」

その日の帰り、ガレットの美味しい店があると、サツキが案内してくれた。

「篤子さん、お葬式大変だったでしょう。お疲れさまでした」

サツキは心から労わるように言ってくれた。何年か前に舅の葬式を出した経験があるから、その大変さがわかっているのだろう。

「二百万円以上も飛んでしまったのよ」

溜め息混じりになる。

「そうでしたか」

驚いた風もなくサツキは応じた。

「お葬式に二百万円だよ。高いと思わない?」

同意を得たくて、もう一度繰り返してしまった。

「どうでしょうか。平均してそれくらいが普通じゃないかと思いますが」

「うん、まあね、確かにそうなんだけどね」

言われなくてもわかっていた。二百万円が常識の範囲内だってことくらい。

しかし——。

予想に反して、参列者は驚くほど少なかった。百人は来ると言ったのは志々子ではなかったか。蓋を開けてみれば、夫の会社関係の数人と、櫻堂の研究所の数人と、姑の知り合いが三人ほど来ただけだった。舅は七人兄弟の末っ子だが、兄も姉も全員が既に他界している。姑には兄が二人いたが、いずれも若くして戦死している。九十九里に移り住んで二十年以上経つことで、浅草時代の知り合いとは疎遠になっていたうえに、舅と同年代の仲間のほとんどが既に亡くなっていた。姑の知り合いは、まだ元気な人もいるにはいるらしいが、きちんと喪服を着て参列するほど達者ではないらしい。

「家族葬で十分だったのに」

篤子は溜め息を漏らした。

「家族葬も同じくらい取られるって聞きましたよ」

サツキはそう言うと、ベーコンと玉子が載った蕎麦粉のクレープをナイフで小さく切り分けて口に運んだ。

「同じくらい？　そんなのおかしいじゃない」

「ですよね。でも今後は変わっていくと思いますよ」

「お墓さえ要らないって人が増えてるらしいね」

香ばしい蕎麦の香りを楽しみながら、篤子はバナナと生クリームの載ったガレットを切り分けた。

「お寺にもかなり払ったのよ。檀家になっているのが格式の高いお寺でね、和栗堂の先代が信心深い人だったとかで、お布施を惜しまなかったらしいの。だからか住職も、今後もそういったつき合いが続いていくと思ってるみたいで、院居士の戒名で六十万円も取られたの。

お布施や心づけも含めると九十五万に膨れ上がったんだよ」

「じゃあ全部で三百万円以上かかったんですか？」

信じられないといった顔で、サツキは首を左右に振ってから、はたと動きを止めた。「いや、それも相場かもしれないですね。特別に高くはないかも」

「うん、そうらしい。それに……」

言い淀むと、サツキはフォークを置いて、「それに？　なんですか？」と先を促した。

「墓石が高くて、涙が出そうだった」

「あれ？　だって先祖代々のお墓があるんでしょう？」

墓に関しては、篤子だけでなく、夫までもがうっかりしていた。

舅は婿養子ではなかった。戦前から和栗堂に丁稚《でっち》奉公していたのだが、苗字を変えるのを嫌がったのだった。だから、和栗堂に同居はしていても、苗字が違うのだ。「栗田家先祖代々の墓」という墓碑銘を、昨今はやりの「無我」や「一期一会」などに変えて、異なる苗字の人間でも埋葬できるようにしたらどうかと提案したのだが、住職に一蹴されてしまった。だが、浅草の墓地は高価だったので、とても買えそうになかった。夫がどうにか住職に頼みこんで、栗田家の広めの墓地の片隅に後藤家の墓標をやっとこさ建てることができたのだった。

「それは大変でしたね。でも……」

言いかけて途中でやめるなんて、サツキには珍しいことだった。

「でも、なに？」

気になって、思わず前のめりになった。

「今どきの年寄りは、自分の葬式代くらい残して死ぬのが普通ですよね？　だから高くついたといっても……」

「嫁の私が文句を言う筋合いじゃないって言いたいの？」

「ええ、そうです」

「それがね、今回は全額うちが出したのよ」

「どうしてですか？　まさか、葬式代さえ残しておいてくれなかったとか？」

率直な物言いが嬉しかった。亡き舅や身体が弱っている姑の悪口を言うのは憚られるから、今までずっと誰にも言えないでいた。今まさに舅姑を悪く言ってもいいと許可をもらえた気がした。

「夫の両親はスッカラカンなの」

「えっ、どうしてですか？　浅草の土地が二億円で売れたんでしょう？　お姑さんが亡くなったあと、それを兄妹で折半すれば、一億円ずつもらえますよね。そうなったときは焼き肉でもおごってもらおうかな、なんて夫と冗談言って笑ってたんですよ」

「二億円はね、贅沢三昧の日々と超高級老人施設の入居一時金や月々の料金で消えたの」

「ほんとですか？　どうしてまたそんな高い施設に？」

「これほど長生きするとは誰も思っていなかったからよ」

身内の恥を晒《さら》すようで、そのことはサツキにさえ話していなかった。

「それは大変でしたね」

誰かに相談したい気持ちが強くなっていた。このままでは老後が不安でたまらない。

サツキなら良い知恵を持っているかもしれない。

「本当に大変なのよ。実はね……」

気づけば、月々九万円の仕送りを初めとして現状を洗いざらい話していた。

「でも篤子さん、九十九里の一戸建ては空き家のままなんでしょう？　あれを売ればいいじゃないですか」

「売っても五百万円くらいにしかならないらしいの」

「安くったって、売って葬式費用に充てればよかったじゃないですか」

「私もそう思ったんだけどね……」

志々子に猛反対されてしまった経緯を話した。

「困った義妹さんですね。篤子さんの方は月々の仕送りも大変なんでしょう？　だったら今からでも家を売って、ケアマンションの費用に充てればいいと思います。あっ、でも……」

サツキは宙を睨むと、独り言のようにつぶやいた。「家を売った五百万円で、施設代が何年くらいもつんでしょう。長生きされると、またすぐになくなりますね」

サツキは自分の言動に心底驚いたように慌てて言った。「あ、ごめんなさい。私ったら言い方が露骨でした」

「いいよ、まったくその通りだもん」

「子供たちが小さかった頃、何度か和栗堂のキンツバをいただいたことがありましたね」

酷いことを言ってしまったと後悔したのか、サツキは急いで話題を変えた。「あれは本当に美味しかったです。甘い物が苦手な私が言うんだから間違いありません」

「私も和栗堂のファンだったよ。もう一回食べたいなあ。老舗の味がなくなるのは残念だよ」

「私が篤子さんだったら、きっと店を継いでましたよ」

「あら、他人ごとだと思って」

「すみません。ですけど、うちはベーカリーを開業してから苦労続きですからね。商売っていうのは、思っていたよりずっと大変です。そこへいくと、和栗堂なら昔ながらの固定客もたくさんいるでしょう。老舗という言葉の持つ重みは、昨日今日で作れるもんじゃないから商売上の最強の武器ですよ。誰も継がないなんてもったいないです」

「簡単に言ってくれるわね」

睨む真似をしてみせたが、実は自分も最近になって、そのことを考えるようになっていた。もしもあの店を継いでいれば、今ごろどんな暮らしをしていただろうと思うことがある。

若い頃は、古い暖簾《のれん》に何の価値も見出せなかった。

——饅頭屋なんてカッコ悪くて継げるかよ。俺は自由に生きたいんだ。

当時は夫と同じ考えだった。バブル景気でイケイケドンドンの世相にもろに影響され、明るい未来を自力で切り拓いていけると信じていた。そして、老舗の和菓子屋の嫁ともなると、夫側の家族の歯車の一部として組み込まれ、自分を殺して生きていかねばならない。きっと昔からのしきたりや近所づきあいにがんじがらめにされてしまう。

想像しただけで嫌悪感でいっぱいになり、それは恐怖心と言い換えてもいいくらいだった。だが本当は跡を継いだ方が、夫も自分も会社勤めをするよりは、もっと自由に楽しく生きられたのではないか。この頃ときどきそう思う。商売で苦労している人からは、何を甘いことを、と一笑に付されるかもしれない。だが、会社勤めでは得られない創意工夫の楽しみや物作りの達成感があり、努力が儲けに結びつくこともあるだろう。そうなると、やりがいだってサラリーマンの比ではないのではないか。少なくとも自分のパート勤めよりは手応えがありそうだ。それより何より、土地も家もあるから住宅ローンに追われることもない。だとしたら、それほど儲からなかったとしても、つましく食べていけたのではないか。

店を継いでいたなら、さやかは潑剌《はつらつ》とした性格になっていたかもしれない。看板娘として自分に自信を持ち、明るい子に育ったのではないか。もしくは祖父や父から職人として厳しく仕込まれ、いっぱしの和菓子職人になって自立できたかもしれない。経営や技術のノウハウを、最も身近な親族から学べるのはありがたいことだ。

自分の経験から言っても、会社員になると様々な能力が求められる。今やパソコンが使えることは大前提だし、社内の難しい人間関係をうまく渡っていける協調性や、できることなら上司に好かれる可愛げや部下に慕われる豪胆さがあり、残業を厭《いと》わない強靭《きょうじん》な体力……数え上げたらきりがない。そこへいくと、舅にそんな能力などどれひとつとしてなかったように思う。頑固一徹で誰とも口をきかず、もくもくと饅頭を作っていた。そうであっても、一流の和菓子職人と言われ続けた誇り高い人生だった。

さやかの気弱な面を思い出すたび不憫になる。この先、子供が生まれて母親になり、主婦として家庭を切り盛りしていけば、自信やふてぶてしさが少しは身につくのだろうか。

さやかの夫は舅の葬儀には来なかった。舅とは会ったこともないから、わざわざ会社を休んでまで参列する必要はないと考えたのかもしれない。久しぶりに会ったさやかは、喪服を着ていたこともあり、ずいぶん美しくなったように感じた。だが今思うと、あれは単に痩せただけかもしれない。肌が透き通るように白くなっていたが、青白かっただけではなかったか。葬儀の場だから笑顔が出なくて当然ではあるが、それにしても横顔に翳りが見えた気がしてならなかった。

「篤子さん、すぐに四十九日がやって来ますよ」

サツキの声で現実に引き戻された。

「それを考えると頭が痛いよ。その先も一周忌、三回忌、七回忌と法事があるんだもんね」

「四十九日には、香典返しもしなきゃなんないでしょう」

「今どきバスタオルや趣味に合わない食器をもらって喜ぶ人なんかいないよね」

「ですよね。メルカリに直行ですね」

「問題は高額の香典をくれた人よ。三万円の香典をくれた人に半額返しとなると……」

「やっぱり毛布ですか？」

「私なら要らないけど、毛布か夏掛け蒲団以外には思い浮かばないわね」

「無駄な習慣ですよね。品物を選ぶのも面倒だし、住所がわからない場合は調べるのも煩わしいし、もらう方だって嬉しくないですもんね」

サツキがふうっと息を吐きだす。「それなのに、どうしてこんなことをみんな続けているんでしょう」

「だよね。うちのダンナはデパートのカタログにしたらいいじゃないかって言うんだけど」

昨夜、夫が得意げにそう言ったのだった。そんなの簡単なことじゃないか、いったい何を悩んでいるのかといった口調だったので頭にきた。

「結婚式や葬式のたびにあのカタログをもらいますけど、あの中で欲しいものがあったためしがありません。定価販売だから、あれでデパートはボロ儲けしてますよ」

篤子はシードルを飲み干して、グラスをテーブルに置いた。そのとき、サツキの舅が亡くなった数年前のことを思い出した。香典を包んで持っていったのだが、辞退させてもらいたいと返されたのだった。

「サツキちゃんは、お舅さんのときはどうした？」

「香典はすべて辞退したので、お返しは必要なかったんです。うちのお義父さんは、まだ元気な頃から『香典はもらうな、葬式に金をかけるな』って口を酸っぱくして言ってたんで」

サツキの舅が戦災孤児となってから辛酸を舐めて生き延びたことは、これまでも何度か聞いていた。そのためか、無駄使いを極端に嫌ったという。爪に火を灯す生活の中で、お金を貯めては土地を少しずつ買い足し、三人の子供それぞれに、土地を分け与えたと聞いている。サツキ夫婦が結婚してすぐに店を開けたのは、そのおかげらしい。

「お義父さんが亡くなったときは、葬儀社で安置室を借りて、親族だけでお別れをしたんです。出棺も霊柩車ではなくて、寝台車を借りました。焼き場に行くときも、マイクロバスじゃなくて、それぞれの自家用車で行ったんです」

「やっぱりすごいね、サツキちゃんて。普通はそういうの、なかなか思いつかないよ」

口では感心しながらも、心の中に抑えきれないほどの後悔が押し寄せてきていた。どうして自分もサツキのように簡素な葬式にしなかったんだろう。

「私が考えたんじゃありませんてば。生前、お義父さん自身が、どうやったら安く上がるか試行錯誤してたんです。葬儀社をいくつも当たって見積もりを取っていました。いちばん安いところと生前契約するのだろうと思ったら、どこもかしこも高いから俺は葬儀屋には頼まないと言い出したんです」

もしもサツキの舅と同じように簡略な葬儀をしていたならば、志々子は何と言って詰《なじ》っただろう。不機嫌な顔が頭をよぎる。

「お姑さんや、ご主人のお姉さんや弟さんは反対しなかったの？」

「それは大丈夫です。だって盆暮れにみんなが集まったときに、お義父さん自身が、自分の葬式の話ばかりしてましたから」

なんという違い。浅草の土地代二億円を使い果たした事実さえ知らないまま舅は逝った。

「具体的にはどういったお葬式をしたの？」

「普通は斎場で荼毘《だび》に付されている間に、式場に戻って精進料理を頂きますよね。そういうのもうちはやらなかったんです。お骨上げまでの二時間は、駅前の適当なレストランで食事をしました。それは主人の姉の提案です」

「それはいいわね。あのちまちました懐石料理が五千円もするんだもん、もったいないよ」

そう言うと、サツキはおかしそうに声を出して笑った。

「私なにか変なこと言った？　だって五千円も出したら家で分厚い和牛ステーキが食べられるじゃない。懐石なんて、高野豆腐だとか干し椎茸の煮物だとか茶碗蒸しだとか、単なる古臭い家庭料理じゃないの」

「ほう」

サツキは笑みを消し、感心したように首を振る。「篤子さんは和食がお得意なんですね」

「得意ってほどじゃないよ。ただね、家庭で作れるものに五千円はもったいないでしょ」

「私は懐石料理、大好きですよ。だって高野豆腐も干し椎茸も自分では使ったことないですもん。煮るのが難しそうで」

「えっ、そうなの？　へえ、いろんな人がいるね、世の中って」

篤子がそう言うと、サツキは朗らかに笑った。

「うちは、主人の姉が形式にこだわらない人だから助かりました。レストランでは、それぞれに好きな物を注文してもらいました。なんせ小学生から八十代までいましたからね。食後はパフェやコーヒーも頼んで、みんな満足そうでしたよ」

「でも、お寺さんに払う費用は節約できなかったでしょう？」

「実はお坊様をお呼びしなかったんです。これもお義父さんが生前から決めていて、お寺にも話してあったらしくて、こちらとしては助かりました。お葬式は無宗教の形でやって、後日自宅にお寺さんを呼んで、お経を上げていただいたんです」

「で、結局いくらかかったの？」

「全部でいくらくらいだったかなあ」

そう言って宙を見つめる。「あっ、そうだ、明細があったんだ」

サツキは携帯電話を親指で忙しく操作し始めた。「ありました」

見せてくれたのは、かかった費用のメモを撮った写真だった。

それによると——。

安置室使用代が三万五千円、親族一同のお花が二万千円、寝台車使用料が二万五千円、祭壇（写真、棺、焼香台など込み）が九万八千円、骨壺が一万八千円、自治体に払う斎場使用料が二万円、ドライアイスが一万円で、合計二十二万七千円とある。

「そのほかに、葬儀の夜に親族だけで自宅でお寿司を取ったりして、思い出話に花が咲いて朝まで飲んでましたから、全部で二十五万円くらいですかね」

「たったそれだけ？」

二十五万円で済ませられるようなことに、二百万円も注ぎ込んでしまったと思ったら、どっと気分が落ち込んできた。

「頭に来たのは死亡診断書ですよ」

サツキが眉間に皺を寄せた。「お義父さんのときは、五万円も請求されたんですよ」

「それは信じられない。うちは一枚六千円だった。それでも高いと思ったけど」

「医者の言い値らしいですよ。あんなの、三百円くらいで十分だと思いませんか？　詳しい病状が書いてあるんならまだしも、氏名と生年月日と『死因は肺炎』の三行だけでした」

サツキの意見に、篤子は深くうなずいた。

「家族葬だと知ると、『死んだ人が可哀相』だとか『何か事情があってそんなお式？』なんて尋ねる人もいるんです。でも私は子や孫みんなでお義父さんを偲《しの》べたし、心がこもっていて、すごく良かったと思ってるんです」

「身内の絆が太くなっていいわね。奄美大島ではどうなの？　ご近所総出でやるの？」

「それは昔の話ですよ。今は奄美でも葬儀社がやるから東京と変わらないです。私の祖母が亡くなった時代は近所の人も手伝ってくれて、島唄を歌ったりして心に沁みましたけどね」

「昔は日本全国どこでもそうだったんだろうけど、そういう付き合いがお互いに煩わしいってことで、葬儀社に任せるようになったんだろうね。私なんかマンションに住んでて、近所づきあいがあんまりないから、ご近所総出なんて、もう別世界だわ」

払った金は戻ってこない。それはわかっているが、サツキは少ない金額で済ませたうえに、心がこもっていて良かったと言う。

自分がとんでもない愚か者に思えてきた。

駅前でサツキと別れた帰り道、涼しい秋風が頬を撫でた。そのせいか、急にさやかに会いたくなった。

さやかのマンションに寄ってみようかな。そう思い、踵《きびす》を返しかける。

いや、やめた方がいい。自分みたいなのを子離れできない母親というのだ。

だったら、何か果物でも送ってやろうかな。秋と言えば、梨、栗、ぶどうに柿……。

あっ、貯金が激減したのだった。

一千二百万円あった貯金は、さやかの結婚で五百万円、そして舅の葬儀と墓で四百万円を使い、今や残りは三百万円を切ってしまった。夫が定年退職したあと、どうやって暮らせばいいのか。三百万円など、一年分の生活費にしかならない。五十代の夫婦で、それだけしか貯金のない人って、日本人の何割くらいいるのだろう。

ついさっきのガレットの店で払った代金がもったいなく思えてくる。

いや、そんなことはない。だってサツキとおしゃべりするのは一ヶ月に一回だけだし、気持ちを吐露しないと、鬱になりそうだったんだもの。結果は……もっと落ち込んでしまったけれど。

街路樹の銀杏《いちょう》に西日が反射してきらきらと眩しい。

夫が定年退職したら、夫婦であちこちに紅葉を観に行くはずだった。

老後が心配でたまらない。

もっと節約して貯金に励まなければ。

失業保険が切れる前に仕事を見つけなければ。

だけどこの先、姑が亡くなったら葬式はどうする？　また自分たち夫婦が負担するの？

まさか……姑のときは志々子にはっきり断わろう。

夫がいい顔をしないだろうけど。

10

リビングに掃除機をかけていると、ポケットの中の携帯が振動した。

夫からだった。勤務中に電話をかけてくるなんて珍しい。もしかして、姑が亡くなったとか？

——もしもし、篤子か？

「どうしたの？　こんな時間に」

——俺の会社、もうダメらしい。

「ダメって、どういうこと？」

夫の会社がリーマン・ショックの煽《あお》りをいまだに引きずっていることは聞いていた。

——今朝、本社の人事が説明に来たんだよ。それによると、本社機能だけを残して、それ以外は全員解雇だとさ。

「まさか、章さんもその中に入ってるの？」

――入ってる。

「どうして？　建設は人手不足だってニュースでもしょっちゅう言ってるのに」

――篤子、もう仕方がないんだよ。

「だけど、震災の復興工事や東京オリンピックで、仕事はいっぱいあるんじゃないの？」

――そんなの大手がみんな持っていってしまうよ。うちは一次下請けだったはずなのに、社長の経営手腕が今ひとつで、いつの間にか三次下請けに格下げさ。工賃が安すぎて、やっていけないとは聞いていた。だけど、篤子が言うように、人手不足と聞いていたからなんとかなるだろうって気持ちもあったんだ。それなのに、東南アジアからの出稼ぎ労働者ばかり集めたような会社が、もっと安い工賃で引き受けるようになっちゃって、それが原因でうちの会社は傾き始めたらしい。

夫は饒舌だった。興奮状態と言ってもいいほどだ。

「ってことは、夫婦揃って……」馘になったってことか。

いきなり体幹がぐにゃりと曲がってしまう感覚があり、咄嗟に壁によりかかった。心細くてたまらなかった。足もとが崩れていくってこういうことなのか。

「章さんは、いつまで勤められるの？」

――来年の三月末までだ。

「退職金はどうなるの？」

――一円も出ないらしい。

「そんな……」

――篤子、すまん。

急に暗い声になり、語尾が消えかかる。夫が情緒不安定に陥っているのが手に取るようにわかる。なんだか嫌な予感がした。自殺なんてことはないよね。

「章さんのせいじゃないよ。今後のことはじっくり話し合おうよ」

――……うん、篤子、本当にすまん。

「今夜は章さんの好きなおでんにするよ。久しぶりに一杯やろう」

――そうか、そうだな。うん、今日は早めに帰る。

「どうせ馘になるんだもん、残業なんかしなくていいからね。もうこれ以上、会社に奉仕するヤツは馬鹿だよ」

――ハハハ、言われてみりゃそうだな。

夫の笑い声を聞いて、少し安心した。

その夜、夫はいつもより早めに帰宅した。

一杯飲んだだけで頰を染めている。若い頃はどんなに飲んでも顔色ひとつ変わらなかったのに、いつの間にか、夫も老いに向かっているのだとしみじみ思う。

「ところで篤子、今うちの預金はどれくらいあるんだっけ?」

「三百万円よ」

「え？　たったそれだけ？」

驚いたような顔でこっちを見た。一度に酔いが醒めたといった感じで、緩んでいた頰が戻り、真顔になっている。やはり、妻を打ち出の小槌か何かだと思っていたらしい。

「章さん、あんなに使えばなくなるってば」

「あんなにって、何に使ったんだっけ？」

呆れてものが言えないとはこのことだ。いくらなんでも、ここまでお金に無頓着だとは思いもしなかった。

「さやかの結婚とお義父さんの葬式とお墓よ」

「うん、そうだったな、そうだよな」

「簡単に納得するのね」

「金のことは任せてるから、篤子がそう言うんならそうなんだろ」

「信用しすぎだよ。世の中には、夫に隠れて毛皮のコートを買ったり遊びまくったりして、贅沢三昧してる妻もいるって聞くよ」

「篤子様ともあろうお方がそれはござらんだろう」

ふざけた言葉遣いをするところからして、この期に及んで深刻に捉えていないのか、それとも明るく乗り切っていこうとしているのか。長年のつきあいでも心の中は読めない。

「篤子様はドケチでござるから、金に関しては信頼しておるぞ」

それは褒め言葉なのか？

「あらそう。それはどうも」

後悔したところでお金を取り戻せるわけではない。前向きに考えるしかない。夫が年金をもらえる六十五歳になるまであと八年だ。その日までなんとか食いつないでいかなければ。

「俺はまだマシな方だよ。どっちにしろあと三年で定年を迎えるところだったんだから。それに比べて、ほかのヤツらはかわいそうだよ。四十代の山内《やまうち》のところなんて、奥さんは専業主婦だし子供はまだ幼稚園なんだぜ」

そう言うと夫は溜め息をつき、発泡酒をひと口飲んでから続けた。「馘になった場合は自己都合退職と違って、すぐに失業保険が下りるだろ。それがせめてもの救いだよ」

夫は蒟蒻《こんにゃく》に芥子《からし》を丁寧に塗って、うまそうに食べた。「六十五歳からは年金も……」

言いかけて夫はいきなり黙った。

どうしたの？　そう問いかけようとしたとき、目が合った。

「基金のことだけど、本当にすまなかった」と夫は頭を下げた。

今までずっと気にかけていたのだろうか。

七年ほど前のことだ。夫の誕生月に、日本年金機構から「ねんきん定期便」が郵送されてきた。五十歳を過ぎると、将来もらえる年金額が記載されるようになる。夫の年金額は、年金問題を特集したテレビ番組などで見る額よりずっと少なかった。だが、篤子はそのからくりを知っていたので、気に留めていなかった。会社が年金基金に加入している場合は、基金の方から相当額が出るという。そして、その額は、定期便には記載されていない。

——年金基金に入ってるよね。

そう夫に念押ししたときだった。夫は素早く目を逸らせた。

夫の会社は、ライバル会社に吸収合併されたことがあった。夫が四十半ばの頃だ。それと同時に、会社はそれまで加入していた基金から脱退したという。そのとき、それまで積み立ててきた基金を将来受け取れるようにするか、それとも一時金として今すぐ受け取るかを選択するよう会社側から言われたらしい。なんと、夫は篤子に内緒で一時金として受け取ってしまったという。聞けば五十万円ほどだったというが、そのせいで、将来の年金額がガクンと減った。女子社員で一時金として受け取った人はひとりもいなかったが、既婚の男性社員の多くが妻に内緒で受け取ったらしい。そして、それを飲み食いに浪費したという。

それを知ったとき、篤子は激怒した。なんて軽薄な男だろうと詰った。日本の年金というのは、夫婦ひと組で成り立っている。つまり夫の受け取る年金は夫だけのものではない。夫婦の老後の生活の基盤となるものだ。一時金として受け取ればたったの五十万円でも、年金となれば大きな額に化けるのだ。

老後の一万円は大きい。現役時代の一万円とはまったく違う。

今なら、たった一万円じゃあブティックのウィンドウに飾ってあるワンピースさえ買えないじゃないのと思う。だけど、将来自分が貧乏な老女になったら？　そのとき一万円あれば、スーパーで安売りの食パンがいったい何斤買える？　玉子が何パック買える？

「章さん、そのことは、もういいよ」

そう言うと、夫は驚いたように顔を上げた。

あれから篤子の考えは変わった。大の男が、昼食代を含め月々自由に使えるのが五万円というのは、少なすぎたのではないか。たったそれだけでは人生が面白くはないだろう。いつ頃からか、そう思うようになっていた。

「私、フラワーアレンジメント教室をやめるよ」

「なんでだよ。たいした費用じゃないんだろ」

「花なんて贅沢だもん。お腹が膨れるわけでもないんだし」

「今どきの小学生だってもっと小遣いもらってるぞ。それに教室をやめたら、サツキさんとのつきあいも終わってしまうんじゃないか？」

これほど反対するとは意外だった。

——妻にその程度のことさえしてやれない俺。

叫びが聞こえるような気がした。教室をやめたら、夫をもっと精神的に追い詰めてしまうかもしれない。これ以上、惨《みじ》めな思いをさせてはいけないのではないか。

「じゃあ、お言葉に甘えて続けさせてもらうわね」

そう言うと、夫は嬉しそうに微笑んだ。

「それにしても篤子、おでんをずいぶん多めに作ったんだな」

「言っとくけど、今日から三日間おでんだからね」

食費をもっと切り詰めることにしたのだった。

「いいねえ。俺、おでん大好き」と、夫は嬉しそうに笑った。

やはり夫は少しズレている。

呆れる思いで夫を見たときだった。

「ただいまあ」

玄関から勇人の声が聞こえてきた。

「二人ともニコニコしちゃって、なんかいいことあったの？」

「秘密よ」

笑顔で答えると、勇人も明るく笑った。

夫のリストラのことは子供たちには伏せておこう。勇人は就職も決まり、単位もほとんど取り終え、すべてが順調だ。今まさに自由を謳歌していて、人生で一番楽しい時期かもしれない。そんな明るい笑顔に、わざわざ影を落とす必要はない。

「もしかして、宝くじに当たったとか？」

勇人は自分でご飯をよそって食卓についた。

「そんなうまい話あるわけないだろ。老後はなんとか暮らせていけそうだって話してたんだ」

示し合わせたわけではないが、夫もリストラされたことを話す気はないらしい。

「だったら篤子さんはもう働かなくてもいいんじゃないの？　もう歳なんだしさ」

篤子が馘になったことだけは話してあった。

「そうはいかないわよ。私だって小遣い稼ぎがしたいわ。旅行したり洋服買ったりしたいもの。それに、家でぼうっとしてたら老けちゃうよ」

「それもそうだね。でも無理すんなよ。最近、目の周りに皺が出てきたし」

「やだ、それ言わないでよ」

温かな空気が流れたように思ったら、家族団欒《だんらん》の中にさやかがいないのが寂しかった。舅の葬式以来、会っていない。

「たまには、さやかに電話してみようかな」

「うん、かけてみろ、早く」

夫が急かすので、携帯電話をエプロンのポケットから取り出した。

何度目かの呼び出し音で、さやかが出た。

——はい。

硬い声だった。

「もしもし、さやか？」

——お母さん、お久しぶり。

明らかに歓迎していない声音だ。

「元気にしてた？　たまにはうちに帰ってくれば？」

——うん……そうね。

「俺にもさやかの声を聞かせろよ」と夫が言う。

「さやか、お父さんも声が聞きたいっていうから、スピーカーフォンにするね」

——うん、いいよ。お父さんも勇人も元気？

「元気よ。勇人は相変わらずよく食べるし、よくしゃべるわ」

「無口な男がかっこいいなんて時代はとっくに終わったんだよ」と、勇人がご飯茶碗から顔を上げる。

「ねえ、さやか、私しばらく家にいるから、平日の昼間でも帰ってきたら？」

——そうねえ、どうしようかなあ……あっ、ごめん、琢磨さんが今帰ってきた。

玄関のチャイムを立て続けに押しているらしく、けたたましく鳴り続けている。

——鍵を開けて入ってくればいいでしょ。

さやかの声が、電話を通してはっきり聞こえてきた。

——また鍵を忘れて行ったの？

そのときだ。電話の向こうからパチンと音がした。

まさか……さやかは琢磨にひっぱたかれたのではないか。

夫も勇人も固まったように身動きひとつしないで耳を澄ましている。

電話の向こうで、ガタンと大きな物音がした。

頭の中に、さやかが椅子ごと倒された映像が浮かんだ。

「もしもしっ、さやか、大丈夫？」

思わず大声を出していた。

次の瞬間、電話が切れた。

呆然として携帯をテーブルの上に置いた。

「今の、何だよ」

箸を置いた勇人の声が掠れている。「姉ちゃんのダンナ、まさか暴力亭主ってことはないよね」

不安を言い当てられ、絶句して勇人を見つめた。

「馬鹿だなあ。勇人は篤子に似て心配性がすぎるよ。若い男ってものはカーッと頭に血がのぼるもんだよ」

夫は妻や息子を安心させようと無理して言ったのだろう。その証拠に表情が強張っている。

鈍感な夫でさえ、琢磨の暴力を想像していたことがはっきりし、余計に不安は増した。

「僕は女の子に手を上げたことなんて一回もないよ。っていうか、想像もできない」

「お前はまだ独身だから夫婦ってものがわかってないんだよ。俺だって若かったときは、篤子に怒鳴ったりしたもんだよ。そうだったろ？」

「そうだった……かな？」

そんな覚えはまったくなかった。不機嫌なときや落ち込んでいることはあっても、夫が声を荒らげたことなどない。少なくとも、「また鍵を忘れたの？」と言ったくらいの些細なことで、夫が怒鳴るなんてありえない。ましてや殴られたことなどあるはずもない。

「ごちそうさま。牛スジ、すげえ美味しかった」

勇人の明るい声が、わざとらしかった。

11

翌日、夫を会社へ送り出したあと、自室に戻ってベッドに横になった。

さやかのことが心配で、昨夜はほとんど眠れなかった。

考え過ぎだろうか。ひっぱたくようなパチンという音や、椅子ごと倒されたようなガタンという音が頭の中に何度も蘇ってくる。

やっぱり考え過ぎだ。あんなに無口で静かな琢磨が、そんな暴力的なことをするはずがない。いや、無口だからこそ恐いんじゃないの？　確かにざっくばらんな性格ではなかった。でも、だからといって……。

頭の中で、押し問答を繰り返す。

——さやか、大丈夫なの？

心の中で何度も呼びかけるうち、涙が滲んできた。

台所の方でオーブントースターがチンと鳴った。勇人が起きてきて、朝食を作っているらしい。

そのあと、廊下をこちらへ向かって歩いてくる足音がした。

「篤子さん、まだ寝てんの？」

「起きてるよ」と言いながら、だるい身体を引きずってドアを開けた。

「このアーモンドクリーム、残りちょっとだけだから、全部パンに塗っちゃっていい？」

「どうぞ」

いつもなら、そんな細かなことを聞きにくる勇人ではない。

「コーヒー淹れるけど、篤子さんも飲む？」

「そうね、ありがとう」

何か話したいことでもあるのだろうか。

部屋を出てリビングへ行くと、コーヒーの芳香に包まれた。

「僕さ、今日のアルバイトは夜八時までなんだ。終わったら急いで家に帰ってくるよ」

「どうして？」

「今夜二人で、姉ちゃんのマンションに行ってみようよ」

そうだ、そうしよう。

ああでもない、こうでもないと家で心配していても埒《らち》が明かない。

「だったら駅で待ち合わせしましょう」

夫は今夜は遅くなると言っていた。もうすぐ馘になるというのに、「最後の忘年会だよ」と言い、楽しみにしている様子が見て取れた。リストラされる仲間がたくさんいるから、互いに話したいことが山ほどあるのかもしれない。

このことは夫には知らせないでおこう。余計な心配をかけたくないこともあるが、夫が口出しをするとややこしくなる。長年に亘って会社に勤めているから、世間のことは主婦よりよく知っていると思うのだが、おしなべて夫というものは、なぜか感覚がズレている。

どうしてなんだろう。

夜の九時を過ぎていた。

篤子は、さやかの住むマンションを勇人と並んで見上げていた。

ベランダで洗濯物が風にはためき、部屋には灯りがついている。この時間になっても洗濯物を取り込んでいないことが不吉な前兆のように思えて、立ち竦《すく》んでいた。何か尋常ではないことが起きているのではないか。そう思うと、いてもたってもいられなくなった。

勇人とともに一階ロビーに入り、部屋番号をプッシュしてみたが返事がない。

居留守を使っているの？　どうして？

もう夜の九時だ。琢磨はまだ帰っていないかもしれないが、さやかは家にいるはずだ。

「電話してみるよ」

勇人がさやかの携帯にかけてみたが、出なかった。

そのとき、マンションの玄関の自動ドアが開き、四十代くらいの男性がロビーへ入ってきた。郵便受けからダイレクトメールなどを取り出しているところを見ると、このマンションの住人らしい。

思わず勇人と目を見合わせた。住人が胸ポケットからカードキーを出して、読み取り装置にカードをかざすと、住居へと繋がる自動ドアが開いた。篤子と勇人は素知らぬふりで、男性に続いて中に入り込んだ。

三階でエレベーターを降り、さやかの部屋の前まで行き、ドアの前に立つ。鉄扉というものは、こうも冷たいものだったか。ドアの内側の様子は窺い知るすべもない。

チャイムを鳴らしたが、反応がなかった。

勇人が玄関脇の小窓を指差して言う。「電気点いてるよ。姉ちゃんきっと中にいる」

そのとき、怒鳴り声とともに何かがガチャンと割れる音が聞こえてきた。

「さやか、どうしたのっ」

篤子は思わず大きな声で呼びかけ、ドアをドンドンと叩いた。

「姉ちゃん、ドア、開けてよ」

「さやか、開けなさい！」

そのとき、隣室のドアが開いた。

見ると、三十代半ばくらいの優しそうな顔立ちの女性が篤子を見て目礼した。

「どうかされたんですか？」

「お騒がせしてすみません。私はこの部屋に住んでいる娘の母親なんですが、その……なんて言いますか、娘の具合が悪いんじゃないかと心配になりまして」

「ああ、お母様でしたか」

そう言うと、女性はなぜかクスッと笑った。「ご心配ないと思いますよ」

「だけど、たった今、大きな音が……」

「いつものことですよ」

女性はそう言って微笑むと、ドアの奥に引っ込んだ。

「どういうこと？」

低い声で篤子は勇人に尋ねた。「いつものことって？　いつも亭主に暴力を振るわれていることを知ってて笑ったのかしら」

「まさか、それはないだろ」

「だったら、なんなの？」

「よくわかんないけど、単に派手な夫婦喧嘩っていう言い方だった気がする」

次の瞬間、さやかの部屋のドアが細めに開いた。

「まだいたの？」

さやかは眉間に皺を寄せて迷惑そうに言った。

「いるんならどうして出てこないのよ」

そう言いながら篤子は、ドアの細い隙間からさやかの全身を素早く見た。黒いハイネックのセーターに黒いスパッツを穿いていて、まるで打撲の痕《あと》を隠そうとでもするかのような服装だった。

「今ちょっと取り込み中だったから」

「取り込み中って何よ」

「とにかくさ、また今度にしてくれる？　今日は帰ってくれない？」

「だって、さやか」

「ごめんね。せっかく来てくれたのに」

そう言ってさやかはドアを閉めようとする。篤子は素早くドアノブをつかみ、ドアを開こうと力を入れた。

そのとき、勇人に腕を引っ張られた。

「篤子さん、今日のところは帰ろう」

どうして？　目で問いかけると、勇人は小さく頷いた。

何か考えがあるのだろうと思い、仕方なくドアノブから手を放すと、ドアがバタンと閉まり、ガチャリと遠慮なく鍵をかける音が廊下に響いた。

マンションを出て、向かいにある喫茶店に入った。

「私、部屋の中が見てみたかった」

部屋の状態を見れば、暮らしが透けて見えるものだ。長年の主婦経験から直感的にわかる何かがあるはずだった。

「篤子さん、洗脳はそう簡単には解けないと思うよ」

「洗脳って？」

「暴力亭主の妻って、みんな洗脳されてる。テレビドラマでもそうだったじゃん」

そう言われて思い出した。暴力亭主というのは、機嫌の良いときは善人そのもので、暴行したことを泣いて詫びるのだという。そして妻は自分が至らないせいだと思い込むらしい。

「だけど、今みたいな生活を続けてたら、さやかは精神的におかしくなってしまうわ」

「焦りは禁物だよ」

「そんなこと言っても……」

一刻も早く連れ戻さなければと思うと、じっとしていられない。

「対策を練った方がいいよ。無理やり連れ戻したりしたら、きっとこじれるよ」

「だけど、さやかが……」

今まさに琢磨から暴力を振るわれているのではないか。そんな場面を想像していた。

「篤子さん、落ち着いて。座んなよ」

無意識のうちに立ち上がっていたらしい。

「あのドラマにしたって、親兄弟が口出しして泥沼にはまったじゃん」

「そうか、そうね。さやかの洗脳を解くことが先決ね」

「ドラマは一応はハッピーエンドだったけど、現実はもっと厳しいと思うよ」

「というと？」

「親兄弟を敵視するようになって、二度と戻ってこなくなるかも」

「そんな……。そんなの嫌だわ。絶対にさやかを家に連れ戻す」

琢磨に対する憎しみがムクムクと湧き上がってきた。よくも弱い女に暴力が振るえるものだ。篤子は幼い頃から弱い者イジメをする人間が許せなかった。

「僕が会社の寮に入ったら部屋が空くから、ちょうど良かったね」

勇人は、沈痛な空気を払拭するように言った。

「うん、そうね。そうだ、そうだよね」

気持ちを切り替えようと、思いきり深呼吸した。陰々滅々な気持ちでいると、決まって便秘になる。今は体調を崩している場合じゃない。母親の自分がしっかりしなくてどうする。いつか笑える日がくると信じて、気持ちを強く保たなければ。

さやかが近いうちに帰ってくる。また雑貨屋でアルバイトをするのだろうか。高校時代から店主母娘には気に入られているから、雇ってくれるかもしれない。だけど今後を考えたら、もっときちんとした職業についた方がいいのではないか。そうなると専門学校に通うことも必要になってくる。

学費が……出せそうにない。

ああ、惨めだ。

それに比べて、サツキの子供たちの、なんとちゃんと自立していることか。長男の知行は子供の頃からの夢だった消防士になり、長女の葉月は歯科衛生士として歯科医院に勤めている。次女の睦月は看護師だ。今後も三人とも安定した人生を送れるだろう。

サツキの子供は三人とも小学校から高校まで公立だった。塾にも通っていなかったし、習い事にしても、葉月と睦月は父方の祖母に三味線《しゃみせん》とお囃子《はやし》を無料で習っていただけだし、知行は小学生の頃からサッカーに夢中で、習い事をする時間はなかったと聞いている。

勇人は来春から大手企業に勤める。有名大卒しか採らないから、勇人に限って言えば、大学を出ている意味は確かにある。しかし、さやかはどうだ。いったい今までどれだけ教育費を注ぎ込んできただろう。小学校から高校まで、ずっと塾に通わせていたし、習い事もたくさんさせた。自分もサツキのように賢く暮らしてきたならば、今頃どれくらいのお金が貯まっていただろう。

今さら考えたって仕方がない。それはわかっている。

だけど……。

こまごましたことを思い出しては後悔の念が渦巻く。その繰り返しを心の中で断ち切ることが、なかなかできなかった。

さやかの結婚式と新婚旅行と新居の費用は、すべて無駄に終わった。離婚するとなれば、結婚式の思い出などない方がいいくらいだ。もっと簡素な内輪だけの式の方が、離婚後の気分も少しは楽だったのではないか。

舅の葬儀の出費にしたって、庶民には大きすぎた。墓のことは何度思い出しても腹が立つ。苗字が違ったっていいじゃないか。先祖代々の和栗堂の墓は、ひとり娘だった姑が結婚した時点で、栗田姓を継ぐ者は誰もいなくなった。そして、後藤家にしても、勇人に子ができなければ終わりだ。ああ、舅の墓なんて作らなきゃよかった。

そもそも人類に墓なんているのか。

「篤子さん、コーヒー冷めちゃうよ」

ハッと我に返ると、勇人が心配そうに見つめていた。長い間、身じろぎもせず、窓の外の暗がりをじっと睨んでいたらしい。

沈んだ気持ちで喫茶店を出て、二人並んで夜道を駅に向かった。

「あれっ、マジ？」

勇人がいきなり立ち止まり、さやかのマンションを指差した。

「篤子さん、姉ちゃんの部屋を見て」

「えっと……」さやかの部屋はどこだったか。暗くてよくわからない。
一、二、三階の……左から一、二、三、四、五つ目の部屋だから……。
その部屋のベランダには人影があった。誰かが洗濯物を取り込んでいる。

「あの人、琢磨さんだよね」

「……ほんとだ」

「なんだよ、あの人、家庭的じゃん」

キツネにつままれたような気分だった。

「たまに、ああいった優しいところを見せるのよ」

「姉ちゃんなら簡単に騙されるね」

「あんなことされちゃあ本当はいい人かもしれないって錯覚するわよ」

「だね。寺岡《てらおか》トオルも暴力を振るったことを詫びるときは涙を流したりして、人が変わったように優しくなったもんな」

寺岡トオルというのは、テレビドラマの中で暴力亭主の役をやった俳優だ。

「洗濯物を取り込んでくれるくらいのことで誤魔化されてどうすんのよ、さやか」

聞こえるわけもないのに、呼びかけずにはいられなかった。

「姉ちゃんが離婚するためには、殴られた傷痕を証拠写真として撮っておかないと」

「そうね、だけどそうするには、本人が目覚めないと難しいよ」

「明日バイトの帰りに本屋に寄ってみる。洗脳を解くための本を見つけてくるよ」

「うん、そうしてちょうだい。二人で研究しましょう」

娘のために、とことん闘う覚悟はできていた。

私は負けない。自分の命に代えても娘を守り抜く。

そう決意すると、篤子の身体に力が漲《みなぎ》ってきた。

12

クリスマスローズとポインセチア……。

がっかりした。あまりに定番すぎる。いつものように、昭和を偲ばせる花はどうしたのだ。

冬の花といえばカトレアかな、それともラッパ水仙かなと楽しみにしながら駅からの道を歩いてきたのに。

でも、さやかは確かクリスマスローズが好きではなかったか。

突然、強烈な心配と不憫さが腹の底から込み上げてきた。

気持ちを落ち着かせるために、急いでバッグからペットボトルを出して水道水をゴクゴク飲んだ。

あれから何度か電話してみたが、一度も出なかった。メールをすれば返事は来るが、当たり障りのない短いものばかりだ。突破口が見当たらず、気持ちばかりが焦る中、勇人が『DV夫から逃げる方法』など何冊かハウツー本を買ってきたので、二人して順番に読んだ。しかし、駆け込み寺やシェルターの説明や、警察や役所の住民課での対処方法ばかりで、肝心要の本人が目覚める方法は書かれていなかった。

——いつでも帰ってきていいのよ。

やっと電話が通じたとき、思いきって言ってみた。

自分には帰れる場所があるという安心感が、あるのとないのとでは大違いだ。切羽詰まったときに、そのことを思い出してほしい。胸がヒリヒリする思いだった。

——そうそう実家に帰ってもいられないよ。忙しいんだから。

——そういう意味じゃないわ。嫌になったら実家で暮らしてもいいってことよ。

——は？　なに言ってんの？　離婚しろとでもいうの？

——だから……たとえば、の話よ。

——馬鹿馬鹿しい。疲れてるからもう切るね。

あのときの鬱陶しそうな声が今も耳に残っている。

城ヶ崎はと見ると、見本を生け終わったところなのか、生けた花をチェックするように、様々な角度から眺めていた。

「いつもあなたが一番乗りね」

「はい。今日もよろしくお願いします」

「こちらこそ、よろしく」

微笑み返した顔が、ひどくやつれているように見えた。

いつものように最後列に座り、新聞紙を広げて生け花用の鋏を鞄から取り出して準備を始めた。そうしながらも、チラチラと城ヶ崎に目をやる。

やはりおかしい。目の周りに隈《くま》ができているし、頬がげっそりしている。

前のドアから次々に女性たちが入って来た。

「こんにちはあ」

「よろしくお願いしまあす」

そのたびに城ヶ崎は笑顔で応えているが、なんだかぎこちないし、カラ元気を出しているように見えた。

生徒たちで手分けして花を配り終えると、城ヶ崎が生ける際のポイントの説明を始めた。いつもと違い、それは淡々と始まって静かに終わった。これまでなら、往年の女優のような華やかな笑顔を振りまいて、冗談のひとつも言って生徒を笑わせるのに。

後片付けをしながら、篤子は「今日はどこにする？」とサツキに尋ねた。節約中とはいうものの、月に一度の楽しみであるサツキとのお茶はやめられない。ストレス解消を思えばコーヒー代など安いものだ。

「篤子さん、たまには新しい店を開拓してみましょうよ。最近マンネリだし」

花瓶から抜き取った花を新聞紙にまとめながら、サツキが言う。

今日は駅前にあるチェーン店のカフェかファストフード店にしようと思っていた。少しでも安い方がいい。

「たとえば、どういう店？　ホストクラブとか？」

冗談で尋ねてみると、サツキはおかしそうに噴き出した。「そんなお店、まったく興味ないし、そもそも先立つ物がありませんよ」

「右に同じ」

二人で笑っていると、最近入会した谷山美乃留《たにやまみのる》という女性が声をかけてきた。

「もしかして、これからお茶するんですか？　私もついていったらダメですか？」

まだ誰とも親しくなれていないのだろう。三十代から七十代までの主婦が通っているが、自然と年齢別に仲良しグループができてしまっている。その中で、篤子とサツキが年齢的に最も近いと判断したのかもしれない。

「いいですよ、ね？」

サツキが篤子の意向を尋ねるように言う。

「うん、もちろん」

「よかったあ。教室に入ったばかりでわからないことだらけだから、いろいろと教えてもらいたかったんです」

「今ね、どの店に行こうか悩んでたところなの」

「だったらアフタヌーンティーはどうですか？」と美乃留が提案する。

美乃留はベージュのパンツと茶系のトップスで品よくまとめていた。背が高くすらりとしていて、よく似合っている。

「アフタヌーン？　それ、なんですか？」とサツキが尋ねる。

「えっ、知らないんですか？」

美乃留は本当に驚いたようだった。

「私も知らないけど？」と篤子も正直に言った。

「アフタヌーンティーというのは、三段重ねのトレーに、ケーキやサンドイッチやスコーンが盛り合わせてあるものです。それに飲み物がついていて、お代わり自由なので普通の喫茶店より長居できるんです」

「へえ、面白そう。今朝トースト一枚食べてきたきりだからお腹空いてるし、ちょうどいいわ。篤子さんはどうですか？」

「……そうねえ」

少し高くつきそうだと思った。だが、ここで理由なく断わるのも変に思われる。

「うん、いいよ。この歳になると、時代遅れにならないようにしなきゃね」

それもまた本心だった。同じお金を使うのでも、初めての経験のために使うのなら有意義だ。

公民館の幅の広い階段を、スリッパをパタパタ言わせながら三人で下りる。

「私、結婚以来ずっと専業主婦してます。子供はいません。よろしくお願いします」

一気にそう言うと、美乃留はペコンと頭を下げた。

「こちらこそよろしく。後藤篤子です」

いつもなら仕事のことも付け加える。お気楽な専業主婦だと思われるのが嫌だった。だが今は正真正銘専業主婦になってしまっている。

「私は神田サツキって言うの」

美乃留を年下と見たのか、敬語は使わないことにしたようだ。

「ベーカリーをやってるの。御贔屓《ひいき》にね」

そう言ってサツキが明るく笑う。さりげなく見せても商売用の顔をしていた。

駐車場へ行くと、簡素な公民館には不似合いなジャガーが停まっていた。美乃留はその車にリモコンキーを向けた。ガチャリと解錠の音がする。

――どうやら、お金持ちらしい。

篤子は思わずサツキに目で合図を送る。サツキは篤子の心の声が聞こえたかのように、小さくうなずいた。

「どうぞ、乗ってください」

美乃留は運転席のドアへ向かう。その後ろ姿を思わず観察してしまっていた。洋服もバッグも靴も高級そうだった。

十分ほど走ると、ジャガーは滑るようにして有名ホテルの地下駐車場へ入っていった。

えっ、まさか、このホテルでお茶するの？　せいぜい洒落たカフェか、デパートのレストラン街だと思っていた。それとて今の自分にとっては贅沢なことだ。

エレベーターで最上階へ向かう。

「こういうところに来るの、ほんと久しぶり。こういう格好で来てよかったのかな」

サツキがそう言うのも無理はない。見渡せば、店内は着飾った女性ばかりだった。

「大丈夫ですよ」と、美乃留がゆったりと微笑む。

「今日のジーンズ、黒でよかった。ブルーじゃなくて」と、サツキはまだ気にしている。

ボーイがメニューを運んできて、三人それぞれに渡してくれた。

「えっ、アフタヌーンティーって三千八百円もするの？」

メニューから顔を上げたサツキが目を見開いて言った。

「ちょっと高かったですか？　すみません」と美乃留が申し訳なさそうな顔で言う。

「コーヒーはいくらなの？」

そう言いながら篤子はメニューのページをめくった。お腹が空いていないことにして、今回は飲み物だけにしようと密かに決める。

「コーヒーは千二百円です」

あっさりと美乃留が教えてくれた。「アフタヌーンティーならフリードリンクですけど」

「だったら私はアフタヌーンティーにする」とサツキは言いながらメニューを閉じた。

「それなら……私も、そうする」

コーヒー一杯に千二百円も出す気にはなれなかったから仕方がない。それに今、アフタヌーンティーとコーヒー単品の差額約二千六百円をケチったところでどうなる？　老後は六千万円も要るんだよ。

教室をやめたら、そこでのつき合いも絶たれてしまうと夫は心配してくれたが、絶たれた方がよかったかもしれない。目の前の二人が今日は妙に幸せそうに見える。お金に困っていない人とお茶を飲むのが、精神的にこんなにしんどいものだとは思わなかった。

飲み物が最初に運ばれてきた。三人とも一杯目はカフェラテにした。

「美味しい」とサツキが言い、同意を得るようにこちらを見た。

「ほんとだ。街中のカフェと全然味が違う」と、篤子は正直な感想を言った。

「よかった。そう言ってもらえて」と、美乃留がホッとした表情を見せた。

「こんなに美味しいなら、いろいろ飲んでみたい」と、サツキが無邪気に言う。

「そうですね、じゃんじゃん注文しちゃいましょう。いくら飲んでも値段は同じですから」

そんな言葉は、美乃留のセレブな雰囲気には似合わなかった。目の前の二人が、自分ほど金持ちではないと敏感に察して、気を遣ったのか。

三段トレーに色とりどりのケーキやサンドイッチが載せられて運ばれてきた。

「わあ、豪華だね」とサツキが感嘆の声を上げる。

店員が去ったあと、サツキは早速サンドイッチを頰張りながら言った。「篤子さん、今日の城ヶ崎先生、変だと思いませんでした？」

「やっぱりサツキちゃんも気づいた？」

同じことを感じたのであれば、錯覚ではなかったのだろう。

「お疲れなんだと思いますよ」と美乃留が口を挟む。「ほかにもいくつかお教室を持っておられますから」

「美乃留さんは、城ヶ崎先生のことをよく知ってるの？」とサツキが尋ねた。

「ええ。うちの母が城ヶ崎先生と古くからの知り合いなんです。この教室を勧めてくれたのは母なんですよ」

「あら、そうだったの。でも意外だな。城ヶ崎先生はいつも優雅だから、教室をたくさんか け持ちしてるなんて思いもしなかったよ」

篤子もサツキと同じことを考えていた。講師は趣味みたいなもので、ゆったり楽しんでやっているものとばかり思っていた。

「母は城ヶ崎先生を努力家だと言ってました」と美乃留が続ける。「もともと生け花の師範でしたが、七十歳を過ぎてから猛勉強してフラワーアレンジメントも習得されたそうです」

美乃留の話によると、城ヶ崎の夫は銀座で画廊を経営していて、ひとり息子は東大を出ているという。

「画廊？　なあんだ、やっぱり悠々自適じゃないの。それなのに、あの歳で頑張ってるなんて立派だわ」とサツキは感心したように言っておきながら、「画廊ってそんなに儲けが出るものなの?」と首を傾げた。

「さあ、どうなんでしょうねえ」と、美乃留が気のない返事をする。

「きっと画廊の収入は多いんでしょうね。城ヶ崎先生の身なりを見ればわかるもの」とサツキはひとり納得している。

サツキと美乃留の会話に耳を塞ぎたくなってきた。お金持ちの城ヶ崎先生についての話も聞きたくない。

世の中は不平等だ。

これまで真面目に生きてきたのに……。

そのとき、サツキと美乃留がチラチラと自分を見ているのに気づいた。さっきから何も言わないから、不審に思ったのかもしれない。

——どうしたんですか。城ヶ崎先生だけじゃなくて篤子さんも今日はいやに暗いですね。

そんなことを尋ねられたら厄介だと思い、自分も何か言わなきゃと口を開きかけたときだ。

「篤子さん、ちょっとふっくらしたんじゃないですか?」

サツキの言葉に、美乃留は遠慮がちに篤子の頬から顎《あご》にかけて視線を移動させた。何も言わないことが、同意を表わしている。

「最近は間食が増えちゃったから」

そう答えながら、絶望感でいっぱいになった。

なんて情けないの。貧乏になったうえに太ってしまったとは。それも、他人が気づくほど。みっともないぞ、自分。

ストレスが溜まると、ついつい食べすぎてしまうのは昔からだ。食べたところで、将来の不安が解消するわけでもないのに。

「いいわね、あなたたち二人ともスリムで」

「私はスポーツ大好きですから」と美乃留は応えた。ほぼ毎日スポーツジムに通っているという。子供の頃からスポーツ万能で、高校時代は新体操で国体に出たこともあるらしい。

「へえ、すごいね」とサツキはあらためて彼女の引き締まった全身を眺めた。

「この前ね、古くからの友だちに相談されたんですよ。離婚しようか悩んでるって」

美乃留はいきなりそう言うと、運ばれてきたばかりの紅茶をひと口飲んだ。

急に話題が変わったのを不自然に感じた。美乃留を見るが、ティーカップを見つめたまま、こっちを見ようとしなかった。横顔にこちらの視線を感じているだろうに。

美乃留は友だちのことだと言ったが、本当は自分自身のことではないのか。

「離婚したい原因はなんなの？」と、サツキが率直に尋ねた。

「きっかけはダンナさんの社内不倫らしいですけど、夫婦仲はずっと前からうまくいってなかったみたいです」

「奥さんは働いているの？」

「専業主婦です」

やはり美乃留自身のことではないかと思いながら、篤子は二人の会話を黙って聞いていた。

「仕事してないんなら、離婚したら食べていけないじゃない」

「そんなことはないと思いますよ」

「どうして？」

「そもそも離婚したら食べていけないなんてあり得ないです」

美乃留の言葉に、篤子は思わず「なんで？」と口を挟んだ。

「そんな危うい生活をしている人って、少なくとも私の友だちにはひとりもいませんけど。結婚するときに、実家の父から株や土地をもらってますから。友だちもみんなそうですよ」

そう言いながら、美乃留はトレーからケーキをひとつ自分の皿に取り分けた。

「なるほど、そういうことか。やっぱりセレブは違うね」と、サツキは窓の外に目を移した。遠くを見つめるサツキの横顔を見ていると、自分の生活圏にはありえない、それこそ遠い世界の話だと言っているように見えた。

「普通はそうじゃないんですか？　娘が将来どう転んでも生涯惨めな思いをさせないようにって、親は考えてくれているもんでしょう？」

「美乃留さんは、そういうのが一般的だと思ってるわけ？」

「ええ、もちろんです。周りはみんなそうですから」

「もしかして、お父様は会社か何かを経営されてるの？」とサツキが尋ねる。

「ええ、港区で小さな貿易会社をやってます」

自慢する感じでもなく、美乃留は淡々とした調子で話し出した。

それによれば、父親は都心に六階建てのビルを持っていて羽振りがいいらしい。自身は三人姉妹の真ん中で、三人とも小学校から大学まで東和《とうわ》女子学院だという。

人それぞれが持っている「普通」という感覚が、こうも違うのか。

「今日は勉強になったよ。ここに来てよかった」

篤子は知らない間につぶやいていた。

「ほんとですね。私もすごく勉強になりました」とサツキが大きく頷いた。

だけどやっぱり次回からは、サツキと二人だけでお茶したい。今日みたいに美乃留がついてくるのであれば、教室をやめようかな。美乃留がいると、どんどん惨めな気持ちになるもの。

そう思いながら、自分には高価すぎるスコーンを皿に取り分けた。

帰宅すると、すぐに花を生けて玄関に飾った。

「さて」

誰もいない家の中で声に出し、ダイニングの椅子に腰をおろす。

ここのところずっと、さやかの今後の人生を考えていた。サツキの娘たちのように仕事に直結する資格を取るのが最も安心だ。そのためには専門学校へ行く必要がある。

だが、さやかももう二十八歳だ。さやか自身が昼間働いて夜間の学校へ通えれば、それが一番いい。いい歳をして親の世話になっているという負い目を感じずに済む。だけど、そううまくいくだろうか。やはり資金を援助してやらねば厳しいのではないか。どちらにせよ、その日に備えて少しでも節約して貯金に回したい。

モップのレンタルを解約してしまおう。

夫にわざわざ言う必要はないだろう。嫌な気持ちにさせるだけだ。

篤子は、フリーダイヤルに電話をかけた。

「もしもし、今月いっぱいで解約したいんですが」

――理由をうかがってもよろしいでしょうか？

準備しておいた嘘をついた。「引っ越すんです」

――日本全国に支社がございますので、他の支社に引き継ぐことも可能ですが。

「引っ越した先で考えます」

――しかしそうされますと、銀行引き落としなどの面倒な手続きをいちからやっていただかなければなりませんので、よろしければ引っ越し先に近い支社を紹介いたしますが。

あんたの方がよっぽど面倒なんだよ。

「自由にやめることもできないんですかっ」

思わず大きな声を出していた。

相手は驚いたのか、一瞬、間が空いた。

――いえ、そういう意味では……それでは解約の手続きを取らせていただきます。

最初からあっさりそう言ってよ。

なんだか最近の自分、やさぐれている。

次に、新聞販売所に電話をかけた。

「新聞を取るのをやめます」

——えっと、いつからですか？

来月からと言いかけて、月単位でなくてもいいことを、ふと思い出した。盆正月に旅行したときなどに、数日間だけ新聞を止めたことがある。その分は請求からきちんと割り引かれていた。ということは……。

「明日の朝刊からやめたいんですが」と強気に出てみた。

——そうですか、わかりました。

あっさり応じてくれたので、身構えていた分、拍子抜けしてしまった。

ほかに節約できることといえば……。

腕組みをしてリビングを見渡した。

数日前、夫は車を売ることを意外にもすんなり了承した。何年も前から、休日にスーパーに行くときくらいしか使っていなかった。買ってずいぶん経つから二束三文どころか、廃車費用がかかるかもしれないが、毎月一万五千円の駐車場代が浮くだけでも助かる。それに、今後はガソリン代や重量税などの税金や車検代も要らなくなる。

車を手放すことは、自分たち夫婦にとって、人生の区切りの象徴のような気がした。子供たちが幼かった頃は、大きなワンボックスカーに乗っていた。あの頃はよく山や海へ行ったものだ。

子育てというひとつの時代が終わり、まさに老年期を迎えようとしているのだと篤子は思った。

13

春は名のみで、まだまだ寒い日が続いている。

勇人は三月下旬に会社の寮へ引っ越していき、夫は三月三十一日を最後に失業した。

篤子はゴミを出しにマンションのゴミ集積場へ向かっていた。最近の我が家は、ゴミの量がめっきり減った。野菜も最後まで食べきるようにしているからか、無駄な生ゴミが出なくなった。

コンテナにゴミ袋を放り投げたときだ。

「ねえ、お宅のダンナさん、どこか悪いの？」

いきなり背後から声をかけられた。

振り返ると、同じ階に住む主婦が立っていた。実家の母と同世代の女性だ。

「いえ、どこも悪くないですけど？」

「だって、今週は一日も出勤なさってないでしょう？」

「え？」

一瞬、口ごもると、もうひとりゴミ袋を下げたメガネの主婦が集積場へ入ってきた。

「やっぱりどこか悪いの?」

「いえ、休暇を取っているんです」

「盆暮れでもないのに? どうして?」

「どうしてって……会社からのご褒美《ほうび》です。勤続三十年なので」

咄嗟にうまい嘘を思いついた。

「なんだ、そういうことだったの」

「あらあ、いいわねえ」

互いに顔を見合わせている。笑顔だが、疑っているようにも見える。

「だからなのね、今日のご主人が普段着だったのは。お出かけになったとき、平日なのに十時を過ぎてたから、なんだかおかしいなと思ってたの」

「私たち心配してたのよ」

夫は、失業保険の申請と職探しのためにハローワークに行ったのだった。

「主人が会社を休んでること、どうしてご存知なんですか?」

「うちは角部屋でしょう。だから窓からマンションの出入り口がばっちり見えるのよ」

「この人ったら、毎朝、住人の出勤状況をチェックしてるわけよ」

「そういう言い方、人聞きが悪いわ。まるで詮索好きのオバアサンみたいじゃない」

「あら、その通りじゃないの」

「違うわよ。私はね、不審者が入り込まないか見てるだけなの」

「不審者？　そんなこと今までにあったかしら」

「最近は空き部屋が多くなってきてるから、気をつけるに越したことはないのよ」

二人の主婦がおしゃべりしている間に、篤子は軽く会釈して、その場をそっと離れた。

午後になって、夫が帰ってきた。表情を見ただけで仕事が見つからなかったことがわかる。

お茶を淹れていると、夫が近づいてきた。

「篤子、どうしたんだ。そんな憂鬱《ゆううつ》そうな顔して」

「そう？　そんな顔してた？」

笑顔を返そうとしても顔が引きつった。

「実はね」

ゴミを出しにいったときのことを正直に話した。

今までなら、きっと話さなかっただろう。話したら夫が更に落ち込むことがわかっている。しかし、最近は自分ひとりで様々なことを抱え込むことに限界を感じていた。先行きが不安で仕方がない。それに、口うるさい近所の主婦たちの目をごまかすためには、夫にも演技してもらう必要がある。そのためにも、包み隠さず小さなことでも話しておいた方がいい。

「そうか、世間とは鬱陶しいもんだな」

こういうことは狭い田舎だけの煩わしさだと思っていたが、都市部であっても、ご近所と知り合いになってしまえば同じことだ。夫婦揃って馘になったと知れたら、日々話題に飢えている彼女たちの格好の餌食になってしまう。隣人の名前も素性も知らないままの、薄情な都会暮らしの方が快適だと思うのはこんなときだ。

「章さん、そういうあなたこそ暗いよ」

「うん、まあな」

夫は熱い湯呑みに口をつけた。「今日ハローワークに行ったとき、雇用保険の説明をした職員が若い女性だったんだ。せめて、もっと歳のいったヤツにしてくれたらいいのにさ」

人生経験の浅い人間に、上から目線でいろいろと指示されるのは気分がよくないのだろう。

ハローワークもずいぶんと雰囲気が変わった。篤子は三十年前にも足を運んだことがあった。結婚してさやかを身籠り、それまで勤めていた会社を辞めたときだ。当時も今と変わらず、どんな求職活動をしているか、どこに面接に行ったかなどを報告しなければならなかった。就職活動をしている人間にしか失業保険が払われないことになっているからだが、そんなのは建て前に過ぎなかった。あの頃は、定年や妊娠などで会社を辞めて、この先働く気のない人間であっても、平気な顔で失業給付金を受け取れる風潮があった。

だが、このたび久しぶりにハローワークへ足を運んでみたら、様相は一変していた。

——仕事を選んでばかりいる人は失業者とはみなしません。

説明担当の職員が差し示すスライドには、プライドの高そうなインテリ女性が描かれていた。その横にはパジャマ姿でテレビを見て笑っている男性の絵もあった。つまり、ハローワークで言うところの失業者とは、仕事を選ばず必死で探している人だけを指すらしい。

「ハローワークに来ている求人はどれも月収十五万円程度なんだよ。朝から晩まで働いて一ヶ月たったそれだけじゃヤル気も出ないよ。だから、もう少し時間をかけてじっくり探してみるつもりだよ。焦って決めることは、できればしたくないんだ」

そんなことをハローワークの職員の前で口に出せば、「選り好みばかりして本当は働く気がない」と思われかねないのではないかと心配になる。

そのとき天馬《てんま》の顔をふと思い出した。

天馬は、かつて夫の同僚だった。彼なら仕事を紹介してくれるのではないか。

だが、それを口に出せば、夫は激怒するだろうと思い、口を噤《つぐ》んだ。

14

桜も散り、ようやく暖かい日が続くようになってきた。

その日、夫はかつての同僚たちとの情報交換会にいそいそと出かけていった。

新宿の居酒屋だというから、要は愚痴の言い合いみたいなものだろう。それぞれが再就職に四苦八苦しているとはいうが、自己都合退職ではないから、失業保険がすぐに出る。そういうこともあって、幾分か心に余裕があるのだろう。

篤子が夕食後にひとりでお茶を飲んでいると、植田《うえだ》鈴与《すずよ》から携帯に電話がかかってきた。

彼女からの電話は年に数回だが、ＬＩＮＥの無料通話を使うようになってからは、長話をするようになった。

「スズちゃん、久しぶりね」

たぶん今日も長くなるだろう。耳を携帯に当てたまま寝室に移動した。ベッドに上がって脚を投げ出して壁にもたれかかり、楽な姿勢を取った。

鈴与とは小学校から高校まで一緒だった。高校卒業後は、自分は東京の大学、鈴与は地元の短大に進んだ。その後も、盆正月に帰省するたび会っておしゃべりしていたが、互いに子供が生まれてからは忙しくなり、だんだんと疎遠になっていった。しかし、その後も年賀状のやり取りだけは続けていて、今夜みたいに、忘れた頃に電話がかかってくる。

――篤子ちゃん、元気にしとった？

「うん、元気よ。スズちゃんは？」

――私は相変わらずやわ。今度ね、東京に遊びに行こうと思っとるんよ。

遠慮がちに言う。これで何度目だろう。

来たければ来れば？

喉元まで出かかる。

だって、東京は私ひとりのものじゃないもん。自由に来ればいいじゃない。

そう言いたい。だが、彼女が意図するのは、このマンションに泊まり、あちこちの名所に連れて行ってもらいたいということだ。わざわざ高い新幹線代を払って上京するのだから、一泊のわけがない。三泊か四泊か、それともこちらの都合さえよければ一週間くらいは滞在したいと思っている。

大学生だった頃、鈴与をアパートに泊めたことがあった。大学は夏休みが長かったので、あちこち案内してあげた。たぶん、彼女はそのときと同じことを期待しているのだろう。はっきりと、「実は泊めてほしいの」などと頼まれたら困る。だから話題を変えた。

「うちの娘がね、結婚したの」

——おめでとう。今年の年賀状にも書いてあったね。

「そうなの。麻布寿園で式と披露宴をしたあと、岐阜でもお披露目をやったの」

その程度のたわいもないことなら、地元の友人に言っても差し支えないだろうと計算する。田舎では、どんなことでもすぐに噂になるのは昔からだが、それが近年になって一層ひどくなったように感じていた。それはたぶん、老齢人口が増加したせいではないか。要は、暇な人間ばかりが増えた。実家の母にしても、以前はさほど社交的ではなかったはずなのに、最近は親戚や近隣の人々と、頻繁に寄り集まってはお茶を飲み、おしゃべりを楽しんでいる。若い人たちは仕事や子育てに忙しいから、それほど人の噂をする暇はないだろうが、実家の町は、既に六十五歳以上が三分の一を超えた。そのうえ、六十五歳未満でも、五十代がかなりの割合を占めるという。

鈴与とは親友だったはずだ。それなのに、いつ頃からか彼女を警戒するようになった。それというのも、同級生の噂話をあれこれと聞かせてくれるからだ。誰それの夫が事業に失敗して今では食うに困っているだとか、誰それくんの娘は歌手を目指して都会に出たが実はキヤバ嬢をしているだとか。真偽のほどはわからないが、まるで見てきたように語る鈴与の深刻そうな声が耳障りだった。

それぞれに異なった環境で歳を重ねると、十代の頃の純粋な関係には二度と戻れないらしい。もちろん、こっちだって変わってしまったかもしれない。自分を棚に上げる気はさらさらないが、鈴与は卑しい人間に堕ちてしまった気がしてならない。それとも、もともとそういう人だったのだろうか。

鈴与を家に泊めたりしたら、田舎で何を言い触らされるかわからない。

——思った以上に篤子のマンションは狭かったわ。あんなとこ、私ならよう住まんわ。ダンナさんか？　そうやなあ、あんまりパッとせん感じの人やなあ。

夫が家にいることを、勤続三十年のご褒美のリフレッシュ休暇なのだと嘘をつくのも気分がよくないし、夫にも申し訳ない。マンションのロビーですれ違う程度の主婦たちの目はごまかせても、ここに何日も泊まるとなれば、敏感な鈴与なら嘘を見抜くだろう。そうなったら、田舎でどんな噂を流されるかわかったもんじゃない。

あれ？

そんなことを目まぐるしく考えた自分に愕然《がくぜん》としていた。それまではっきりとは意識していなかったが、どうやら鈴与のことは、親友どころか信用すらしていないらしい。

——すごいねえ。麻布寿園とはこれまた豪華やねえ。雑誌で見たことあるわ。篤子ちゃんてお金持ちなんやね。

「違うよ。相手の親が形式にこだわる人なの。ほんと嫌になっちゃうよ。スズちゃんも知っての通り、私って見栄を張らない家庭で育ったでしょう？　だから結婚式を盛大にやることに最後まで納得いかなかったのよ」

――は？　見栄を張らない家庭で育った？　篤子ちゃんが？　それ、本気でゆうとるの？

受話器を通して、息を吹きかけたときのような雑音が聞こえてきた。

もしかして、いま鼻で笑ったのか。

――私はいまだによう覚えとるで。成人式のこと。

口調が尖っていた。常にのんびりと柔らかな物言いをする鈴与とは思えなかった。

――振袖を着とらんかったんは、篤子ちゃんと豆畑《まめはた》さんだけやったよ。

怒気を含んでいるように聞こえるが、錯覚だろうか。

「うん、覚えてるけど？　スーツは豆畑さんと私だけだったね。それが何か？」

振袖は要らないと母に言ったのだった。着る機会が少ないからもったいないと思った。どうせ買ってくれるのなら、何度も着られるスーツの方がいい。だが振袖とスーツとでは値段が違いすぎる。だから、その年の夏休みに、オーストラリアでのホームステイに行かせてもらうことで、ちゃっかり帳尻を合わせたのだった。

――篤子ちゃんが大きなお屋敷に住んどる旧家のお嬢さんやってこと、あの町で知らん人がおると思うか？

いったい鈴与は何の話をしているのだ。いきなり話題が変わったのだろうか。

――篤子ちゃんの家が、家老の家柄やって知らん人が同級生にひとりでもおったか？

「私には……わからないけど」

――ふざけとるんか？　あんたの家は黒塀に囲まれとって威風堂々としとるやんか。誰が見たって、由緒正しい家柄やとひと目でわかるがな。

だからなんなのだ。鈴与の言いたいことがわからない。

――あのなあ、篤子ちゃん。近所の人も同級生もみいんな、あんたがええとこのお嬢やと知っとった。ほんやから、あんたはわざわざ見栄を張る必要があれへんかったんよ。

「そんな……」

――うちら庶民は、何を言われるかわからん狭い町で、見栄を張らんで暮らしていけるかいな。スーツなんかで参加したら、振袖も買ってやれんほど家計は火の車やと世間に暴露しとるのも同然やで。あの町ん中で、成人式に堂々とスーツで出られるんは同級生の中ではあんたを含めて二、三人だけやわ。私はあの日は従姉から振袖を借りたんよ。ほんやけど、豆畑さんは親戚中みいんな貧乏人ばっかりやから、貸してくれる従姉すらおらんかった。いいや、そもそも豆畑さんには、お姉さんが二人もおる。豆畑さんは篤子ちゃんと違って、スーツで出席したんをごっつい恥ずかしそうにしてはったよ。そのスーツだって、たぶん借りもんやわ。肩なんかガボガボやったし、もともと安もんのテロンテロンやった。それに比べて篤子ちゃんのは見るからに上質の生地やったわ。女もんのスーツでアンゴラやらカシミアが入っとるようなん、珍しい時代やったし。

何も言い返せなかった。

――篤子ちゃん、スーツで出席したの、自慢やったやろ。

「そんなことないけど……」

――猫も杓子も振袖ばっかり着とるけど、私はそこらへんの平凡な女とは違うって顔に書いてあったで。

図星だった。

――つまり、篤子ちゃんとゆう人はやな。

そこで鈴与は言葉を切った。携帯を通して、大きく息を吸い込んだ気配が伝わってきた。

――誰よりも見栄っ張りなんよ。

絶句した。

そんなはずはない。

いや……言われてみればそうかもしれない。

だって今まさに、鈴与をマンションに泊めたくないと思っている。

仮に、裕福で都心の一等地の高級マンションに住んでいたらどうだろう。そのうえ夫が医者か弁護士で、見るからに知的で誠実そうで誰に対しても感じがよく、そのうえイケメンだったら？　そしたら「遠慮しないでうちに泊まってよ」とこちらから招待して何日でも泊まらせたかもしれない。

――篤子ちゃん、ごめん、ちょびっと言い過ぎたかもしれん。

「そんなことないよ」

心にもない言葉がすらりと出る。

若い頃と違って、その場しのぎの言葉で取り繕うことができるようになった。だが、寛容を装うのがうまくなっただけで、心の中は年齢とともにどんどん狭量になっている。

――ほんでも、もう昔の話やわ。篤子ちゃんの実家は今でも建物だけは立派やけどなあ。

電話の向こうで卑屈な笑いを漏らしている表情が目に浮かぶようだった。

兄の勤めていた会社は、リーマン・ショックの煽りを受けて倒産した。その後、兄夫婦は東京を引き揚げて実家で生活している。そのことを鈴与は揶揄《やゆ》しているのか。

兄は国立大学を出ているが、今は個人宅に食材を運ぶライトバンのドライバーをやっている。兄と同じ大学を出ている義姉は、機械部品の工場に働きに出ている。二人とも、何より残業がないのがいいと言っている。兄は若いときから車の運転が大好きだし、IT技術者だった義姉は、「頭を使わずに働くって楽しいわ」と笑っていた。夕方からは、二人で中学生相手の塾も開いている。父も母も兄が肉体労働に就いたことを恥ずかしいなどとはこれっぽっちも思っていない様子だ。

――一生懸命働くことは美しいことだ。

昨年の正月に帰省したとき、父はそう言いきった。

やっぱり見栄っ張りの家系なんかじゃないんだよ。

そう言いたかったが、以心伝心でなくなった友には、言えば言うほど必死で言い訳していると取られる気がした。誤解を解くために懇切丁寧に説明するのも面倒だった。

そのとき、玄関ドアが開く音がした。

携帯電話を握りしめたまま、部屋から出て玄関を覗いてみると、勇人が大きなケーキの箱を下駄箱の上に置いて、靴を脱ぐところだった。

「今夜、泊まってくよ。初めての給料で、篤子さんにフルーツタルト買ってきてやったよ」

そう言って微笑む。

「スズちゃん、ごめん。いま息子が帰ってきたから、じゃあまたね。電話ありがとね」

電話を切った。

「親父は？」

「飲み会だって」

「姉ちゃん、あれからなんか言ってきた？」

勇人は尋ねながら、台所で手際よく紅茶を淹れてくれた。

「ううん、なんにも。ちょくちょく様子を見に行ってるんだけど」

今まさに琢磨に暴力を振るわれているとしたら……そう思うと、いてもたってもいられず、家を飛び出して、さやかのマンションに行ってみたことが何度もあった。

だが、そのたびにさやかは迷惑そうな顔をして、何ごともないように振る舞うのだ。

完全に洗脳されてしまっているらしい。どうしたら救い出すことができるのか、考えれば考えるほどわからなくなっていた。

「姉ちゃんはたぶん、親に悪くて離婚を言い出せないと思うんだ」

ダイニングテーブルに向かい合い、フルーツタルトを切り分けた。

「どうして悪いと思うのよ」

「結婚式に無理して大金を出してくれたからだよ」

「お金のことなんかどうだっていいのに」

「親父か篤子さんが病気か怪我で死にそうだってことにして、家に呼び出したらどうかな」

「そのあとどうするの？」

「家族全員で説得するんだよ。姉ちゃんの洗脳が解けるまでこの家に監禁すればいい」

「いい考えかも」

「だろ？　篤子さん、スケジュール考えてみてよ。僕も協力するから」

「うん、そうする」

胃がしくしくと痛みだした。

だが、勇人が初めての給料で買ってきてくれたのだ。手をつけないわけにはいかない。

勇人の皿には大きく切ったタルトを載せ、自分の皿には薄く切って載せた。


夫も勇人もとっくに寝たのだろうか。

テレビを消すと、家の中は静まり返った。

時計を見ると、夜中の二時だった。最近は夜になってもなかなか寝つけず、深夜までつまらないテレビ番組をだらだらと見てしまうことが多くなった。

家の中がシンとしていると、途端に不安でたまらなくなる。

再びテレビを点けた。深夜のトーク番組のゲストは、自分と同い年の女優だった。中学時代にデビューしたときからずっと彼女を見てきた。不思議なことにいつまで経っても彼女は若いままで、もう同い年には見えなくなった。

——私は毎年必ず人間ドックに行ってますよ。

女優はそう答えた。

——癌も早期に発見すれば治る時代ですからね。

あなた、そんなに長生きしたいと思ってるの？

心の中で女優に問いかけた。

私はそんなこと、まったく思わない。だって、お金のない老後は怖いよ。長生きしたいと思うのは、経済的に余裕のある人だけだよ。

でも本当は……あなたも私と同じようなものじゃない？

長生きしたくないんです、最近はテレビからも映画からも滅多にお呼びがかからなくて、困窮してるんです、なあんてテレビで言うわけにはいかないもんね。

——篤子ちゃんとゆう人はやな。

突如として、同級生の鈴与の声が耳に蘇った。

——誰よりも見栄っ張りなんよ。

「そうよ、私は見栄っ張りだよ。それがなんなの？　悪い？」

口に出して言ってみた。

「みんな同じだよ。この女優だってそう。それでどうにか自分を保ってるんだもの」

壁に向かって話してみると、ほんの少しスッキリした。

15

自分の失業保険が切れる前に、なんとしても次の仕事を見つけなければならない。

朝から晩までネットで検索しているのだが、五十代女性の仕事といえば、立ち仕事ばかりだった。体力の衰えを考えると、一日八時間の立ち仕事はきつい。だが、事務の仕事は特別な資格でもない限り、目を皿のようにして探しても見つからなかった。

今さらながら、さやかの結婚や舅の葬式で大金を使ってしまったことが悔やまれる。そのうえ、姑への仕送り九万円も肩に重くのしかかっている。

だから……鈴与が言うようにカッコつけてる場合じゃない。体力が低下しているなどと甘っちょろいことを言っている場合でもない。どんな仕事でも、もうこうなったらやるしかないのだ。

登録した派遣会社からは何も言ってこないので、あちこちの商店街を歩いて求人募集の貼り紙を探すことにした。店員同士がギスギスしている店は避けたい。和気あいあいとまでは言わないが、自然な笑みがこぼれる女性店員がひとりでもいれば、安心できる職場である可能性が高い。そんな自分の直感を信じて、この目で確かめてみたかった。

介護の仕事なら人手不足と言われているから、きっと求人はあるのだろうが、やっぱりやりたくなかった。安いしきつい。どうせ近い将来、実家の両親や夫の介護をしなければならない運命なんだろうから、今はまだ勘弁してほしい。

商店街を歩いていると、ガラス張りの喫茶店で女性たちが談笑しているのが見えた。みんなおしゃれをしていて、ゆったりとコーヒーを飲んでいる。そういうのを目にするたび、自分以外の全員が余裕のある暮らしをしているように思えてくる。

応募の貼り紙が出ていた店を何軒かメモして帰宅した。

ダイニングテーブルに求人情報誌を広げ、メモした条件と比べてみた。赤ペンを持ち、片っ端から熱心にチェックしていく。

そのとき、玄関の鍵がガチャリと開く音がした。てっきり夫が図書館から帰ってきたと思っていたら、「ただいまあ」とさやかの声がしたので、驚いて立ち上がり、玄関まで走り出た。

「さやか、どうしたの？　いきなり帰ってきて。何かあったの？」

「たまには顔を見せなさいってしつこく言ったの、お母さんの方じゃないの」

さやかは靴を脱ぐと、さっさと廊下を奥へ歩いていく。嫁いでもなお実家を遠慮する必要のない自分の家だと思っている様子に少し安堵する。あなたには帰る場所があるのよと、背中に呼びかけたくなる。

リビングに入ると、「何か飲もうかな」とさやかは台所へ目を向けた。

その隙に、素早くさやかの全身に目を走らせた。

元気そうには……見える。一応は。

だが、洋服もバッグも見覚えがあった。独身時代から使っている物だ。まさか、琢磨から生活費を渡されていないとか？　だから洋服も新調できないのではないか。もしそうであれば、少し小遣いをやりたい。

だけど……自分にもお金がない。

「お母さん、何ジロジロ見てるの？」

さやかの物言いがどんどんキツくなっている。

子供の頃から頬に貼りついていた気弱さが、消え失せてしまったように見えた。

「さやか、そのバッグ、端が擦り切れてるじゃないの」

「まだ使えるよ」

「新しいのを買いなさいよ。みっともないわ」

「お母さんてバブルの時代をいまだに引きずってるよね。逆にかっこ悪いよ」

やはり、さやかは変わった。妙に偉そうだし、話す声も大きい。

「私、お腹ペコペコなんだ。お母さん、何か食べる物、ある？」

子供のような物言いが、小学生だった頃のさやかを思い出させた。

あの頃は、まだ3ＤＫの賃貸の公団住宅に住んでいた。思えば小さな生活だった。

そう、「小さな」という言葉がぴったりくる。各家庭にパソコンもなければ、携帯電話も普及していなかったから、通信費といえば固定電話だけだった。水道水を飲んでいたし、子供の洋服は近所からお下がりをもらうことも多かった。お金のかからない、こぢんまりした暮らしだった。それが次第に、いくらお金があっても足りないと感じるようになっていった。日本が豊かになったとも言えるが、それと引き換えに、仕事に追われ、生活に追われ、お金のことばかりを考えるようになった。

「お母さんの作ったチャーハンが食べたいよ」

さやかが甘えるように言う。「だって、お母さんが作ったの、美味しいんだもん」

そう言われたら嬉しくなった。

「いいよ、作ってあげる」

あの当時、家にはいつも自分とさやかと勇人の三人だけだった。夫は仕事が忙しくて帰りは遅く、どこの家庭もみんな母子家庭のようだった。

残り物で手早くチャーハンを作り、春雨で簡単な中華スープを作った。

「いただきます」

ダイニングテーブルに向かい合って食べた。

知らない間にさやかは早食いになっていた。何をするにもゆっくりだったのに、こうも変わるものか。

「ああ、美味しかった」

先に食べ終わったさやかは、お茶を二人分淹れてくれた。

さやかがテーブルにあった雑誌を何気なくぱらぱらとめくると、はらりと一枚の写真が落ちた。いつだったか、生け花の展覧会を見にいったときのものだ。城ヶ崎が賞を取ったので、教室の仲間六人で連れだって行った。由緒ある寺で行われ、苔生《こけむ》した庭で記念にと撮った。

「サツキさんて相変わらずきれいだね」と、さやかが感心したように言う。

「きれい？　どこが？」

思わず問い詰めるような口調になってしまった。みんなが目いっぱいおしゃれをして行った中、サツキだけが普段着だった。

「サツキさんてスポーティで若々しいよ。それにしても……この年代のオバサンたちってみんな太ってるね」

「それ、私のこと？」

「そういうわけじゃあ……ないけど。でも、サツキさん以外はみんな……」

「なんなのよ。はっきり言いなさいよ」

「なんだかごてごて着飾っちゃって厚化粧で清潔感がないっていうか。あっ、ごめんごめん。怒らないでよ。そんなに気にすることないよ。だって五十代のオバサンなんて、みんなこんなもんでしょ。ママなんてまだマシな方じゃない？」

慰めているつもりらしい。

今までそれほどおしゃれにお金を使ってきたつもりはない。だが、サツキは洋服にはまったくといってよいほどお金をかけていない。それなのに……。

自分はお金の使い方がヘタなのだろうか。過去にも何度かそう思ったことはあった。

節約は常に心がけてはきた。だが、小さな贅沢を楽しむ加減がよくわからず、高すぎるコートを思いきって買った後に二の腕がきついことに気がついてひどく後悔したり、その一方で好物の鰻《うなぎ》を食べるのを何年も我慢したりしている。

さやかはお茶を飲み干すと、立ち上がった。「私、そろそろ帰る」

「もう帰るの？　もっとゆっくりしていきなさいよ」

「だって琢磨が帰ってくるから夕飯作らなきゃ」

さやかは自分の夫を呼び捨てにするようになっていた。

それは親しみの現われではなくて、憎しみからくるものではないか。

「前もって言っといてくれれば、トンカツか何か作っておいて持たせてあげたのに」

「トンカツくらい自分で作るよ」

「せめてお父さんが帰るまで待っててよ」

「冗談でしょ。お父さんを待ってたら夜中になっちゃうよ」

夫がリストラされたことは伝えていなかった。余計な心配をかけたくなかった。

窓の外を見ると、既に陽が傾いていた。

さっさと玄関に向かうさやかを追いかけながら、廊下の電気を点けた。

その途端、息を吞んだ。

さやかのふくらはぎに大きな紫色の痣《あざ》があった。黒のストッキングだから隠れると思っていたのかもしれないが、はっきりと透けて見えた。

「ねえ、さやか」

「なあに?」

ドアノブに手をかけて、さやかが振り向いた。

「あのね……」

「うん、何よ」

「もしもね、その……困ってることがあったら、何でも言ってね」

「困ってることなんて、いっこもないけど?」

「でも……だから、もしも、よ」

「変なの。でも、まあ、一応、ご心配ありがとう。それじゃ帰るね。ごちそうさまでした」

バタンとドアが閉まった。

さやかがいなくなると、家の中がガランとしているように感じた。

静けさが妙に気になった。

孤独だった。

あれほど自由を謳歌したいと思っていたではないか。子供や夫が手枷《てかせ》足枷となり、自分の時間がないことを嘆いていたのではなかったか。

それなのに、無性に寂しかった。

――暴力を振るわれてるんじゃないの？

本当はそう尋ねてみたかった。だが、更に心を閉ざしてしまうと直感的に思った。

夫に相談した方がいいのではないか。だって、さやかの親は自分だけではない。夫もまた親なのだ。それなのに、子供に関して何でもかんでも母親だけが責任を負うなんておかしいことだ。だが、職を失って精神的に参っている夫に、これ以上心配をかけるのはどうだろう。もう少し様子を見てからでも遅くはないのではないか。

夫はまるで自分の息子みたいだと思う。ああでもない、こうでもないと、先回りして気を遣う自分は、妻ではなくて母親みたいだ。そんなの、やっぱり変だ。夫婦なのだから、悩みも互いに分かち合って助け合うべきではないのか。とはいえ、DVのことを知れば、夫はきっとショックを受けるだろう。頭に血が上り、さやかのマンションへ飛んで行って琢磨を殴り倒すかもしれない。

そのときもしも、さやかが琢磨を庇《かば》ったりしたら、どうなる？

さらに依怙地《いこじ》になったとしたら？

洗脳が解ける日がまた遠くなってしまうかもしれない。

大きな溜め息をひとつつき、台所に入って食器を洗った。そのあともくもくと風呂掃除をし、ベランダから洗濯物を取り込んだ。

リビングで洗濯物を畳みながらテレビを見たが、さやかのことで頭がいっぱいで、ニュースも上の空だった。

次の瞬間、衝動にかられ、気づけば電話をかけていた。

「もしもし、さやか?」

――お母さん、なあに? いま忙しいんだけど。

「本当は琢磨さんから暴力を振るわれてるんでしょう?」

遠回しに言うつもりが、単刀直入に尋ねてしまっていた。

――何なのよ、いきなり変なこと言って。琢磨がそんなことするわけないじゃん。

どこまでもしらばっくれるつもりらしい。

「私、見たのよ。ふくらはぎの痣を」

――馬鹿みたい。あれは自転車で転んだんだよ。

「嘘つかないで!」

――嘘じゃないよ。本当だってば。ところで、お母さん、何の用なの? まさかそれを聞くためだけに電話してきたんじゃないよね?

「大事なことじゃないのっ」

――バッカみたい。用がなければ切るよ。じゃあね。

一方的に電話は切られてしまった。

さやかを目覚めさせるには、いったいどうすればいいのか。

勇人も心配らしく、しばしばメールを寄越してくる。そのたびに、「こちらは大丈夫よ。しばらく私なりに解決方法を探ってみるから」と返事をした。社会人になったばかりの勇人には新しい生活がある。

さやかが帰って来ることになったら……と考える。

やはり手に職をつけさせてやりたい。それには専門学校に通うお金が要る。そのためには失業保険が切れる前に仕事を見つけなければならない。でも、なかなかいい仕事は見つからない。

また堂々巡りが始まった。この調子では今夜も眠れそうにない。

その夜、思い切って夫に言った。

「ねえ、章さん、天馬さんに事情を話して力になってもらえるよう頼んでみれば？」

「天馬？」

夫は苦虫を嚙み潰したような顔をして黙り込んだ。

傷つけることはわかっていた。だが、このままでは生活が立ちゆかない。

天馬は夫の同期で出世頭だった。吸収合併後もうまく立ち回り、本社の統括部長になったが、数年後には退職して会社を興した。今も順調に業績を伸ばし、社員数もぐんと増えたと聞いている。

篤子が天馬を見たのは二十年も前のことだ。当時はどこの会社でも、家族総出の会社のイベントが年に一度はあった。ソフトボール大会では、彼はいつもキャプテンを務めていて、遠目にも「俺が、俺が」と前に出たがるタイプに見えた。すらりとした体軀《たいく》で、帽子から靴まで当時流行りのスポーツブランドでかためていて、なんとも華のある男だった。

夫は以前から天馬のことが大嫌いだった。上司に取り入ることばかりに一生懸命で、同僚や部下からは嫌われている人物だという。

「なんで俺があんなヤツに頭を下げなきゃならないんだ」

不機嫌を露わにして、自分の部屋へ入ると、バタンとドアを閉めた。

言わなきゃよかった。ただでさえ鬱々とした気分で過ごしている夫に、最も嫌っている人物に頭を下げろだなんて。

自分は優しさの足りない妻だと思う。

でも……そんなことを言っている場合じゃないのだが。

16

出かける用があると思うだけで、気持ちというものはシャンとするらしい。

その日の午後、篤子は簡単に化粧を済ませると、区民会館へ行くために家を出た。区が主催する講演「老後の資金について」を聴くためだ。

大通りへ出て、区役所行きのバスに乗った。車窓から家々の鯉のぼりが見える。バスの振動に合わせるかのように、頭の中で「九万円、九万円」と演歌のような節回しがグルグルと渦を巻く。明日は姑の口座にお金を振り込む日だ。

どうしよう。

払えないわけではない。今はまだ夫婦ともに失業保険をもらっている。だが、先の見えない生活の中で、もうこれ以上仕送りなどしたくなかった。姑がぎりぎりの生活をしているというのなら同情の余地はある。なんとかしてあげたいときっと思うだろう。だが、あのケアマンションのロビーの豪華なシャンデリアときたらどうだ。施設内のレストランで食事をしているらしいが、食の細い姑は半分以上残すと聞いている。無駄だらけだ。そんな贅沢な暮らしを、どうして貧乏な私たち夫婦が支えなきゃならないの？　いつのまにか「九万円、九万円」という脳内の歌が「ビンボー、ビンボー」に変わっていた。

バスを降り、区民会館への坂道を登る途中、喉の渇きを覚えた。バッグの中からマグボトルを出そうとしたが、見つからない。キッチンのテーブルの上に用意しておいたのに、持ってくるのを忘れてしまったらしい。たったそれだけのことで、一気に暗い気分になった。

区民会館のロビーには、コンクリート剝き出しの壁面にずらりと飲み物の自動販売機が並んでいる。端から順に見ていき、迷った末に温かいほうじ茶のペットボトルを買った。

あーあ、百五十円の無駄遣い。

「篤子さんじゃないですか」

振り返ると、サツキが立っていた。

「篤子さんも講演を聴きにきたんですか？」

「うん……ちょっと参考までにね。サツキちゃんも？」

「ええ、私も参考までに」と、サツキはにっこり笑った。

一緒に会場内に入ると、まだ開始時間まで余裕があるからか、席は半分ほどしか埋まっていなかった。

「あそこに座ってるの、美乃留さんじゃないですか?」とサツキが指を差す。

「どこ? あらほんとだ」

通路側の席に、美乃留がポツンと座っているのが見えた。

「サツキちゃんて目がいいんだね」

「だってあのブレザー、見覚えがあるから」

サツキが他人の着ている服を覚えているとは意外だった。おしゃれにはまったく興味がないのだと思っていた。だが、主婦としての観察力は抜群だと思えば当然かもしれない。

美乃留とは、月に一度のフラワーアレンジメント教室で顔を合わせていた。だが、アフタヌーンティーのときに話が合わないと判断したのか、それとも二人の長年のつき合いに遠慮したのかはわからないが、教室が終わるとさっさと帰るようになった。だから一緒にお茶を飲んだのはあのとき一回だけだった。

「どうして美乃留さんがここにいるんだろう。老後の心配なんて縁がなさそうなのに」

「篤子さん、他人の生活って意外と窺い知れないですよ」

サツキは意味ありげにそう言うと、前列の方へと階段を下りて行く。自分もそのあとについていった。

「美乃留さん、お久しぶり。隣、空いてる?」

サツキが声をかけると、美乃留はビクッと肩を震わせて振り向いた。

「……ええ、もちろんです。どうぞ」

美乃留はバツの悪そうな顔をしながらも、奥へ詰めてくれたので並んで座った。

司会者が出てきて挨拶をし、そのあとファイナンシャルプランナーの女性と大学教授が、それぞれ三十分ずつ講演をした。篤子はメモを取るために、バッグから手帳とボールペンを出していたが、最後まで一文字も書かなかった。

講演が終わると、大きな拍手が鳴り響いた。

すぐ後ろの席から、「来てよかったわ」「ほんと役に立ったわ」という声が聞こえてきたので、思わず振り返ってしまった。七十代くらいの女性連れと目が合った。あなたも役に立ったでしょうと言わんばかりに、笑顔を向けてくる。

篤子はぎこちない微笑みを返した。

世間の人は、これほど物を知らないものなのか。

来なければよかった……。

心底がっかりしていた。日頃から問題意識を持っている人間ならば、どこかで耳にしたことがある内容ばかりだった。情報がここかしこに溢れているからなのか、誰の話を聞いてもどんな本を読んでも、昨今は新しい発見がほとんどない。

司会者が終わりの挨拶をすると、人々は一斉に立ち上がって出口へ向かった。

ロビーへ出ると、美乃留が「お茶でもしていきませんか?」と誘ってきた。

見ると、何かを決意したような硬い表情をしている。「うちの主人、出張中なもんですから、夕飯は作らなくていいんです。それとも、お二人はお忙しいですか？」

「……そうねえ」と篤子は言い淀んだ。アフタヌーンティーはもうごめんだ。

「ダメですか？」

美乃留の表情が歪む。「三十分だけでもいいですから」

思わずサツキと目を見合わせた。サツキも切羽詰まったものを感じ取ったのか、驚いたような顔をしている。

だけどね、美乃留さん、本当に追い込まれているのは、あなたじゃなくて、この私なのよ。だって明日中に九万円の振り込みをしなきゃならないんだもの。

「私はいいですけど」とサツキが答える。「篤子さんはどうですか？」

喫茶店代はもったいないが、老後の資金についての二人の考え方を聞いてみたい気もした。だがその一方で、裕福な美乃留の話を聞いたところで落ち込むだけで得る物は何もないだろうとも考える。

「帰ってすぐに夕飯の支度ですか？　ダンナさんの帰り、今日は早いんですか？」

篤子がはっきりしないからか、サツキが畳みかける。美乃留の様子がいつもと違うので、サツキは是非とも三人でおしゃべりしたいと思っているらしい。

「ダンナの帰りが早いってわけでも……ないんだけどね」

「ですよね。篤子さんのご主人、いつも残業で遅いって言ってましたもんね」

「……うん、まあね」

「よかったら今日はうちでお茶しません？」

「サッキちゃんちで？」

ベーカリーでパンを買ったことは何度もあるが、裏手にある自宅に行ったことはなかった。

「私もお邪魔していいんですか？」と美乃留が遠慮がちに尋ねる。

「もちろんよ。うちのダンナは製パン組合の会合で今夜は遅いの。お義母さんも留守だからちょうどいいわ」

区役所のパンフレットには、「車での来場はご遠慮ください」と大きく書かれていたが、サツキは車で来たという。区民会館の駐車場には停めずに、歩いて数分のスーパーの駐車場に入れたらしい。

サツキの運転するライトバンの後部座席に美乃留と並んで座り、サツキの家へ向かった。

ベーカリーには「定休日」の札がぶら下がっていた。

すぐ横手に細い通路があり、そこを通り抜けた先にこぢんまりとした二階屋が見えた。ちょうど店の裏側にあたる場所だ。店と家が繋がっている部分もあり、家の中を通って行き来できるようになっているらしい。

「なんだか懐かしい」

美乃留が感慨深げに家を見上げる。昭和の匂いがする佇《たたず》まいだった。

「ちょっと、サツキちゃん」

呼びかける声で振り返ると、隣家からおばあさんが顔を出していた。八十代だろうか。髪が薄くなっていて、白髪の隙間から地肌が透けて見えた。声もかなりしわがれている。

「ああ、おばさん、こんにちは」

「竹乃《たけの》さん、最近見ないけどどうしてる？」

「えっと、お義母さんは……」

そこでサツキは言い淀んだ。「……入院してるんです」

そう言って、そそくさと自宅の玄関へ歩き、格子戸の鍵穴に鍵を差し入れる。

「入院？ そんなの聞いてないわよ。どこが悪いの？ どこの病院？」

おばあさんが追いかけてきて畳みかけるように尋ねた。

「どこが悪いって……そりゃあ、なんといっても、もう歳ですから、あちこちが」

「やだわ、そんなこと言っちゃあ。竹乃さんは私と同い年なんだから」

「ああそうだった。すみません」

「冗談よ。八十五歳なんて正真正銘の年寄りだもの。で、どこの病院？ 私お見舞いに行く」

「お見舞いは結構です。遠いですし」

「遠いって、どこらへん？」

二人の会話がなかなか終わらないので、玄関前にぼうっと立って待っていなければならなかった。隣家のおばあさんもしつこいが、サツキもどうしてさっさと教えてあげないのだ。美乃留も同じ気持ちだったのか、大きな溜め息を漏らした。

「あっ、ごめんなさい。お待たせしちゃって」

サツキは不自然なほど大きな声でそう言うと、ガチャガチャ言わせて玄関の鍵を開け、曇りガラスの嵌《はま》った格子戸をガラガラと音をさせて開けた。

「どうぞ、入ってください」

サツキは二人を玄関の中に押し込むように、背中を押した。

「おばさん、すみません、今ちょっと忙しいので。それじゃあ、また」

そう言って、格子戸をピシャリと閉めた。

そのとき篤子は、自宅マンションのゴミ集積場で出会った、詮索好きの主婦たちを思い出していた。サツキも同じように苦労しているらしい。サツキには隠さねばならないようなことは何もないだろうが、それでも世の中には何でもかんでも捻じ曲げて勝手な噂を流す人がいるものだ。

「お姑さんは入院されてたのね。知らなかったわ」と、篤子はささやくような声で言った。さっきのおばあさんが玄関前で聞き耳を立てているかもしれない。

「お義母さんは、物忘れがひどくなってしまって」

サツキはトンチンカンな応え方をした。

「こちらへどうぞ」

和室の居間に通された。「適当に座ってください。そこの座布団も使って」

「サツキさん、もしかして断捨離《だんしゃり》されたばかりですか?」

部屋を見渡した美乃留は、感激したと言わんばかりに目を輝かせていた。

「本当だ。すごくすっきりしてる」と篤子も部屋を見渡した。

「私は断捨離という言葉の意味がよくわからないんですよ。まだ使える物を捨てるなんて考えられないですもん。えっと日本茶でいいですか？　インスタントコーヒーもありますけど」

そう言いながら、サツキが台所へ引っ込む。

玉暖簾がサツキの頭に当たってジャラジャラと音を立てた。

「懐かしい。その暖簾」

小学生の頃、実家の台所にも同じような物があった。見る物すべてが懐かしく、この家は昭和時代のドラマのセットとしてこのまま使えるのではないかと思うほどだった。

サツキは木製の大きなお盆に、茶器やらインスタントコーヒーの瓶やら紅茶のティーバッグやら色んな物を載せて運んできた。

「それにしても物が少ないですよね」と言いながら、美乃留は座布団の上で足を崩した。

断捨離していないのに物が少ない。ということは、不要な物を一切買わないということか。

ああ、自分もサツキのように何ひとつ無駄遣いをしなければ、今頃はお金がもっと貯まっていたはず。趣味の食器を買い集めたり、カーテンやクッションカバーを買い替えたりした日々がすべて空しく思えてくる。

――サツキさんて相変わらずきれいだね。

さやかは写真を見てそう言った。サツキはおしゃれもせず美容院にも行かないのに……。

「これ、もらいものですけど」

分厚く切った福砂屋《ふくさや》のカステラと、濃い目に淹れた煎茶が美味しかった。

「うちは夫婦揃って甘い物が苦手だから、たくさん食べてくださいね」

だからスリムなのだ。だから若く見える。甘い物に目がない自分の味覚が恨めしくなる。

「美乃留さん、ああいう講演を聴きに行くなんて、どういう風の吹きまわしなの？」

疑問に思っていたことを、サツキが率直に尋ねてくれた。

「実は……」

美乃留はお茶をひと口飲んで言葉を濁した。

「言いたくなければ言わなくていいよ」とサツキが笑顔であっさり言う。

「いいえ、お二人に聞いてほしくて……だから、お茶に誘ったわけで」

深刻そうだったので、黙って次の言葉を待った。

「こういうことになって、わたし初めて気づいたんです。それまでは、何でも打ち明けられるのが友だちだと思ってました。でも……」

美乃留は言葉を切り、またしてもお茶を飲んだ。「東和女子学院の同級生の前では、やっぱり見栄を張っちゃいます。だから、本当に困ったときは誰にも相談できなくて……」

前置きが長いが、美乃留の口元を見つめて、核心に入るのを辛抱強く待った。

「お二人とも私より年上だし、あっ、もちろん年上と言っても少しだけですけど。でも、まだそれほど親しくない分、話しやすい気がして……。共通の知り合いといえば城ヶ崎先生だけですし」

そこで黙ると、美乃留はフォークでカステラを切り分け始めた。

「もしかして、お金に困ってるの？」

しびれを切らしたのか、サツキがストレートに尋ねた。

「今は困ってはいないんですが。でも将来はたぶん、そうなりそうで……」

「どうして？」とサツキが続ける。「だってご主人はサラリーマンでしょう？　だったら厚生年金がたっぷり入るじゃない。今日みたいな講演を聴きに来るのは、私みたいに商売してて年金が少ない人ばかりだと思ってたよ」

「それはケースバイケースでしょう」

そう言いながら篤子は湯呑みを置いた。「だって商売は定年がないもの。サツキちゃん夫婦はこの先もずっと働けるじゃない」

そのうえサツキは自分の尺度というものをしっかり持っている。身の丈をわかっている人は立派だと思う。自分の収入の中でうまく生活していける人が真の大人だ。

それに比べて自分たち夫婦はどうだったか。

お金を使うのはなんと難しいことだろう。節約しすぎて生活にゆとりをなくすのは行きすぎだと思う。どこで線引きをすべきなのか、五十歳を過ぎた今でもわからない。サツキのように、確固たる自分の物指《ものさし》を持ちたいものだ。

「サラリーマンが羨ましいですよ。商売はほんと難しいです。一年くらい前から近所にベーカリーがやたらに増えたんですよ。ちょっと前までは、価格競争に巻き込まれるなんて夢にも思わなかったんです。だってそうでしょう。安いパンでいいならスーパーで買えばいいんですよ。わざわざベーカリーで買うってことは、ある程度余裕のある人たちが味や品質で選んで買ってくれるってことでしょう？」

「もしかして、ご近所に安く売る店ができたんですか？」と美乃留がすかさず尋ねた。

「そうなのよ。コンビニ並みの値段なのに、すごく美味しいって評判でね」

「そりゃ迷惑だね」と篤子は言った。

「そのうえ」とサツキは言いかけて煎茶をごくんと飲む。「大通りに大きなビルが建ったでしょう。あの中にも一軒入ったんです。周りは同業者だらけで商売あがったりですよ。しかも、その大半がうちより便利な場所にあるんです」

サツキは一気に言うと、フウッと大きく息を吐いた。

これほどサツキが暗い顔をしたのを、今まで見たことがない。経営状態がそんなに悪いのだろうか。

「サラリーマンは安定してていいですよね。うちはこのままだと本当に危ないんです」

表情が更に暗くなったので、何か慰めの言葉がないかと目まぐるしく考えた。

「うちだって大変なのよ」

「何がですか？」とサツキがムッとした表情を晒した。

「本当に大変なんだってば。だって……」

サツキがじっと見つめてくる。下手な慰めは要らないと言っているように見えた。だから言ってしまった。「夫婦揃ってリストラされちゃったんだもん。ハハハ」明るい調子で言ったが、内容が内容だからか、二人とも笑わなかった。

「そんな顔しないでよ。今のところは大丈夫なんだから。失業保険が出てるもの」でもね、その後の当てはまったくないのよ、と心の中でつぶやく。

「知らなかったです」

サツキはそう言いながら「お茶のお代わり淹れますね」とポットを引き寄せた。

「実は私……」と美乃留はうつむいたまま話し始めた。

サツキに続いて篤子も正直に告白したからか、順番に打ち明け話をする雰囲気になった。

「うちには子供がいないんです」

「知ってるけど?」

「それは私も聞いてるよ」

二人がそう応えると、美乃留は歯を食いしばるように口を真一文字にした。

みるみるうちに、目に涙が溜まってきた。

「だから、いつかはこういう日が来るんじゃないかと恐れていて、でもまさか本当に……」

「お酒、飲もうか。焼酎《しょうちゅう》か梅酒か発泡酒ならあるよ。美乃留さんは飲めるんだっけ?」

「いただきます。焼酎のお湯割りで」と、美乃留が洟をすすりながら答えた。

「飲も、飲も」

サツキは勢いよく立ち上がると、台所に入っていった。

その後ろ姿に篤子は声をかけた。「サツキちゃん、何か手伝おうか?」

「じゃあ、お願いしてもいいですか」

サツキに続いて台所へ入った。

ガスレンジの上にホーローの赤いヤカンがあるだけで、あとは何もなかった。

自分の家の台所に、いかに無駄な物が多いのかを思い知らされた。整然と片づいているだけでなく、流しやガス台はピカピカに磨かれている。かなり古そうだが、大切にすればこれほど長く使えるのかと思うと、十年ほど前に水回りをリフォームした自分が愚か者に思えてきた。

「サツキちゃんて、すごくきれい好きなのね」

「習慣になってるだけですよ。ベーカリーの厨房を片づけるときは、水滴ひとつ残さず拭きとりますからね。いつの間にか、自宅の台所もそうするようになっちゃって」

「あ」

テーブルの上に台湾バナナが置かれていた。フィリピンバナナと違い、ずんぐりしているからすぐにわかる。

「サツキちゃん、台湾バナナが好きなの?」

いつだったか、サツキに借りたハウツー本『結婚式のマナーと常識』にスーパーのレシートが栞代わりに挟まれていた。

「私たち夫婦のたったひとつの贅沢なんですよ。バナナは絶対に台湾バナナです」

そう言って、サツキは笑った。

二人で飲み物や簡単なつまみを用意して居間に戻ると、美乃留は目を真っ赤に腫らして、放心したように宙を見つめていた。

「うちのダンナ、会社の若い子を妊娠させてしまったんです」

美乃留はハンカチで顔を覆った。「もう八ヶ月なんですって」

サツキが何も言わないので、重い沈黙を破ろうと篤子は言った。「それは……大変ね」

「大変なんてもんじゃないです」

美乃留は顔を上げて、篤子をキッと睨んだ。

自分の気持ちがわかってたまるかといった感じの目つきだった。

「主人はひとりっ子なんです。だから姑がすごく喜んでるんです。やっと孫ができるって」

「それは傷つくね」

ようやくサツキが口を差し挟んだ。

「全人格を否定されたっていうか、嫁として失格のレッテルを貼られたんです」

「お姑さんは考えが古いのよ」

サツキがそう言うと、美乃留は我が意を得たりとばかりにうなずいた。「お子さんがいらっしゃるお二人に、わかってもらえて嬉しいです」

こんな深刻な打ち明け話をそれほど親しいとは言えない自分たちにするくらいだから、本当に相談する人がいないのだろう。心細い思いでいたのかと、かわいそうになった。

「ほかの誰にも相談してないの？」と尋ねてみた。

「実家の母には相談しました。最初は母も怒りまくってましたが、最近になって『仕方ないね、もう別れてあげなさい』って言うんです」

「それはつらいね」とサツキが静かに言う。

「生まれてくる子供のことを考えたら、私が身を引くのが一番いいってことは私だってわかってるんです。そうすれば、両親揃った家に生まれることができるわけですから」

「で、相手の女性には会ったの？」

「はい、会いました」

「どんな人だった？」

「化粧っ気もなくて、長い髪を後ろでひとつにゴムでくくっていて、コーデュロイの安っぽい妊婦服を着ていて、地味な印象を受けました。だけど、あとでこっそり夫の携帯に入っていた彼女の写真を見たら、全然違ったんですよ。スッピンの写真なんて一枚もなかった。フルメイクにさらさらのロングヘアで、洋服だってイケイケだったんです」

「どういうこと？」と篤子は尋ねた。

「私と会うときだけわざとみすぼらしい格好で来たんですよ。妻に身を引かせるための演技です。美人でおしゃれな女だとわかると、妻の嫉妬心を煽ると計算したんですよ」

「それが本当ならすごいね」

「やり手ババアみたいだね」

「姑は『あなたに子供がいなくてよかったわ。いたらややこしいことになってたもの』なんて、この頃は平気で言うようになったんです」

「離婚するのが当然みたいな言い方ね。本当に頭にくる」

サッキは、しみひとつないきれいな額に青筋を立てた。

美乃留に子供がいない分、心の傷も深いだろうと思われた。仮に子供がいたとしたら、姑から見ても、よその女を妊娠させた息子が悪者になる。そして美乃留は、さっさと離婚を選んだかもしれない。傍から見れば矛盾するかもしれないが、自分ならたぶんそうしただろう。

「離婚後どうやって食べていこうかと考えると、恐くなってしまって。慰謝料を少しばかりもらってもすぐに食い潰してしまうでしょうし。だから今日の講演を聴きにいったんです」

「あれ？　親御さんから財産分与されてるんじゃなかったの？」

サッキは、美乃留にお代わりを作ってやりながら尋ねた。

「それが……調べてみたら、結婚するときに実家の父からもらった株や土地の資産価値がぐんと下がっていて、それに父の会社は姉夫婦が継いでいて同居してるから、実家に帰ることもできません。もうどうしていいのか……」

美乃留は、焼酎のお湯割りを呷《あお》るようにして飲んだ。「それに、今までずっと専業主婦でしたし、手に職もないし、もう若くありませんし」

美乃留は酒に強いらしく、顔色は変わらない。

「できるだけ節約して、夫から毎月渡される生活費の中から今のうちにお金を貯めておこうと必死なんです」

「例えばどんな節約をしてるの？」と、サツキが尋ねる。

「日中はジムで過ごすんです。筋トレして、そこで新聞も読んでシャンプーもして帰る。そうしたら電気代も水道代も新聞代も浮きます」

美乃留は、少し得意げな表情になった。

「本気で節約したいんだったら、ジムに通うこと自体をやめた方がいいんじゃないの？」

篤子が問うと、サツキも大きくうなずいた。

「それも考えましたけど、ケチケチしてるだけじゃ人生つまらないです。楽しむことを忘れたら、今の私、たぶん精神的にもちません。健康にも気をつけなきゃと思いますし」

顔には出なくても酔っぱらっているのか、美乃留はだんだん饒舌になってきた。涙の跡も乾き、表情も微妙に明るくなってきている。実は夫のことは、少しずつ吹っ切れてきているのではないか、それとも単に情緒不安定なのか。

「トイレもなるべく図書館とか出先で済ませて、家での回数を減らしてるんです」

今度ははっきりと得意げな顔つきになって続けた。「公園の水を利用している人もいるらしいですよ。私も見習わなくちゃ」

「そういうのって、せこくない？」

サツキがそう言うと、その場が一瞬しんとなった。「水を差すようなこと言ってごめん。でもさ、公共の物をそういう風に使っちゃダメだと思うんだよね」

「サツキちゃんはどういった節約しているの？」

篤子はわざと明るい口調で聞いた。美乃留が再び暗い穴倉へ突き落とされたような顔をしたからだ。

「例えば、朝一番にスーパーに行って前日の割引品を買ったりします。あとは、少しでも儲けを増やそうと、家の角に置いている自販機をもう一台増やすことにしたんです」

「一戸建てっていいなあ。で、月にいくらくらいになるの？」

「場所によってかなり差があるらしいですよ。うちの場合は、自販機の売り上げが、ちょうど電気代くらいになって助かってます。それと、庭木の剪定《せんてい》も自分でやりますよ。といっても、猫の額ですけどね。チェーンソーでブーンとやるんです。ご近所さんは老人ばかりだから、やってあげると喜ばれます。この前は、向かいのおじいさんの家の古い家具をチェーンソーで分解してあげたら感謝されて、リンゴをたくさんもらいました」

「サツキさん、私にも教えてください。正しい節約の方法を」

「任せて。美乃留さんは貧乏に不慣れだから、ヘンな節約ばかりやってそうだものね」

サツキが遠慮なく言うと、美乃留は恥ずかしそうに笑った。

17

今日こそ夫と真剣に家計のことを話し合わねばならない。

明日は姑の口座に九万円を振り込む日だから、リストラされて落ち込んでいる夫を気遣っている余裕などない。

川沿いの遊歩道を歩きながら、夕焼けで真っ赤に染まる空を見上げた。

サツキの清廉な暮らしぶりを目の当たりにしたときの動揺がまだ続いていた。

今まで働いても働いても楽にならなかったのは、贅沢をしてきたせいなのだろうか。つまり、自分で自分を苦しめてきたということか。

でも……本当に、そうかな？

だって、私がいつ贅沢した？

物を買う時は吟味するし、衝動買いとも無縁だ。そりゃあ結婚して三十年にもなるのだから、その間に、買ってはみたものの気に入らなくてほとんど袖を通さなかった洋服も少なくないし、冷蔵庫で腐らせてしまった物もたくさんある。だけど、世間には信じられないほど無計画に散財している妻たちがいると聞く。そんなのに比べたら自分はマシな方だと思う。しかし……サツキの暮らしぶりには、清々しさやポリシーや知性さえも感じられ、自分の甘さが見えてくる。

家に帰ると、夫は部屋に籠っていた。

ノックしても返事がないので、ドアを開けてみると、ベッドで大の字になって眠っていた。先行き不安のこの状況で、よくも眠れるものだ。リストラされてからの夫は、まるで長年の疲労を回復させようとしているかのように、ハローワークや図書館に行く以外は家で眠ってばかりいる。

「ねえ、起きてよ」

そう言うと、すぐに目を開けた。

狸寝入りだったのかもしれない。現実からも妻からも逃避したいとでもいうように。

「明日は九万円の仕送りの日なのよ」

言いながら勇人が使っていた椅子に座った。勇人が就職して会社の寮に入ったあと、学習机を夫の部屋に運んだのだ。

「そうか、明日だったか」と夫はボソッと応えた。

「どうするつもり？」

「どうするって言われてもなあ」

生気をなくしたような顔で天井を見つめたままこっちを見ようともしない。

「ちゃんと聞いてよ。もう払いたくないよ。あんな贅沢な施設でリッチな暮らしして」

夫の前で姑の悪口を言うのは、たぶん初めてだと思う。だが、もう我慢できなかった。

「あんたのお母さんて、馬鹿なんじゃないの？　こっちがこんなに苦労してるのに、あんないい暮らしして図々しいよ」

自分の母親を悪く言われて怒るかと思ったら、「確かにそうだよなあ」と腑抜けたように言う。

「九万円もの大金、もう振り込めないからね。ねえ聞いてるの？　どうしたらいいの？」

「どうしたらいい……か」

妻の言葉を力なく繰り返す。

「とにかく電話しといてね、払えないってはっきり言ってね」

「電話って俺がか？　誰に？」

夫は初めてこちらへ顔を向けた。

「志々子さんに決まってるでしょう。そうしないと催促の電話がかかってくるもの。私は応対できないよ」

「そう言われてもなあ」

薄ぼんやりしている夫を見ていると、一層腹が立ってきた。

「財産が底をついたのに、あんな高級な施設に入れたままってどうなのよ」

「お袋はお嬢さん育ちだからなあ。貧乏ったらしい施設に入れたらかわいそうだろ」

夫の声がだんだん明瞭になってきた。

「じゃあ聞くけど、月九万円をこれからずっと、どうやって払っていくのよ」

「それは……」

声がまた小さくなった。

姑の家は志々子夫婦の家から五軒離れたところにある。まさにスープの冷めない理想的な距離だ。そのうえ、今のところ姑は認知症にもなっていないし、足腰も立つ。やろうと思えば自分ひとり分の家事くらいできるだろう。そもそも、まだ料理も作れるうちから、早々にケアマンションに入ってしまったことは間違いだったのではないか。

「志々子さんの方で、お義母さんの面倒を見てもらえないの？」

「俺がそんなこと言えると思うか？　この前の剣幕すごかったの覚えてるだろ？　それに、櫻堂もすごく感じ悪かったしなあ」

「背に腹は代えられないよ」

「そりゃあそうだけど……なんなら篤子の方から頼んでみてくれないか」

「は？　それ本気で言ってる？　私から言ったりしたら角が立つよ。章さんから、うちの経済状態を正直に話すのが一番いいのよ」

「どういうふうに？」

情けない声を出す夫に苛々が募った。

怒りを抑えるために、これ見よがしに思いきり深呼吸してやった。

「夫婦揃ってリストラされたうえに預金も使い果たして困ってるって正直に言えばいいじゃない。血の繋がった兄妹だもの、考え直してくれるはずよ。志々子さんがどうしてもお義母さんの面倒を見るのが嫌で、今のままの状態を保っておきたいっていうなら、経済的な負担は志々子さんの方で全額お願いしてよ。櫻堂さんの年収は一千五百万円もあるんだから」

「櫻堂のヤツ、高給取りだからって偉そうにしやがって」

「あの人、別に偉そうにはしてないよ。章さん、勘ぐりすぎだよ」

「お前も櫻堂の味方なのか？　あいつ、背も高いし、よく見ると結構男前だもんなあ」

これが我が夫なのか……。心まで貧乏になってしまったのか。

「ねえ、電話してみてってば」

「わかったよ。しとくよ」

「いつするの？」

「今度しておくよ」

「今度じゃダメだってば」

「今すぐか？」

「当たり前じゃない。明日が仕送りの日なんだよ」

「そう言われてもねえ。志々子はなんだかトラウマ抱えてるっていうしなー」

伸ばした語尾がいきなり癇《かん》に障った。

「もういいよ。あなたには頼まない！」

腹立ち紛れにそう言ってしまった。

言った傍から後悔した。気落ちしている夫を更に傷つけたのではないかと気になり、部屋を出るとき、振り返って顔色をうかがった。そうしたらホッとした表情をしていたので、更に頭に血が上り、力いっぱいドアを閉めた。

バタンと大きな音が家中に響く。

自分の部屋に入って机に向かった。ボールペンを握り、白いレポート用紙を睨む。

なんせ志々子は頭がいい。うまく言いくるめられないようにしなければならない。そのためには、言うべきことを予め箇条書きにしておいた方がいい。

――夫婦揃ってリストラされたこと。

――さやかの結婚と舅の葬式と墓石で大金を使ってしまったこと。

――家計は火の車であることを何度もしつこいくらい強調すること。

――ケアマンションを解約してほしいとはっきり言うこと。

――空き家になっている家に姑を戻して、志々子にちょくちょく面倒を見に行ってもらえれば助かると遠慮がちに言うこと。「本当に申し訳ないんですが」と何度も言って下手に出ること。


私は志々子なんかに負けない。

闘え、頑張れ！

自分にそう言い聞かせ、大きく深呼吸してから携帯を手に取った。

しかし次の瞬間、ふと手を止めた。

なぜ自分は、この部屋で電話をかけるの？　夫が傷つかないよう配慮するなんて、おかしいじゃないの。まるで、お金がなくて切羽詰まっているのは自分だけで、夫は関係ないみたいだよ。またもや自分は妻ではなくて、息子を守る母親のようではないか。

レポート用紙を持ったまま廊下へ出ると、リビングの方から音が聞こえてきた。夫はいつの間にか自分の部屋から出てきてソファに座り、ＢＳでテニスの試合を観ていた。

「テレビ消してよ。今から志々子さんに電話するから」

夫にも当然聞いてもらわなければおかしい。

「わかった」

そう言うと、夫はテレビの音を小さくした。

「消してって言ってるでしょ」

「これくらいの音量だったら大丈夫だろ」

「そういう問題じゃないんだよ。志々子さんはあなたの妹なのよ。本来なら……」

夫は「わかったよ」とこちらの言葉を遮ってテレビを消した。そして背中を向けたまま、ソファに埋もれるように深く座り、真っ暗なテレビ画面をじっと見つめている。

篤子が固定電話の子機を手に取ったとき、夫はソファからむくっと起き上がった。「俺がリストラされたことだけは黙っておいてくれないか」

「どうして？」

「志々子に言えば、お袋の耳にも入るだろうし、年寄りに心配かけるのもナンだしね」

「そんなの無理に決まってるじゃない。リストラされてもいないのに、月々の九万円が払えないなんて、志々子さんが納得するわけないじゃないの」

「だから、そこのところをうまく言ってほしいんだよ」

この期に及んでも格好つけようとしている夫を、思いっきり睨んだ。

「うまくって、どうやって？」

「篤子ならできるだろ」

こういうときだけ妻を持ち上げようとする。

「頼むよ」と両手を合わせて拝む。

篤子は溜め息をつきながら、電話をかけた。

「もしもし、篤子です。こんにちは」

夫にも志々子の声が聞こえるように、スピーカーフォンのボタンを押した。

——こんな昼間に電話してくるなんて珍しいわね。

「実はお願いがあってお電話したんです」

——どうしたのよ。あらたまっちゃって。

「お義母さんへの仕送りのことなんですが」

一瞬、間があった。敏感な志々子のことだ。何かを嗅ぎ取ったのかもしれない。

——仕送りがどうかしたの?

いきなり声が尖った。

「月九万円の負担はもう我が家には無理なんです。今でも残り少ない預金を取り崩している状態なので」

——共働きなのに何を言ってるの? 意味がわかんないんだけど。

夫がリストラされたことを言えないのがもどかしかった。

——あのね、うちだって、お金が余ってるわけじゃないのよ。

「うちはもうサラ金で借りるしかないような状態なんです」

サラ金という言葉に、夫は振り返った。思いきり顔を顰《しか》めている。

――サラ金？　どうしてそうなるのよ。さやかちゃんは大金持ちの息子に嫁いだんだし、勇人くんは一流企業に勤めてるんだし。

「それが、その……」

――まさか、ギャンブルとか？

「違います」

――じゃあ、何なのよ。株で失敗したとか？

「違います」

――だからどうしてサラ金なのかを聞いてるのよ。

夫からは言わないでくれと言われていたが、そんなことを言っている場合じゃなかった。

「実は、夫婦揃ってリストラされてしまったんです」

夫の横顔が歪む。

――聞いてないわよ、そんなこと。

そりゃそうでしょうよ。夫が言わないでくれと頼んでるくらいですから。

「志々子さん、少しお待ちください」

通話口を手で押さえ、夫に子機を差し出す。「そんな嫌な顔するんなら、自分で言ってよ」

「いや、俺はいいよ」

「だったらそんな顔しないでよっ」

猛烈に腹が立ってきた。

この兄妹、どっちも大っ嫌いだ。

――で、私にどうしろって言うの？

志々子の言い方はまるで喧嘩腰だった。

「ですから、ケアマンションを解約してもらいたいんです」

――は？　解約？　で、そのあと母はどこで暮らすの？　もっと安い施設を見つけてくれたの？　言っとくけど公立の特養に入るのは無理よ。母は要介護認定もされてないし、入居待ちが何万人もいるのよ。

「それは知っています。『クローズアップ現代』で特集してましたから。ですから、お義母さんはご自宅に戻られたらどうかと思いまして」

――一軒家にひとりで暮らせって言うの？

「いえ……月に何回かヘルパーさんに来てもらえばいいんじゃないかと思います」

――そんなので、あの年寄りがひとり暮らしできると思ってんの？

「デイサービスなんかも利用すればいいと思うんです」

返事がない。

「もしもし、志々子さん、もしもし」

――そんな大きな声出さなくても聞こえてるわよ。

かなり怒っている。

「施設を出れば月二十二万円の料金だけでなく、一流シェフが作る高い食事代も浮きます」

――お母さんの食事はどうすんのよ。

「宅配弁当があります。それを利用すれば食費もぐっと節約できます。そうなると、お義母さん自身の年金の六万円でなんとか生活できるんじゃないでしょうか」

――馬鹿じゃないの？　月六万円で生活できる人間がこの世にいるわけないじゃないの。

「え？　そうでしょうか……だって家に戻れば家賃も要らないですし」

――光熱費や病院代もかかるのよ。食費だけじゃないのよ。

「後期高齢者の医療費の自己負担は少ないですよね。それに光熱費だってそんなには……いや、確かに少し足りないかもしれませんね。だったら三万円くらいならなんとかうちでも仕送りできます」

本当は三万円でさえ苦しかった。だが今までよりはずっとマシだ。少なくとも、兄妹それぞれから九万円ずつ計十八万円というのは多すぎる。

――篤子さん、いい加減にしてくれない？

マグマが沸々と怒りのエネルギーを溜めこんでいる。いつだったか、そんな映像をテレビで見たことがある。今にも志々子のマグマが爆発しそうな予感がした。

――篤子さんの企みくらいわかってるわよ。要は近所に住んでる私が、ちょくちょく様子を見に行けばいいと思ってるんでしょう？

だったら何ですか？　そう思って何が悪いんですか？

——私のこと暇人だと思ってもらったら困るのよ。二人の息子はとっくに独立してるし、今は夫婦二人暮らしで悠々自適に暮らしていると思ってるでしょ？

はい、思ってますが？　その通りじゃないですか。

「まさか、私は決してそんな……」

——あのね、私自身も今まさに老後なの。昔で言えば、五十代後半は隠居してもいい年齢なのよ。私にだって楽しい老後が保障されたっていいじゃないの。日本人は長生きだけど、健康寿命はそう長くはないってテレビでも言ってたわ。母の世話で明け暮れるなんて冗談じゃないわ。そのうち寝たきりにでもなられた日には目も当てられない。そもそも兄さんは何て言ってるの？　ずるいじゃないの、奥さんに電話させるなんて。どうして自分で電話してこないのよ。

「それは……」

——あっ、もしかして兄さんじゃなくて、あなたひとりの考えで電話してきたの？

「それは違いますっ」

思わず大声を出していた。「章さんに相談して電話をしています。志々子さん、本当に申し訳ないんですが、うちにはもうお金がないんです」

——そんなこと知らないわよ。

電話の向こうで、鼻で笑った気配がした。

——兄貴に言っておいてよ。子供の頃から散々可愛がってもらっておいて、親が歳を取ったら捨てるのかって。

何も言い返せなかった。

夫たち兄妹は、お手伝いさんに育てられたので、母親には親しみを抱いていないと夫から聞いていたのとは食い違う。だが、自分は当時の状況など知る由もないし、人それぞれ感じ方も違う。

「捨てるだなんて……それより現実問題として、うちはお金が……」

——兄貴だけが可愛がられてきたのに、いざ年老いたら娘の近所に引っ越してくる。これだけでも本当は許せなかったわ。あのとき九十九里じゃなくて兄貴の家の近くに引っ越したってよかったのよ。

「志々子さん、もしかして、嫁の私が面倒をみるべきだっておっしゃってるんですか？」

——まさか。ご冗談でしょう。あなたが面倒みる必要はないわよ。兄貴がみればいいのよ。介護は男とか女とか関係ないじゃない。

口先だけは立派だ。インテリ専業主婦によくあることだ。社会に出て屈辱に耐えて働いた経験など一度もないのだろう。それなのにプライドばかりが高い。

——あのさあ、篤子さん。

そう言いかけて、志々子はこれ見よがしのように、ハアと大きな溜め息をついた。

——篤子さんの考え方、そもそもおかしいわよ。お金がある方が出せばいいと思ってるでしょう。それは、いくらなんでも図々しいことよ。貧乏をことさら自慢されても、こっちは困るの。

「貧乏ですみませんねえ」

無意識のうちに、皮肉たっぷりの言い方になってしまっていた。

電話の向こうで息を呑んだのがわかった。

いやらしい言い方だと自分でもわかっていたが、もう止められなかった。

「お考えはよおくわかりました。もう結構です。うちでお義母さんを引き取りますから」

──は？　何を言ってるの？　お宅の狭いマンションで同居できるわけないじゃないの。

「できます。勇人がこの四月に会社の寮に入ったので部屋が空いてるんです」

──そんなの、母が断わるに決まってるでしょ。ほんと、いったい何を考えてるんだか。

「だから何度も言ってるでしょ！　うちはね、もうお金がないんです！」

大声で叫んで、思わず電話を切ってしまった。

怒りで手が震えていた。

「お前、あんなこと言っちゃって……」

夫が身体を起こしてこちらを見ていた。困惑したような、怒っているような、複雑な表情をしている。

「あなたはお義母さんと同居するのが嫌なの？」

「嫌ってわけじゃないけど……だけど今までみたいに気楽には暮らせなくなるよ。それより篤子が大変だろう？　篤子こそ本当にいいのか」

「いいも何も仕方がないじゃない。もう仕送りできないんだし」

進んで引き受けるわけじゃないことを、ここではっきりさせておきたかった。

「そうか、悪いな」

一転して暗い顔になる。そうなると、腹立たしさが同情に変わりそうになる。

夫もリストラされて、一家の大黒柱としての地位を失い、つらい立場にあるのだ。

「いいわよ。なんとかうまくやっていくよ」

「ありがとう」

夫が素直に感謝の言葉を口にするなんて珍しいことだった。そこまで気弱になっているのかと気にかかる。

「でも、肝心のお義母さんがどう言うかしら」

ケアマンションの立派なロビーが頭に思い浮かんだ。外資系の一流ホテルかと見紛うような、フカフカの赤い絨毯に、豪華なシャンデリア。厨房には一流シェフが揃っている。篤子が安い食材で作った食事が口に合うとは思えなかった。

「俺がケアマンションに行ってお袋を説得してみるよ」

ひとりで行って、即座に断わられてすごすごと帰ってくるのが目に見えるようだった。

「私も行くよ」

ここはなんとか踏ん張って、月九万円を払わずに済むようにしなければならない。

18

数日後、夫と二人で九十九里にあるケアマンションへ赴《おもむ》いた。

姑はきちんと化粧をして、ワンピースの上にジャケットを羽織った姿でロビーで待っていた。服装のせいか、いつものぼんやりした姑とは違って見える。

「だいたいのことは志々子から聞いたわ」

腹に力の入った声を聞いたのも久しぶりのような気がする。いつもは談話室で話すのだが、他人にあまり聞かれたくないからか、すぐに自分の部屋に招き入れてくれた。

「二人とも失業したそうね」

ミニキッチンでお茶を淹れながら、姑はそう言った。こちらを振り返ったときの表情が楽しそうに見えたのは錯覚だろうか。

「俺たちのマンションは狭いし、ここほど立派な建物じゃなくて悪いんだけど……」

「とんでもない」

姑は息子の声を遮った。「篤子さん、悪いわね。お世話になりますが、よろしくお願いいたします」

そう言うと、深々と頭を下げた。「章、帰りに事務所に寄って、今月いっぱいで退去する手続きをしてちょうだい」

意外にも既に気持ちは決まっていたらしい。

なんとしてでも説得しなければと勢い込んでいたから拍子抜けしてしまった。志々子に余計なことを吹き込まれ、頑なに拒否するだろうと踏んでいたのに、見当外れだったようだ。

「あのう……志々子さんは何ておっしゃってました？　怒っておられませんでしたか？」

「カンカンだったわよ」と姑は苦笑した。

「ああ、やっぱり」

「でもわたくしは決心したの。今日から少しずつ荷物をまとめるわ」

「お袋、無理するなよ。怪我でもされたら大変だから、俺が手伝いにくるよ」

お茶を飲んだあと、三人でロビーへ降りて、解約の申し込みを済ませた。

姑に見送られ、夫と二人で駅に向かって歩いた。

「いい天気だな。空が青い」

夫は久しぶりに笑顔を見せた。

「そうね。気持ちがいいわね」

思いきり鼻から空気を吸い込むと、潮の香りがした。

「勇人の部屋はもう何もないのか？」

「物がいっぱいよ」

「早めに片づけないといけないな」

「そうね。今夜早速、勇人に電話して荷物を片づけに来るように言うわ」

駅前のカフェに入り、久しぶりに向かい合ってコーヒーを飲んだ。

次の土曜日、勇人が帰ってきた。

社会人となっても相変わらず快活で、久しぶりに家の中が明るくなった。

夫がリストラされたことは、まだ言っていなかった。示し合わせたわけではないが、夫も言わなかった。社会に一歩を踏み出したばかりの息子に、余計な心配をさせたくないという思いは夫婦共通のものなのだろう。

腕まくりをした勇人が、クローゼットを整理しながら不要な物を部屋の隅に積み上げていく。その横で、篤子はゴミを分別し、夫はそれらを玄関まで運ぶ。

「親父、えらく家庭的になったじゃん。前は家事なんか何ひとつやらなかったくせに」

「そんなことないよ」とゴミ袋の口を縛ろうとしていた夫が顔を上げた。

「そんなこと、あるある」

勇人が笑いながら応戦すると、夫の顔が一瞬こわばったが、すぐに笑顔を作った。「要らない物はこれで終わりか？」

「思い出の品はダンボールにまとめてから玄関脇の物入れに入れておいて」

「了解でーす」

「それが終わったら少し休憩しましょう。お茶を淹れるわ」

勇人と会うのは久しぶりだったので、会社や寮での様子も知りたかった。とはいえ、夫が無職だと悟られないようにしなければならない。勇人に知れたら、仕送りをするなどと言い出しかねない。心配をかけたくないだけでなく、親として威厳を保ちたい気持ちもあった。

リビングに移動してアップルティーを淹れ、今朝作ったレーズン入りのマフィンを添えて出した。少しでも無駄な出費を抑えたかったので、冷蔵庫の隅に眠っていたレーズンを使った。いつ買ったか思い出せないくらい古い物で、水分を失ってカチカチに固くなっていた。それを、これまたいつ買ったのか思い出せないくらい古いラム酒に浸けてひと晩寝かせたら柔らかくなった。上手く焼けるか心配だったが、想像以上に美味しくしっとりと仕上がった。

「おっ、これはうまいぞ」

夫がひと口食べて、満足そうに笑った。

「ほんとだ。シナモンが利いてて美味しいよ」と、勇人も笑顔だ。

つい先日、部屋を片づけに帰るよう電話したとき、勇人は言ったのだった。

——篤子さん、あんなばあさんと同居して、本当に大丈夫なの？

勇人もあまり親しみを感じていないらしい。姑からすると、志々子の長男が初めての孫である。初孫かわいさに、志々子の家には頻繁に行っていた時期がある。その反面、篤子の子供たちとは盆正月以外にはほとんど接触がなかった。

——あの人、何考えてんだか、得体の知れない人だよね。

勇人までそんな風に思っていたとは知らなかったので、同居の不安が増した。

だが、もうほかに道はない。

「このマフィンも最高だし、篤子さんは料理上手だから、おばあちゃんも幸せだよ」

勇人が持ち上げてくれる。

そのとき、夫がポツリと言った。「それは、どうかな」

見ると、夫は鼻の穴を微かに膨らませていた。

得意なときに見せる表情だ。

「お袋は昔から、パンはメゾンカイザーのと決まっているし、羊羹は虎屋のしか食べない。お茶も鹿児島の知覧茶でないとダメなんだ。だから気をつけてやってくれるか」

信じられない思いで夫の横顔を見た。

何を贅沢言ってるの？　お金がないから、仕方なく姑を引き取るというのに。

篤子の目が怒りに燃えているのがわかったのか、夫は慌ててつけ加えた。「ほら、お袋はお嬢さん育ちだからさ。でも、まあ、そんなに気にすることも……ないかな」

同居する前から既にうんざりしている自分を直視するのが恐かった。考えもしなかったが、姑を引き取ることによって、九万円どころではない出費になるとか？

迂闊だった。

考えるまでもなく、姑は贅沢な暮らしに慣れていて、節約とは無縁な人だ。だが、うちの家計が苦しいことを知っている。それに戦中戦後の日本の貧しさを体験している。高度成長期にしても、今ほど物が溢れる暮らしではなかった。

だから大丈夫だと考えていた。その考えは甘かったのか。

「うちって結構金持ちだよね」と突然、勇人が言った。

「どうしてそう思うの？」

「同じ寮のヤツらを見ててそう思ったんだ。みんなすごく節約してる。きっちり貯金してるヤツがほとんどだよ。おばあちゃんみたいに、パンはここのでないととか、お茶はどこのに限るなんて言うヤツ、僕の世代では聞いたことないよ」

「ほんとだよね。どこの大金持ちかと思うよね」

これ見よがしに皮肉たっぷりに言ってやった。「章さん、お義母さんには安物で我慢してもらうわけにはいかないのかなあ。とてもじゃないけど……」

夫は篤子の言葉を途中で遮り、「それは篤子に任せるよ」と早口で言った。

「おばあちゃんも年金もらってるんだろ？　だったら、そういうこだわりの品はおばあちゃんが自分の年金で買えばいいんじゃないの？」

勇人が何気なく言った言葉に、篤子は心の中で小躍りしていた。

これまで、九万円の仕送りをせずに済むという、そのことだけにとらわれていた。姑がもらっている年金のことは頭の中からすっぽり抜け落ちていた。

「さすが、勇人、いいこと言ってくれるわね。そうよ、好きなものは自分の年金で買っていただくことにしましょうよ」

嬉しくて思わず笑みがこぼれた。

19

あと二週間ほどで、姑が我が家へ引っ越して来る。

そんな月曜日、篤子はコンビニで働き始めた。

長く続けられるデスクワークを希望していたが、もう諦めた。ハローワークへ行ったり、ネットで求人情報を調べたりしたここ数ヶ月の間に、特別な資格を持たない五十代の女にデスクワークは不可能だと思い知らされた。立ち仕事はきついなどと言っていられないのが現実だと、ようやく受け入れることができた。

だが、勤務地は慎重に選んだ。遠すぎると疲れるが、近すぎると知り合いに見つかる。同じマンションに住む暇なおばあさんたちから色々と質問されるのも鬱陶しかった。だから、わざわざ自転車で十分かかるコンビニで働くことにした。商店街にある昔ながらの店よりも、コンビニの方が人間関係があっさりしているようにも思えた。

時給は千円で、夜十時を過ぎると千二百五十円になる。お金のことだけを考えれば、夜十時を過ぎて明け方まで働く方がいいのはわかっている。店は賑やかな場所にあるし、夜中でも常に二人以上の店員がいるから安全面では問題ない。だが、昼夜逆転して太陽に当たらない生活が続くと、健康を損なう恐れがあると聞いたことがある。何よりも、それが原因で更年期鬱になりそうで恐かった。ただでさえ、明るい気持ちになれない日々が続いている。

考えた結果、早朝七時から午後三時まで働くことにした。早い時間に帰れる割には、実働はしっかり七時間ある。ひどく疲れた日は早めに就寝できることも考慮に入れた。そのうち慣れてきたら、コンビニとは別に夕刻数時間だけのパートを捜してみてもいいと目論《もくろ》んでもいた。

コンビニの仕事は思っていた以上に多岐にわたるものだった。切手や粗大ゴミ処理券も売っているし、公共料金の代行収納や、インターネット注文の受け渡し、保険の加入、チケット発券、ギフト予約、クリーニング取次ぎなど、きりがない。マルチコピー機やATMの使い方を客に尋ねられることもあるので、それらも詳細に覚えておかなければならなかった。一日に何度もある商品の品出しは腰が痛くなるし、おでんや揚げ物も作らなければならないし、店内の清掃で手も荒れた。とはいえ、仕事の覚えの早さに、我ながら密かに感心していた。

だが、客に対しては頭にくることが多かった。レジの順番待ちに割り込んで煙草を買おうとする人や、小銭をレジ台に投げ捨てて「もらってくよ」と新聞を持っていってしまう人、声が小さくて聞き取れなかったので聞き返したらいきなり怒りだす老人など、数え上げれば枚挙にいとまがない。なかでも気に入らないのは、エロ本を買うオヤジが想像以上に多いことだった。レジに差し出すときは決まって本を裏返しにする。いい歳をしてもっと他に考えることはないのか、地球の環境のこととか子供の未来のこととか、買うんなら堂々と買ったらどうなんだ、そう言ってやりたいのをぐっと抑えて笑顔で対応すると、ストレスが溜まった。だが、最もつらいのは、やはり当初心配した通り、ずっと立ちっぱなしだったことだ。

夫はなかなか仕事が見つからず、まだ毎日家にいる。

篤子は、昼休みになると自転車で自宅に戻り、簡単な食事を作って夫婦で食べた。そしてまた自転車に乗って急いでコンビニに戻る。だが、そんな慌ただしい生活は、三日で嫌気が差した。

自分は朝から晩まで働いているのに、夫は暇だからと本を読んだりテレビを見たりしている。まだ失業保険が下りているとはいうものの、のんびりしている姿を見るたびに腹が立った。だから四日目からは、昼休みになっても自宅へは帰らず、コンビニのバックヤードでおにぎりを食べることにした。そして、五日目からは、朝家を出る前に夫の昼食を用意するのもやめた。

こうやってどんどん夫婦の心は離れていくのかもしれない。そうは思っても、立ち仕事でくたびれ果てていたし、夫に対する同情が軽蔑に変わりつつあるのをどうしようもなかった。

姑の引っ越し荷物は、びっくりするほど多かった。

ケアマンションの部屋はすっきりと片づいていて、物は少なかったはずだ。収納は一間分のクローゼットがあっただけだ。作りつけの小さな食器棚にはティーカップが美術品のように並べられていたくらいで、部屋では料理をしないから食器も少ししかなかった。

姑の荷物は勇人の部屋には入りきらなかった。リビングや廊下はダンボール箱で埋め尽くされてしまい、足の踏み場もない。

「お袋、こんなにたくさんの荷物、今までどこに置いてたんだ？」

夫も驚いたように尋ねる。

「前に言わなかったかしら。トランクルームを借りてたのよ」

そんなの初耳だった。まさか、月々九万円の仕送りの中には、トランクルームの賃貸料まで入っていたのではあるまいな。

「空き家に置いておけばよかったじゃないか」

「だって当初は、あの家を売るって話だったでしょう」

それも初耳だ。

「そう言えばそうだったね」

夫は知っていたらしい。

「今回は思いきってトランクルームを解約して全部ここに持って来たのよ」

「俺んちだって困るよ。どうして解約しちゃったわけ？」

「だってあなたたちがお金に困ってるって言うんだもの。トランクルーム二つ分で月に二万八千円の賃料なのよ。あなたたちに負担してもらうのも、今後は悪いかと思ったの」

「なるほど」

何がなるほどだ。

「だけど、これじゃあ生活できないよ」

「ここがこんなに狭かったとは思わなかったわ」

「何言ってんだよ。何回も来たことあるだろ」

「来たことはあるけど、こんなだったかしら」

「お袋は、ホテルみたいなケアマンションに住んでたから感覚がズレちゃったんだよ」

母と息子の会話が続くのを、篤子はお茶を淹れながら黙って聞いていた。

「あら、このお茶、美味しいわ。篤子さんはお茶を淹れるのがお上手ね」

褒められても嬉しくなかった。

無理して鹿児島の知覧茶の、それも金印のを買ったのだった。年寄りはお茶にうるさいとよく聞くし、姑はいきなり馴染みのない環境で暮らすのだから、お茶くらいは好みの物を用意してあげようと思った。

だが、どうも墓穴を掘ってしまったようだ。褒められたことで、今後もこのお茶でなければならない雰囲気ができあがってしまった。

最初が肝心だと言うではないか。失敗した。安い玄米茶を出せばよかった。

なんだか嫌な予感がして仕方がなかった。まさか、我が家は今後、更に困窮するなんてことはないでしょうね。

その夜、夫が風呂に入っているときに、姑は銀行の通帳とカードを篤子に差し出した。

「年金が振り込まれる通帳よ。月に六万円だけど、篤子さんが自由に使ってちょうだい」

「いえ、それは結構です。お義母さんにも月々のお小遣いが必要でしょうから」

「亡くなった主人の恩給が月に四万円くらい入るから、お小遣いはそれで十分よ」

「オンキューって？」

「ほら、あの人、戦争に行ってたでしょう」

軍人恩給が入っていたなんて知らなかった。

志々子は当然知っていたのではないか。

もしかして、会計ノートを見せようとしなかったのはそのせいだったのか。

20

姑と同居を始めた翌日から、篤子は今まで以上に早起きをしなければならなくなった。

それまでの朝食は、夫はコーヒーとチーズトーストで、篤子は人参《にんじん》とバナナと豆乳のスムージーだけという簡単なものだった。だが、姑のためにご飯と味噌汁《みそしる》を用意しなければならない。姑に昼食用の弁当も作るので、大忙しだった。姑の弁当だけ作って夫の分を作らないわけにはいかないので、癪《しゃく》だが夫の分もついでに作ることになった。

コンビニの仕事を終えて帰宅すると、姑は待ち構えていたかのように自分の部屋から出てくる。一日中ひとりで家にいるから寂しいのだろうか。夫は姑の手前、家でごろごろしているわけにもいかなくなったのか、毎日外出するようになっていた。ハローワークか本屋か図書館のいずれかで時間を潰しているらしい。

姑の大量の荷物は、九十九里の平屋へ送り返したことで、やっと家の中は片づいた。運送料金は姑が払ったとはいえ、どんぶり勘定とも言える大雑把な金銭感覚に呆れてものが言えなかった。

「篤子さん、悪いんだけど、お茶を淹れてくださるかしら」

篤子の帰りを待ちかねていたように、姑は毎日そう言うのだった。それが篤子には不思議でならなかった。

お茶くらい自分で淹れたらどうなんですか?

私は仕事から帰ったばかりで疲れてるんですよ。

本当はそう言いたかったが、口に出すわけにもいかない。

「はいはい、今すぐに」

心にもない明るい返事をしてしまう。このままいけば、ストレスで胃に穴が開くのも時間の問題だ。姑と同居したことにより、一時も気が休まらず、ストレスが溜まりに溜まっていた。

さやかのことも気になっている。ときどき電話をかけてみるが、相変わらず鬱陶しがってすぐに切ろうとする。心配でたまらない反面、もしも離婚して帰ってきたらと想像すると、以前とは違って溜め息が漏れるようになっていた。姑が勇人の部屋を占有しているから、自分の部屋をさやかに明け渡さなければならない。となると、自分はまた夫と同じ部屋で寝起きしなければならなくなる。自分は寒がりで夫は暑がりだから、エアコンひとつとっても、快適とは言い難い生活に逆戻りだ。ひとりになれる空間を失ってしまうことを想像していると、いきなりむしゃくしゃしてきた。

「お義母さん、ポットにお湯が入ってますけど」

知らない間に口をついて出ていた。「お茶くらい自分で淹れていただけませんか」

姑は驚いたような顔でこっちを見た。

「急須のお茶っ葉を変えてもらいたいのよ。朝からずっと変えてないから」

「そんなの自分で変えてくださいよ」

思わずキツイ口調になった。

「わたくしが自分で？　わたくしが台所に入ることになるけど、いいの？」

「どういう意味ですか？」

「昔から台所は女の城だと言うでしょう？　わたくしがあれこれ触ったりしたら、篤子さんもいい気はしないんじゃないの？」

「マジ？　古っ」

口から勝手に飛び出していた。「私は台所を城だなんて思ってませんよ。じゃんじゃん勝手に使っていただいて結構なんです。なるべく自分のことは自分でやってくださると助かります」

「なあんだ、そうだったの。それならそうと早く言ってちょうだいよ」

カチンときた。

夫がズレているのは、姑に似たからなのか。やはり同居なんてするんじゃなかった。後悔がどっと押し寄せてくる。だが、月に九万円の仕送りをしなくてよくなったことは大きい。それに、年金六万円をそっくりそのまま家に入れてくれている。

「篤子さん、わたくしが勝手に使っていいのなら、明日からは朝ご飯もお昼のお弁当も作ってくれなくていいわ」

「ほんとですか？」

嬉しくて、思わず大きな声で問い返していた。

「篤子さんがせっかく朝ご飯を作ってくださるから、今まで言いづらかったんだけど、わたくしね、朝はリンゴ一個だけがいいの。その方が胃の調子がいいのよ。お昼も好きな物を勝手に作って食べたいわ」

姑もまた嫁に遠慮していたとは思いもしなかった。

「お義母さんの方こそ早く言ってくださればよかったのに」

姑は急須を持って早速台所へ入って行った。茶がらを捨て、新しい茶葉を入れている背中が、カウンター越しに見える。

「篤子さんも飲む？」

「はい、いただきます」

そのとき、上着のポケットに入れていた携帯電話が鳴った。

画面を見ると、サツキからだった。

――もしもし篤子さん、お忙しいところすみません。至急お願いしたいことがありまして。

ずいぶん慌てている様子だ。

「どうしたの？」

――実は、うちのお義母さんが行方不明なんです。それで……。

「えっ、行方不明？」

そう聞き返したとき、姑も驚いたのか、ポットから湯を注ぐ手を止めて篤子を見た。

「お義母さんは入院されてたんじゃないの？」

――それが……。

「もう退院されたの？」

――ええ、まあ。

「家を出ていかれたのは何時頃なの？」

――ええっと……。

「もしかして、今朝早く出ていったきり戻ってないとか？」

――いえ、もっと前なんです。

「まさか、昨日の夜から戻ってないとか？」

――それが、そのう……もう一ヶ月以上前からいないんです。

「は？」

区の講演会の帰りにサツキの自宅に寄ったのは先月のことだ。あのときサツキは、近所のおばあさんに姑の所在を尋ねられ、入院していると答えたはずだ。あれは嘘だったのか。そういえば、病院名も病名ものらりくらりとして答えなかった。

「で、私にお願いというのは？」

いきなりトーンダウンしたからか、それまで息を詰めてこちらを見つめていた姑は、たいしたことではないと思ったのだろう、ダイニングテーブルに移動すると、ずずっとお茶を啜って読みかけの本に目を落とした。

——実は役所から連絡がありまして、家庭訪問したいって言ってきたんです。

「へえ、お役所も意外に親切なのね」

——違うんです。困るんですよ。

いったい何が言いたいのか、さっぱりわからないが、サツキにしてはいつになく早口で、切羽詰まった雰囲気だけが伝わってくる。

「サツキちゃんが私に頼みたいことってさ、要はなんなのよ」

——すみません。篤子さんのお姑さんを、一日だけ貸していただけないでしょうか。

「貸すって、うちのお義母さんを？」

その問いで、姑が本をパタンと閉じ、「なんのこと？」と、声には出さず口だけ動かした。

——最近は年金詐欺が問題になってるでしょう。

「年金詐欺というと、親が死んだことを隠して年金をもらい続けるっていう、アレ？」

——そうです、それです。役所の方ではそれを疑っているらしくて、年寄りが本当に生きているかどうか調査するために、定期的に家庭を訪問することになったらしいんです。

「それはいいことね」

——そうじゃなくて、篤子さん……私は調査に来られたら困るんです。

「どうして困るの？　行方不明だって正直に言えば済むことじゃないの。警察には捜索願いを出してるんでしょ？」

――え？　ええ……まあ。

歯切れが悪かった。サツキらしくない。

もしかして、行方不明なんかじゃなくて、死んだことを隠しているのでは？

自宅の床下に死体を埋めてあるとか？

そういえば、サツキの家は年寄りがいるような家には思えなかった。だって、年寄りは何かと言うと「もったいない」と言い、無駄なものでもなかなか捨てようとしない。そのくせ、次々に物を買ってくる。だから家の中は物でいっぱいになる。

だが、美乃留が断捨離したばかりかと尋ねるほど家の中は物が少なかった。

なんだか怪しい。

――ほかに頼める人がいないんです。是非、お姑さんを貸してください。お願いします。

声が少しくぐもった。電話の向こうで頭を深く下げたのか。

「そんなこと言われても……」

頭の中で危険信号が点滅していた。

はっきり断わった方がいい。

さあ断われ、自分。

だが、サツキとは長いつきあいだ。死体を地中に埋めるような人間には思えない。

でも……哀しい哉《かな》、人は変わるものだ。

お金がなくなったら、人格だって変わる。生きるためには何でもするようになる。

だから同情の余地はある。悪いことだと単純に責めることはできない。

でも、協力はできない。

だって、バレたらどうなる？

自分も共犯者になってしまう。

「サツキちゃん、あのね……」

断わりかけて、ハタと気づいた。

自分が断わらなくても姑が断わるに決まっている。

そんな当たり前のことに思い至り、ふっと気が楽になって落ち着きを取り戻した。

「あとで一応お義母さんに聞いておいてあげる」

――今すぐ聞いてもらえないでしょうか？　役所の人がうちに来るのは明日なんです。抜き打ちの訪問は、住民からの反対がすごかったらしくて、苦肉の策として前日に連絡するようにしたらしいんです。

「へえ、役所もやるね」

――協力していただけるなら、いろいろと打ち合わせをしないといけないんです。たぶん、役所の人は名前や生年月日だけじゃなくて、生い立ちなんかも尋ねると思いますから。

「うちのお義母さん、いま出かけてるのよ。帰ってきたら聞いてみるから」

嘘をついた途端、姑がびっくりしたように目を見開いてこちらを見た。

——何時頃帰ってこられます？

「そうねえ、あと三十分もすれば帰ってくると思うけど」

——わかりました。お帰りになったらすぐに電話ください。お願いします。

電話が切れた。

「今のいったいなんの電話だったの？」

姑が訝《いぶか》しげな目を向けている。

「実は……」

姑の向かいに座り、電話の内容をそのまま伝えた。

「その話、なんだか怪しいわね」

「誰が考えたって変ですよね。でも大丈夫ですよ。きっぱり断わりますから」

姑は出かけていると言ってしまった手前、すぐに電話して断わるのもおかしい。

少し時間を置こう。姑が淹れてくれたお茶を飲んだ。生ぬるくなっていた。

「だけど、面白そうではあるわね」と姑がボソリと言った。

「えっ？　面白いって、何がですか？」

姑は問いには答えず、意味ありげにニヤリと笑った。こんな表情の姑を見たことがなかった。もしかして自分は、姑のことを何も知らないのではないか。結婚以来の長いつきあいとはいうものの、頻繁に会っていたわけでもないし、ましてや突っ込んだ話をしたこともほとんどなかった。

「で、どれくらいになるの？」と姑は尋ねた。

「八十五歳と聞いてますけど」

「歳のことじゃないわよ。いくらもらえるかを聞いてるの」

「もらえるって、何をですか？」

「まさかタダってわけにはいかないでしょう。いくら払うつもりなのか、電話して聞いてみてくださらない？」

絶句して姑を見つめた。やはり自分は、姑のことを何も知らないらしい。

姑は急かすように、篤子の手に握られている携帯をじっと見つめている。

「お相手も、お急ぎなんでしょう？」

「ええ、まあ、ですけど……」

冗談じゃない。

「やっぱり、ちょっと待って」と姑は言った。

篤子が呆れて携帯をポケットにしまおうと手を伸ばしたのを、電話をかけようとしていると勘違いしたらしい。

「もう少し細かい打ち合わせをしてからの方がいいわ。そのサツキさんとやらのお姑さんが本当に行方不明なのか、そうでなければどうして家にいないのか、なぜ警察に届けていないのかについては、わたくしたちは知らないままの方がよさそうね」

真剣な顔つきで、ひとつひとつ確かめるように話す。まるで老練な女刑事みたいだった。

「篤子さんもそう思うでしょ。そうしないと共犯者になってしまう可能性があるもの」

呆気《あっけ》に取られていると、姑は煎茶をごくりと飲み干し、篤子を一瞥《いちべつ》してから続けた。「役所が調査に来るのは年に一回くらいかしら」

「さあ、どうでしょうか」

「それはとても重要なことよ。サツキさんに聞いてみてちょうだい」

「はあ。でも、どうしてそれが重要なんですか?」

そう尋ねると、姑は露骨に顔を顰めた。

――お前は馬鹿か。

姑の目がはっきりとそう言っていた。

「サツキさんのお姑さんがきっちり国民年金保険料を納めていらしたとすると、年に約七十万円の年金が入るでしょ。で、役所が調べにくるのが年一回としたら、そうねえ……」

姑は頰杖をついて宙を睨んだ。「十万円くらいもらっても罰は当たらないわね」

「十万円、ですか?」

「そうよ、十万円。一度協力したら一年分の年金が安泰ってことよ。それにこっちは共犯のリスクを抱えてるの。それを忘れないでくださる?」

言葉遣いだけは上品だが、思いもよらない発想だった。

「ですが、お義母さん、それは……いくらなんでも」

「それが嫌なら断わってちょうだい」

断わるべきだ。

サツキが役所の人にきちんと事情を話せば済むことではないか。断わりの電話は早い方がいいだろう。サツキはずいぶん慌てていたようだから。

姑の目の前で電話をかけた。呼び出し音が鳴り始めた途端、サツキは電話に出た。

——もしもし、お姑さんに話してくれました？　どうでした？

勢い込んで尋ねてくる。

「悪いけどお断わりすることにするわ」

——どうして！　どうしてよっ。簡単なことじゃないのっ。

いつもなら敬語を使うのに、サツキはタメ口で叫んだ。思った以上に切羽詰まっているらしい。

サツキさん、実はね、十万円くれるなら受けてもいいって、姑は言ってるのよ。

そんな非常識なこと、絶対に言えない。

——篤子さん、頼みます。この通りです。

深々と頭を下げている様子が目に浮かんだ。

——ベッドで横になっていただくだけでいいんです。ほかに頼める人がいないんです。近所のおばあさんに頼むわけにはいかないんです。みんな口が軽いから、すぐに噂が広まっちゃいます。

「美乃留さんのところはどうなの？」

自分でも卑怯だと思った。自分が嫌だと思うことを、他人に振るなんて。だが、サツキのしつこさから逃れようと、口から勝手に出てしまっていた。

——美乃留さんのお母上は、きっと見るからに大金持ちの奥様という感じだと思うんです。ですから、うちのお義母さんみたいに朝から晩までコロッケを揚げていた人とはかなり雰囲気が違うはずです。でも篤子さんのお姑さんは和菓子屋でお育ちになったでしょう？　もちろんうちのお義母さんよりずっと品がある方だとは思いますよ。だけど商売をなさってたことで通じるものがあると思うんです。

そのとき、向かいに座っている姑が、いきなり手を差し出してきた。

なんですか？　と、篤子は目で問う。

「携帯を貸してくださらない？　わたくしがお話しするから」

「え？　いえ、それは……」

姑は篤子の手から携帯をもぎ取った。「もしもし、初めまして。わたくし後藤芳子と申します」

篤子は慌ててテーブルの反対側へ回り込み、サツキの声を聞き取るために、姑に身体をぴたっとくっつけた。

——お母様ですか？　初めまして。私、神田サツキと申します。

「このたびは、ずいぶんとお困りのご様子ね」

――そうなんです。

「役所の家庭訪問は年一回かしら?」

――今回初めての試みのようですから、今後のことはわかりません。でも役所の職員も忙しいでしょうから、いったん老人の生存を確かめたら、当分は来ないんじゃないでしょうか。

「でしょうね。わたくしはお引き受けしてもいいと思ってるのよ」

「何を言ってるんですか、お義母さんっ」と篤子は叫んだ。

――本当ですか? お母様、ありがとうございます。恩に着ます。

篤子の声が聞こえているであろうに、サツキは涙も流さんばかりの声を出す。

「一回十万円でどうかしら」

サツキの返事が遅れた。一瞬絶句したのか。

――えっと……十万円、ですか?

「ええ、十万円よ」

「ですからお義母さん、やめてくださいってば」

――はい……では……十万円でお願いします。

またもや篤子を無視して絞り出すような声でサツキは言った。

「そうと決まったら、すぐにでも打ち合わせをしておいた方がいいわね」

――こちらから車でお迎えにあがります。近所の目もありますので、できれば暗くなってからの方がいいんですが。

「わかったわ。お待ちしてるわ」

――では、のちほど。

電話が切れた。

篤子が口を差し挟む余地はなかった。

姑とサツキの二人で、とんとん拍子に話が決まってしまった。

「お義母さん、本気ですか？」

「もちろんよ。十万円は家計費にしてちょうだい。歳を取ってはいても、私もまだまだ役に立ちたいのよ」

「そんな方法で手に入れたお金なんて、私は……」

「困った人を助けなくてどうするの？　サツキさんはあなたのお友だちでしょう？　それとも、あなたは長年つきあいのあるお友だちを信用していないの？　彼女が悪いことをするような人だと思ってるの？」

「いえ……サツキちゃんは、とてもいい人です。でも」

「でしょう？　だったら信用してあげなさいよ。人には言えないこともあるのよ。子供じゃあるまいし、そんなこともわからないの？」

「それならどうして十万円も取るんですか？」

「いい歳をしてまったく、あなたって人は……」

姑はフウッと息を吐いた。「向こうだって、お金を払った方が気が楽に決まってるでしょ」

「そうでしょうか。サツキちゃんの様子では、そんなふうには思えませんでしたけど」

「とにかくね、これはわたくしとサツキさんの取り引きだから、篤子さんには関係ないの。これ以上ごちゃごちゃ言わないでくださる？」

姑はそう言うと、もう話は終わったとばかりに老眼鏡をかけて読みかけの本を開いた。


そのあと、篤子は部屋でひとりになり、パソコンをぼうっと見つめていた。

目の前の画面には、求人情報がずらりと並んでいる。デスクワークに就けないものかと、いまだにネットで検索する毎日だった。それというのも、コンビニの仕事がつらくなってきていたからだ。腰痛が出始めている。せめて一日当たりの時間を減らすか、それとも週三日以内にしたい。

だがそうすると、給料が減る。

十万円か……。

お金が欲しい。

このまま夫に仕事が見つからなかったらどうする？　さやかの離婚後の身の振り方も考えてやらねばならないというのに。さやかの顔を思い浮かべただけで胸が締め付けられる。

年金がもらえるようになるまでにはまだ何年もある。その間に、年金受取予定額が下がる可能性は大きい。医療費の自己負担もきっと何割も上がるだろう。急速に高齢化していく社会を考えてみれば誰でもわかることだ。

考えれば考えるほど不安が広がる。

サツキから電話があったとき、年金詐欺の片棒を担ぐなどとんでもないことだと思ったはずだった。だが、彼女の切羽詰まった声が気になってもいた。姑が言うように、人に言えない事情があるのだろうとは思う。

以前のサツキなら信用できるが、最近はどうか。

貧乏になれば人格も変わる……本当にそうだろうか。みんながみんなそうなるのか。

サツキに限って人に迷惑をかけるようなことを頼んでくるわけがない。今回のことだって、あとになったら、きっと笑い話になるようなことなのだ。

その証拠に、姑のワケ知り顔はどうだ。はっきりとは言わないが、サツキの事情に見当がついているような口ぶりだった。ということは、身代わりを引き受けても大丈夫なのではないか。

あれこれ考えていると、サツキの家へ行く時間になってしまった。

21

サツキの家は相変わらず物が少なく、すっきりと片づいていた。

「うちのお義母さんは神田竹乃という名前です」

そう言って、サツキは一枚の写真を見せた。

腰が曲がり、深く刻まれた皺に長年の苦労が滲み出ている。

「どこから見てもわたくしには似てないわね」

姑は八十を過ぎた今でも、看板娘だった頃の愛らしい面影を残している。

「そうですね。誰が見ても別人に見えますよね」

サツキは眉を八の字にして困ったような顔をしながらも、遠慮なく姑をじろじろと見る。

「お母様は、うちの義母と違って美人すぎますよ」

サツキは思案顔だが、姑は「美人すぎる」という言葉に気をよくしたようで、いきなり明るい表情になり、元気よく言った。「マスクをすればわからないと思うわ」

「マスク、ですか。でも、そういうのは余計に怪しまれるかも」

「それは言えるわね。だったらメガネをかけるのはどうかしら」

「それはいいですね。髪をもう少し乱れた感じにしていただいてノーメイクで」

「いやよ。素顔を人前に晒すなんてわたくしにはできないわ」

「でも、義母は普段から化粧はしない人でしたので」

「そうは言っても、わたくしには、ちょっとねえ」と姑はしつこく抵抗する。

「だって寝たきりの人が化粧してるなんておかしいですよ」

「それもそうだわね。じゃあ……仕方ないわ」

「そんなことより、覚えていただくことがたくさんあるんですよ」

「そりゃそうね。職員から質問されるでしょうからね」

「義母は昭和五年の二月二十七日生まれで、干支は午です。出身は石川県の……」

「ちょっと待って」

姑は眉間に皺を寄せた。「いきなり言われたって覚えられないわよ」

「そうおっしゃるだろうと思いまして、メモを作っておきました」

姑はサツキから紙を受け取ると、老眼鏡をかけて読み始めた。

「二枚もあるの？　こりゃあ大変だわ」

姑は独り言のようにつぶやくと、大きく溜め息をついた。「どれどれ。お父上が源次郎《げんじろう》で、お母上が千代《ちよ》さん。兄弟は八人で、上から順に長次郎《ちょうじろう》、悦子《えつこ》、竹乃、勇次郎《ゆうじろう》、雪子《ゆきこ》、宏《ひろし》、進《すすむ》、清子《きよこ》、あらあら、規則性がなくて覚えにくいわ。せめて一郎、二郎、三郎にしてくだされぱいいのに」

姑は勝手なことを言っている。

「尋常小学校を出たあと奉公に出て、十八歳で見合い結婚。そのあと三人の子供が生まれて、名前が上から順に智子《ともこ》、哲也《てつや》、秀樹《ひでき》。そして、孫が全部で八人で、名前が……」

姑はフウッと息を吐き出した。

「こちらが義父の履歴なんですが」

追い討ちをかけるかのように、サツキは別の紙を差し出した。

覗いてみると、こちらもびっしりと書き込んである。

「えっ、こっちも覚えなきゃならないの？　そりゃそうよね」と姑が自問自答している。

「だって、夫の経歴や夫の親兄弟のことを知らない妻なんていないものね。だけど」

姑は言葉を区切り、サツキが淹れてくれた紅茶をひと口飲んだ。「これをひと晩で覚えるのは無理だわ」

「そんなことおっしゃらずにお願いします。実はもう一枚あるんです」

サツキがさらに紙を出す。「家庭内での小さな出来事や自慢にしていたことや、楽しかった思い出なんかが書いてあります」

「そうよねえ、長年生きてれば色々なことがあるものねえ」

やっぱり断わった方がいい。断わるべきだ。

たったひと晩では、若い人だって覚えられないだろう。ましてや八十代には到底無理だ。

「とてもじゃないけど覚えられないわ」と姑が頭を左右に振りながら言った。

「そんな……覚えていただかないと困るんです」

いつもの謙虚な態度はどこへ消えたのか、サツキは姑ににじり寄った。「お母様、これはいわばビジネスですよ。十万円もお支払いするんですから、きちんと演じてもらわなければ困ります」

サツキは必死だった。

想像したくないのに、床下の腐乱死体を頭の中に描いてしまいそうになる。

「ごめんなさいね。安請け合いしたわたくしが馬鹿だったわ。悪いけど、ほかの方を捜してくださる？」

そう言うと、姑は立ち上がった。「これ以上ここにいてもご迷惑なだけだから、篤子さん、お暇しましょう。サツキさんもすぐに次の人を捜さなきゃなんないでしょうから」

「ちょっと待ってください。ほかに当てがないんです。なんとかお願いできませんか」

サツキが縋《すが》るような目を向ける。

「無理よ。役所の職員に質問されたら、すぐにボロが出てしまうもの。そうなったら冗談だったでは済まないでしょう」

「でしたら」

言いかけたサツキの表情がパッと明るくなった。「いっそのこと認知症ってことにしたらどうでしょう」

篤子は早く帰りたかった。

サツキには悪いが、もはや関わり合いたくないという思いでいっぱいだった。

「認知症？　さすがサツキさんね。グッドアイデアだわ。それなら、どんなトンチンカンなことを言っても職員だって怪しまないわね」

「でしょう？　親兄弟や夫の名前も忘れてしまったことにすればいいんですから」

手を取り合わんばかりに、二人は意気投合している。

篤子は嫌な予感がして仕方がなかった。

だが、サツキはしっかり者だし、姑だって決して軽薄な人間ではない。そう考えると、自分だけが心配しすぎなのかと思えてくるのだった。

22

翌日は、朝早くからサツキの家へ行ってスタンバイした。

今日はベーカリーの定休日だ。サツキの夫は親戚の家へ出かけたとかで留守だった。姑は緊張の面持ちで、サツキの姑のパジャマを着てベッドにもぐりこんだ。顔は似ていないが、身長百五十二センチで中肉中背というところはほぼ同じだ。顎の下まで蒲団を引っ張り上げ、メガネをかけて区役所の職員を待ち構えていた。

篤子は、襖《ふすま》で仕切られた隣の和室で待機することになった。窓辺の遮光カーテンをきっちり閉めると、昼間とは思えない暗さになる。これなら、襖の隙間から姑のいる部屋を覗いても、職員は篤子の存在には気づかないだろう。

玄関の呼び鈴がなった。

部屋の空気がピンと張り詰める。

緊張で喉がカラカラになっていた。

「お邪魔いたします。わたくし、住民課の柳田《やなぎだ》と申します」

襖の隙間からそっと覗いてみると、きちんとネクタイをした若い男性が入ってくるのが見えた。すらりとしていて姿勢がいい。二十代半ばくらいだろうか。

「義母です」

サツキがベッドを指し示した。

「神田竹乃さんですね」

ベッドに横たわった姑をちらりと見たあと、職員は書類に目を落として、ペンで何やら短く書きこんだ。

「奥さん、すみませんが、ここにハンコ、もらえますか？　三文判でいいんで」

「あ、はい、お待ちください」

サツキがこちらへ向かってくるのが見えた。篤子は音がしないように畳の目に沿って靴下を滑らせ、慌てて部屋の隅に移動した。

サツキが襖を細く開け、篤子が控えていた部屋に身体をねじこむようにして入ってきた。ちらりとこちらを見た横顔が硬い。サツキはタンスの抽斗から印鑑を取り出すと、すぐに隣の部屋へ戻っていった。

職員の差し出した書類に、サツキが印鑑を押すのが、隙間から見える。

「はい、これで確認終了です。それでは失礼いたします」

そう言うと、若い職員はペコンと礼をして玄関へ向かった。

「おばあちゃんの存在を確かめに来るなんて、なんて失礼なヤツだとお思いでしょう？」

気のいい職員の声が玄関の方へ遠のいていく。

「いえ、そんな」

サツキも玄関まで見送りに出たのか、声が遠ざかっていく。

「お気を悪くなさらないでくださいね。これも仕事なもんですから」

「いえ、とんでもない。御苦労さまなことです」と、しおらしく応じている。

「年金詐欺が問題になってるでしょう？　あの事件で役所も大騒ぎになったんです。でも僕もつらいんですよ。いきなり怒りだすおじいさんなんかもいて」

若いのに話好きらしい。

「怒りだす？　どうしてですか？」

「だって、自分が生きてるかどうかを確かめに来られるのは、やっぱり嫌なもんでしょう」

「ああ、なるほど。それはそうですね」とサツキは気の抜けたような声で相槌を打っている。

「気楽な仕事だと思われることが多くて心外なんですが、奥さんのようにわかってくれる人がいると助かりますよ」

靴を履く音が響いてきた。

「私にはよくわかりますよ。大変なお仕事だってこと」

「そう言っていただけると、僕も嬉しいです。じゃあこれで、失礼いたします」

ガラガラと格子戸が開く音がした。

一呼吸おいてから、篤子はそうっと襖を開けて部屋を出た。サツキは玄関の外まで見送りに出たらしく、部屋にはいなかった。姑がベッドからむっくり起き上がり、満面の笑みでこっちを見た。

「何も質問しないんだもの。拍子抜けしちゃったわ」

「ずいぶん簡単でしたね」

「ああいったヤル気がないお兄さんは、こちらとしては助かるわね。ロクにわたくしの顔を見なかったもの。若い人から見れば、おばあさんなんて、きっとみんな同じに見えるんでしょうよ」

そのとき、玄関の外で大きな声がした。

「ねえサツキちゃん、いま帰ってったの、区役所の人じゃないの？」

「はい、そうですけど」

声の調子からして、サツキが警戒しているのが伝わってきた。

「あの若い職員さん、いったい何しに来たの？」

しわがれた声には聞き覚えがあった。美乃留と二人で来たときに、サツキの姑のことをしつこく尋ねた、隣家のおばあさんに違いない。

「えっと……税金のことでちょっと」

サツキは嘘をついた。

「税金て、なんの？」

ねっとりとした尋ね方だった。「本当は、お姑さんがいるかどうかを確かめにきたんじゃないの？」

「はあ？　違いますよ」

篤子は廊下を進んで玄関に近づき、外の様子を窺った。

昔ながらの曇りガラスの格子戸の向こうに二人の人影が見える。

「お宅のお姑さん、この頃ずいぶん見ないわね」

「ずっと寝てますから」

「入院してるんじゃなかったの？」

「……退院したんです」

「あら、それはよかったわね。今夜あたりお見舞いに伺っていいかしら」

「それが……誰にも会いたくないらしくて、それにまた入院するかもしれなくて」

「どこの病院に？」

「それは……まだ決まってないんですが」

「決まってない？　どうして？」

「どこもいっぱいらしくて。あっ、すみません、わたし用がありますので失礼します」

居間に戻ってきたサツキの顔面は蒼白だった。近所の住人に怪しまれて、身代わりを立てたことをはや後悔しているのか。沈んだ表情を見ていると、こちらまで空恐ろしくなってくる。

「お母様、篤子さん、本当に助かりました。ありがとうございました。今お茶を淹れます」

「お茶は要らないわ。すぐ帰るから」

姑がさっさと着替え始めた。

「いま外に出ないでほしいんです。お隣のおばあさんが怪しんでいるみたいで」

姑が眉間に皺を寄せると、すかさずサツキが「美味しいお饅頭があるんですよ」と台所へ入っていった。

「それにしても、今どき卓袱台《ちゃぶだい》を使ってる人も珍しいわね。なんだか懐かしいわ」

姑がそう言って、卓袱台の表面を愛おしそうに撫でている。

「忘れないうちに渡しておきますね」

サツキはお茶と和菓子を卓袱台に置くと、壁のレターラックから白い封筒を取り出して姑に恭《うやうや》しく両手で差し出した。「お確かめください」

姑は遠慮なくサツキの目の前で封筒を開け、札を出して数え始めた。「はい、確かに十枚受け取りました」

十万円の入った封筒を鰐革《わにがわ》のバッグにしまうと、姑は美味しそうにお茶を飲み、饅頭も楊枝で器用に切り分けて上品に食べた。

「お饅頭もお茶も美味しかったわ。どうもありがとう」

姑は立ち上がり、帰り支度を始めた。「篤子さん、お暇しましょう」

「すみませんが、まだ隣のおばあさんがウロウロしているかもしれませんから、店の方から出てクリーニング屋の前で待っていてもらえますか？　今シャッターを開けてきますから」

サツキの指示通り、屋根つきの渡り廊下を歩いて店の厨房へ入り、電気の点いていない真っ暗な店内を突っ切った。見ると店のシャッターが一メートルほど上げてある。そこを腰をかがめてくぐり抜けて外へ出た。

急いで周囲を見渡した。スパイになった気分だった。姑も緊張の面持ちで、ぴったりと身を寄せてくる。まっすぐに進んで角を曲がると、サッキの言った通り、クリーニング屋があった。ほどなく、そこにサツキのライトバンが滑り込んできた。


帰宅後の姑は上機嫌だった。

「これ、生活費の足しにしてちょうだい」

十万円の入った封筒をポンとテーブルに置いた。

「私がもらっていいんですか？」

「もちろんよ。わたくしも役に立ちたいんだもの」

生き生きとした表情だった。「日本中の行方不明のおばあさんの身代わりになったら、相当儲かるわね」

今にも高笑いをしそうなほど、楽しげな顔をしている。

もうそろそろ夕飯の支度をしなければと思ったとき、夫がハローワークから帰ってきた。

「お袋、なんだか楽しそうだな。何かいいことでもあったの？」

「何もないわよ」

この姑のひと言で、夫には内緒にすることが決まった。

たとえ身内であっても、話を広げない方がいいだろう。万が一にも警察に捕まるなんてことになったら、最少人数の方がいい。この先もずっと、夫には言わないでおこう。

食事の用意をしながら、何度も今日の様子を思い返していた。

何か落ち度はなかったか。

疑われるような素振りはなかったか。

あの能天気な若い職員の様子を思い浮かべると、何も心配することなどなさそうだった。

少しずつ気持ちが落ち着いてきた。

やはり自分は心配性らしい。

23

姑は自分のことは自分でしてくれるようになった。

それどころか、篤子がパートから帰ってくると、味噌汁や簡単な総菜を作っておいてくれることもある。味噌汁はだしが利いていて自分が作ったのより美味しいし、アイロンかけや掃除も丁寧なので助かった。

その日、サツキから電話がかかってきたのは夕方だった。

姑は美容院から帰ってきたばかりで、ソファでお茶を飲んで寛《くつろ》いでいた。

――篤子さん、すみませんが、もう一度だけ、お母様を貸してもらえないでしょうか。

「まさか、また職員が確認に来るの？　替え玉だって疑われてるの？」

姑が点けたばかりのテレビを消してソファから立ち上がった。口を真一文字にしてこちらをじっと見つめている。

——違いますよ。別件です。

「ああ、安心した」

その言葉で、姑も安堵したのか、ストンとソファに落ちるようにして座った。

——私の従姉のお姑さんが行方不明なんです。そこにも職員が来るらしくて。

「警察に捜索願いを出しているって、ちゃんと言えばいいじゃないの」

まったく同じことを前回も言ったはずだ。

——そうもいかないんですよ。

言っている意味が皆目わからないのも前回と同じだった。

いったい、何が「そうもいかない」のか。

だが、それ以上は問い詰めようとは思わなかった。知らない方が安全だ。それに、パリッとした新札の一万円札が十枚重なったときの手触りを思い返していた。

「お従姉さんのお家はどこなの？」

——うちから車で十五分ほどのマンションです。篤子さん、お母様に頼んでみてもらえませんか。もしよければ、今からお迎えにあがります。

「今から？　そんなに急いでるの？」

——役所が調べにくるのは週明けなんですけど、善は急げといいますから。

善？　それは果たして善なのか。

だが人助けには違いないのではないか。そう思うと、気分が少し楽になった。

「篤子さん、その電話、サツキさんからなの？　なんのお話？」

じれったくてたまらないとでもいうように、姑がこちらへ歩いてくる。

「サツキちゃんの従姉のお姑さんが行方不明らしいんです。それでまた区役所の人が……」

「いいわ。わたくし、やる。電話を代わってちょうだい」

姑が手を突き出したので、スピーカーフォンのボタンを押してから渡した。

「もしもし、サツキさん？　その節はどうも。で、その方は何歳なの？」

——七十八歳です。

サツキの声がはっきりと聞こえてくる。

「わたくしより十歳近くも若いわね」

——大丈夫です。お母様は若くておきれいですから。

「あら、嫌だわ。本気にするわよ」

姑が嬉しそうに笑う。

——お世辞じゃないですよ。本当にそう思います。

「ありがとう。それで、行方不明の方のダンナさんは御存命なの？」

——いえ、二年ほど前に亡くなりました。

「それはご愁傷様でした。で、ダンナさまは現役時代はどういったお仕事をなさってたの？」

——は？　えっと……高校の教師でしたけど？　物理を教えてました。

「あら、ご立派だこと」

——ええ、そうなんです。頭がいいらしくて。

サツキの口調が誇らしげに変わった。

「公立の高校だったのかしら？」

——そうです。進学校だったそうですから、かなり優秀な教師だったらしくて……。

「ということはよ」と姑は、サツキの得意げな言葉を途中で遮った。「公務員だったんなら厚生年金じゃなく共済年金ね。その世代なら、妻のもらう遺族年金もかなりのものよね」

サツキがハッと押し黙った。まさか年金額を聞きだすための質問だとは思わなかったのだろう。それまで会話がポンポン弾んでいたが、妙な間ができた。

——ええ、まあ……普通の人よりは多いかもしれませんが。

かなり遅れてサツキは返事をした。

「おわかりだと思うけど、こちらも危ない橋を渡っているの」

——はい、おっしゃる通りです。

「遺族年金が仮に年に三百万円以上あるとすると、そうねえ、五十万円は欲しいところね」

——えっ、五十万円ですか？

「それがダメならお断わりするわ」

——少しお待ちいただけますか？　従姉に聞いてみてから折り返しお電話します。

電話が切れた。

五十万円と聞いて、背筋がゾッとした。

「お義母さん、私、なんだか恐いです」

「大丈夫よ。この前だってうまくいったじゃない。区役所の職員なんてみんないい加減よ」

でも、もしもバレたら……。お義母さんは老い先短いからいいかもしれませんけど、私は何年も刑務所に入るなんて嫌です。

そう喉まで出かかったが、言えるはずもなかった。


サツキの運転するライトバンに乗せられて向かった先は、新しくてきれいな高級マンション群だった。

駅から近いし、敷地内に児童公園などもあり、ゆったりとした造りだ。

「五千万円じゃ買えないわね」

車を降りると、姑がマンションを見上げて値踏みする。

「ここはUR賃貸ですよ」とサツキが教える。

「あら意外。公団も変わったわね」

「ここは3LDKで、家賃は月々三十万円もするそうです」

「そんなに払うんなら分譲マンションを買えばいいのに」

「そうもいかないんですよ」

また出た。サツキの「そうもいかない」が。

「どういう意味なの?」と姑が尋ねる。

「住宅ローンを組むには、きちんと仕事をしていないと、銀行が貸してくれないでしょう」

つまり、サツキの従姉夫婦は、きちんとした人間ではないということか。それでも月々三十万円の家賃を払えるとは、いったいどういうことなのか。

「なるほどね」

姑は合点がいった様子でひとり頷いている。「つまりアレね。おばあさんがもらっている遺族年金で家族全員が食べてるってことかしら？」

その問いには答えず、サツキは「この棟の十七階です」と話題を変えた。

もうすぐ五十万円が手に入る。そう思うと、夫がリストラされてから今日までずっと張り詰めていた心の芯のようなものが、ほんの少しだが緩んだような気がした。ゆとりが生まれるとはこういうことなのか。その一方、もしもバレたらと、恐怖心はいっときも消えない。

「いらっしゃい」

死んだような目をした中年女性が出てきた。

不健康なほどぶくぶくに太っている。サツキとはまったく似ていなかった。

「和美《かずみ》ちゃん、経歴を書いておいてくれた？」とサツキが従姉に尋ねた。

「うん、一応ね」

和美にスリッパを勧められたが、履くのを躊躇するほど汚い。だが、ここで履かないのも気まずくなる。すぐ横で、きれい好きな姑が恐る恐るといった感じで足を突っ込んだ。篤子もそれを見習い、五十万円のためならと我慢して履いた。

和美を先頭に廊下を進む。

「和美ちゃん、今日はダンナさんは留守なの?」とサッキが尋ねると、和美は振り返って
「それがね、いるのよ」と、さも嫌そうに顔を顰めた。

リビングに入ると、でっぷりと太った五十がらみの男性が、革張りの大きなソファの上で胡坐《あぐら》をかき、女子高生がするようにクッションを抱きしめていた。

「どうも」

男性はそのままの姿勢で、顎を突き出すようにしてお辞儀をした。

家の中は散らかり放題だった。人が来ると前もってわかっているのに、掃除もしていない。それとも、これでも片づけたつもりなのか。

サツキは和美の夫には目もくれず、「おばあちゃんのベッドはどこ?」と和美に尋ねた。

「こっちよ」と、和美が奥の部屋に通じるドアを開ける。

部屋の中を見た途端、姑は息を呑んで立ち止まった。

何年も放置されたままなのか、埃だらけでカビ臭かった。無理もない。

「それにしても、あんたら、すごいよな」

突然、背後から野太い声がしたので一斉に振り返ると、すぐ後ろに和美の夫が立っていた。

「すごいって何がよ」

和美が尋ねると、夫はニヤリと笑った。「だって六十万円も取るなんて、すげえじゃん。どんな下品なババアかと思ってたら、案外普通だったな」

五十万円と言ったはずだが、いつの間に十万円も値上がりしたのか。

「六十万円というのは、何のこと？」

姑が首を傾げて、大柄な和美の夫を見上げた。

「あれ？　六十万円じゃないのか？　おい、和美、いくら払うんだ？　だって、お前……」

夫が話している途中で、姑は夫の脇をすり抜けてリビングへ戻った。部屋の隅に置いておいたバッグとコートを手に取っている。

「お義母さん、どうしたんですか」と言いながら篤子は姑の傍まで行った。

姑は、素早くウインクを寄越した。

「そうだろ？　お前、昨日、六十万円て言ったよな」

「そうよ」

「じゃあ、やっぱり、あの婆さん、ボケてんのか？」

「やめなさいよ、失礼よ」

奥の部屋で夫婦が言い争っている声が聞こえてくる。

そのとき、姑は篤子に向かって、声を出さずに口を大きく動かした。

——や、め、た。

「え？」

いきなりで驚いたが、一方で、ホッとしていた。

「それじゃあ私たち、これでお暇します」

さっさと玄関へ向かった。

一刻でも早く、この汚いスリッパを脱ぎたかったし、外のきれいな空気を吸いたかった。

「え？　もう帰るんですか？　まだ話もしてないじゃありませんか」

和美が慌てて玄関まで追いかけてきた。「だったら義父の経歴を書いたメモを渡します。わからないことがあったら、電話ください」

「いったい何のことかしら」と姑はしらばっくれた。「サツキさんの知り合いのおばあさんが病気だからっていうんで、お見舞いにきただけよ。そしたらいらっしゃらないんだもの」

「は？」

和美が不思議そうな顔でサツキを振り返る。

「おじゃまいたしました」

姑はさっさと靴を履いて玄関を出ていった。篤子も会釈して姑に続く。姑は真っすぐに前を向き、エレベーターに向かってスタスタと歩いていく。二人がエレベーターに乗り込んだとき、サツキが息せき切って走り込んできた。

「お母さん、どうなさったんですか？」

サツキが尋ねると、姑はキッと睨みつけた。「あのねサツキさん、ああいう類いの人間をわたくしに紹介しないでくださる？」

「そういう言い方……私の親戚なのに」

「言い方が悪かったら謝るわ。ごめんなさい」

姑は篤子に向き直った。「あなたはどうなの？　どう思った？」

「サツキちゃんには悪いけど、お義母さんの判断は賢明だったと思います」

ああいった人たちとは関わらない方がいい。とてもじゃないが信用できない。

たった五十万円で人生を台無しにするところだった。替え玉がバレたら、あの夫婦だって
タダじゃ済まないから、姑や篤子を脅すことはないとは思うが、見るからに軽薄そうだから
きっと口も軽い。

「親戚だっていうから安心してたのよ。サツキさんのお住まいは清潔だったし、あなたもき
ちんとなさった方だから」

「すみません。最後に和美ちゃんに会ったのは三十代の頃なんです。まさかあんな感じにな
っていたなんて思わなくて」

「それにサツキさん、マージン取ってるでしょ」

姑が単刀直入に尋ねると、サツキはさっと目を逸らした。認めたも同然だった。

「もっとマトモな仕事を取ってこないと、サツキさん自身も刑務所行きよ」

「……そうですね。わかりました」

その帰り道は、三人とも言葉少なだった。


帰宅後、姑は言った。「今日は早めにお風呂に入らせてもらうわ」

「汚い家でしたね。外見はセレブの高級マンションみたいだったのに」

「篤子さん、あのベッド、見た？」

「見ましたよ。あれはないですよね」

「わたくし、あのお蒲団の中に入ると思ったらゾッとしたわ。でもね、少しの辛抱で五十万円が手に入ると思ったから我慢しなきゃと思ってたのよ」

「五十万円は大金ですものね。確かに家計は助かります。でも……」

「今回はダメだったけど、めげちゃダメよ。今後も頑張りましょう」

「お義母さん、私はもうこれ以上は……」

「だって一回五十万円で一ヶ月三十日毎日仕事があれば、月に千五百万円にもなるのよ」

「一ヶ月千五百万円？　それはすごい。確かにそうなれば夢のようですね。でも……」

「ということはよ、千五百万円かける十二ヶ月で、年収一億八千万円の荒稼ぎになるわね」

姑の目が輝いている。まるで生き甲斐を探し当てたかのようだった。

「そうなると、宝くじを買うことがバカバカしくなりますね」

「そうよ。宝くじよりずっといいわよ」

「この会話、他人が聞いたら呆れ返りますね、きっと」

目を見合わせて、同時に噴き出した。

現実問題として、月に一件でいいから依頼があれば暮らしは助かる。まだ住宅ローンも残っている。サツキにどんどん仕事を取ってきてもらったらどうだろう。サツキだって紹介料でじゃんじゃん稼げばいい。

まさか、本気でそう思ってるのか、自分。

バレたらどうする。勇人やさやかにも迷惑をかけてしまう。

「今日は嫌な思いもしたけど、新しい発見もあったわ」

姑が陽気に続ける。「ああいうマンションはご近所の目がないわね」

「そう言われれば、広い敷地の中で色んな人とすれ違いましたけど、私たちに興味を示した人は、ひとりもいませんでしたね」

「でしょう。お部屋に行く途中の廊下でもすれ違ったけど、こっちを見もしなかったわ」

「そうでしたね」

「今後は、できれば賃貸マンションがいいわ。篤子さんもそう思わない？」

「そうかもしれませんが……」

曖昧《あいまい》に答えながら、洗濯物を取り込むためにベランダに出た。

賃貸だろうが分譲だろうが、あの夫婦なら近所づきあいなどしないのではないか。そう言おうとしたが、なんだか面倒だった。

外の空気を思いきり吸った。ふうっと吐き出したとき、ハッと正気に戻ったような感覚になった。やっぱり金輪際やめた方がいい。こんな危ない綱渡りは。

だけど、サツキがまた仕事を持ってきたらどうする？　いや、心配しなくても、替え玉の仕事などそうそうないだろう。それに、サツキや姑が何を言おうと、もっと自分自身がしっかりしなくては。

深呼吸をしながら、空を見上げた。

24

あれ以来、サツキからは連絡がなかった。

サツキの従姉夫婦のことが気になっていたので、仕事の帰りにベーカリーに寄ってみることにした。

「いらっしゃいませ」

レジカウンターの中にサツキがぽつんとひとり立っていた。

「あら、篤子さんじゃないですか」

「お久しぶり」

そろそろ夕方になるというのに、ひとりの客もいなかった。

「見ての通り、閑古鳥《かんこどり》が鳴いてる状態です」

サツキは苦笑した。「毎日売れ残りが大量に出るんですよ。材料費を考えると大赤字です」

「売れ残ったパンはどうしてるの？」

「駅の反対側の児童養護施設に寄付してます」

「それはいいことね」

普通なら閉店間際に半額で売ったりするのではないか。それをせずに寄付するとは、この苦境にあって、サツキ夫婦はなんて優しいのだろう。

「最初の頃は、夕方になってから半額セールで売りさばいていたんですけどね」

まるでこちらの心を読んだように説明する。

「どうしてやめたの？　半額でもお金が入ってくるだけ有り難いじゃないの」

「常連客が半額セールの時間帯にしか来なくなったんです。定価で買うのがバカバカしくなったらしくて」

「なるほど。商売って難しいのね」

「がっかりですよ。主人も『俺が焼いたパンの味が好きで買ってくれてると思ってたのに、要は値段かよ』って落ち込んじゃってね」

つらそうな横顔を見ていられなかった。サツキの姑の身代わりをすることで、十万円も巻きあげてしまったことを後悔した。

せめて今日はたくさんパンを買って帰ろう。トレーを持ち、次々にパンを載せていった。

「そんなにたくさん買ってくださるんですか？　嬉しいですけど、気を遣わないでください」

「気を遣ってなんかいないよ。ここのパン、美味しいから大好きなんだもの」

「ありがとうございます」

レジにトレーごと差し出すと、テキパキと袋に入れ始めた。

「ところで篤子さん、わたし今夜あたり、お電話しようと思ってたところなんですよ」

例の従姉夫婦のことだろうか。約束違反だといちゃもんをつけてきたのか。

「お従姉さん、怒ってたでしょう」

「あんなの怒らせておけばいいんですよ。こちらこそ、あのときは本当にすみませんでした。あんなにだらしない生活をしているなんて知らなくて……」

「あのあと、どうなったの?」

「ほかの人に頼んだみたいですよ」

知り合いに替え玉を頼んだという。謝礼は三千円の菓子折りで済んで喜んでいたらしい。

「あの夫婦、私たちのこと、口外しないかな?」

「大丈夫ですよ。だって自分たちの首を絞めることになるんですもん。あの夫婦は、そういうことにだけは頭が回るんです」

「そう? そうよね。安心しててていいよね」

「そんなことより篤子さん、誰かおじいさんを貸してくれる人を知りませんか?」

「え? 今度はおじいさんが行方不明なの?」

「そうなんです。お知り合いで協力してくれそうな方がいたら紹介してほしいんです」

「急に言われてもねえ。うちのお義父さんはもう亡くなってしまったし」

実家の父は元気だが、こんな話は口が裂けても言えない。父は卑怯なことが大嫌いだ。

「もちろん、謝礼は弾みますよ」

もう二度としまいと心に誓ったのに、サツキのひと言で心が揺れた。

「こういった仕事は、もう私は……」

「そこをなんとか、人助けだと思ってお願いします」

拝むように両手を合わせる。「行方不明のおじいさんは県議会議員を務めたこともある立派な人なんです」

県議会議員だから立派な人物であるなどと思ったこともない。サッキだってそうだろう。黙っていると、サツキは更に言った。「奄美から出てきて苦学して、財をなした人なんです。郷土の誇りなんです」

そんな立派な人が、どうして区役所の職員を騙す必要があるの？

問い詰めたい衝動にかられたが、「財をなした」という言葉から、大金が転がり込む予感がした。

「一応、お義母さんに聞いてみるけど……でも、あんまり期待しないで」

「ありがとうございます」

サツキは、クロワッサンをひとつおまけしてくれた。

自宅に戻り、玄関で靴を脱いでいると、姑が部屋から出て来た。

「どうだった？　サツキさん、怒ってなかった？」

帰りが遅いと心配すると思ったので、コンビニの仕事が終わった時点で電話を入れておいたのだった。だから仕事帰りにベーカリーに寄ったことを姑は知っている。同居する前は、仕事帰りにどこに寄ろうが自分の勝手だった。いちいち連絡しなければならない相手などいなかった。だが、今は行動を姑にすべて把握されてしまっている。もちろん、知られたらマズイような疾《やま》しいことは何もない。人は大げさだと言うかもしれないが、たまに鬱陶しくてたまらなくなる。最近はそれが閉塞感に似たようなものに変わりつつあった。

「大丈夫でした。サツキさんもあんな従姉を紹介して申し訳ないって言ってましたから」

「ああ、よかった。あのテの人たちに逆恨みされたらと思うと、なんだか恐かったのよ」

「パンを買ってきました。お好きなのどうぞ」

「ありがとう。そんなことより、初物《はつもの》はないの？」

初物というのは替え玉の仕事のことで、姑が考え出した言葉だ。夫や子供たちにバレないようにするには、暗号を使った方がいいと姑は言った。初物ならば、魚か野菜の話だと思われるだろうからと。

一瞬の間があったのを、姑は素早く嗅ぎ取ってしまった。

「あったのね、初物が。サツキさんから依頼されたの？」

「でも……今度はおじいさんなんです」

「おじいさんなら昔の知り合いにたくさんいるにはいるけど……」

姑は眉間に皺を寄せて宙を見つめた。知り合いの老人を何人か思い浮かべているのだろう。

「藤次郎《とうじろう》さんはどうかしら、あらやだ、あの人とっくに死んだんだった。だったら……陶器屋の守《まもる》ちゃんはどうかな……ダメだ。あそこの女将《おかみ》さん、わたくし苦手だし」

「あのう、お義母さん、私はもうこういった仕事は金輪際……」

「おじいさんの替え玉はわたくしがやるわ」と、姑は意気込んで言った。

「お義母さんが、ですか?」

「そうよ」

「おじいさんというのは、おばあさんと違って、男なんですよ」

「だって篤子さん、サツキさんちに来た職員の態度を覚えてるでしょう？　ベッドに近づきもしなかった。敷居のところに立ったままで、ベッドのわたくしを見たのは一瞬だったわ。ううん、見たかどうかもわかりゃしない。だから、ニットの帽子か何かをかぶってメガネをしていれば、男か女かさえもわからないわよ」

「お義母さん、それはいくらなんでも冒険が過ぎ……」

「少なくとも百万円は取れるわ」

「えっ、そんなに？」

「そのおじいさんは県議会議員だったんでしょう？　年金額だって半端じゃないわよ」

今はまだ夫の失業保険が出ているが、それが切れたあとが不安でならなかった。住宅ローンも残っている。さやかの将来も……。

もう一回だけ、やってみるか。

本当にこれを最後にしよう。

姑の言う通りだ。職員は老人をまともに見もしなかった。

ハンコだけもらえれば仕事は終わりと言わんばかりだったじゃないか。

大丈夫だ。恐れるな、自分。

25

サツキの運転するライトバンの後部座席に、姑と並んで座った。

「お義母さん、本当に大丈夫でしょうか」

「篤子さんて本当に心配性なんだから、やんなっちゃう」

「だって……」

「大丈夫に決まってるじゃないの。ベッドに寝ているのが、おじいさんだろうがおばあさんだろうが、職員から見たらわかんないのよ。老人なんてみんな同じだと思ってるわ」

しゃべっているうちに、どんどん腹が立ってきたらしい。興奮気味に話し続けた。「ほんと失礼な話よね。皺くちゃで萎《しな》びた物体が転がってる、くらいにしか思ってないんだもの。自分だっていつかは歳を取るってことが想像できない人間は、もともと頭が悪いのよ」

女だとバレないためには声を出さない方がいい。寝たきりで認知症で、まったくしゃべらないという設定にした。何も話さないのであれば、経歴どころか名前さえ覚える必要がない。そう考えれば、気楽な仕事だった。サツキの家からそう遠くはなかったが、区が異なるので前回と同じ職員が来ることもない。

分譲マンションのロビーに入り、エレベーターで八階へ向かう。途中で誰も乗ってこなかったので、幸先《さいさき》がいいような気がした。エレベーターを出て外廊下を歩いていると、向こうから七十代くらいの女性が歩いてきた。三人とも示し合わせたかのように咄嗟に俯いた。だが、すれ違うとき、向こうが会釈したので、一斉に会釈を返した。

なんとなく廊下の天井を見上げたときだった。心臓が凍りつきそうになった。今やどこでも防犯カメラというものがあることを失念していた。

「サツキちゃん、私たち防犯カメラに映ってるんじゃない？」

恐くなり、思わずその場に立ち止まってしまった。

「だから何なの？」

姑は落ちついている。

「平気ですってば」とサツキがこともなげに言う。「防犯カメラを警察がチェックするのは、殺人事件が起こったときでしょう」

「あのね篤子さん、何でも悪い方に考える癖をいい加減なんとかなさい」

姑に叱られてしまった。やはり自分が極度の心配性なのだろうか。世間の人は誰も彼も神経が図太いように感じてしまうことがある。

玄関に出迎えたのは、篤子と同年代の主婦で、服装も物腰も上品だった。

「今日は急に無理なお願いをしまして申し訳ございません」

言葉遣いも丁寧だ。

通された老人の部屋は日当たりが良かった。掃除も行き届いている。枕カバーやシーツなどが清潔なところを見ると、きっと家族に大切にされていたのだろう。

「これに着替えていただけますか」

グレーのスウェットの上下を手渡された。

「大きすぎないかしら」

姑が両手で広げて眺める。

「これは義父のではないんです。急遽Sサイズを買ってきました。新品ですけど一度洗濯して水を通しておきましたから」

何から何まで行き届いていて感心する。

主婦はかなり緊張しているように見えた。硬い表情を見ているうち、篤子にもじわじわと恐怖心のようなものが伝染してきた。本当に大丈夫だろうか。なんせ今回はおじいさんの役なのだ。あまりに無謀ではなかったか。だが、またしても心配性だと姑に言われるのが嫌だったので、顔には出さないよう心がけた。

姑がスウェットに着替えている間、篤子とサツキは奥の部屋へ通された。

「お二人はここで待機していてください」

夫の書斎だろうか。本棚に囲まれた中に大きな机があった。随分前からエアコンを入れておいてくれたのか、部屋の中は涼しかった。コーヒーテーブルの上にはお茶菓子も用意されている。

しばらくすると、アイスティーを運んできてくれた。

「音がするといけないので、氷なしで我慢してくださいね」と主婦は言った。

篤子はサツキとともに部屋から出て、姑の様子を見にいった。

姑はベッドに横たわり、口元まで蒲団を引きあげて天井を見ていた。姑は目がぱっちりしていて愛らしい顔立ちをしているから、おじいさんに化けるのは無理ではないかと心配だったが、ニットの帽子をかぶってメガネをかけてしまえば、違和感はなかった。かわいらしい顔立ちの人間は男女に関係なくいるものだ。

そのとき、玄関のチャイムが鳴った。

主婦の横顔がサッと強張った。

「住民課から参りました」

インターフォンを通じて聞こえてきたのは、落ちついた女性の声だった。

若い男性が来るものとばかり思っていたので、途端に心配になり、思わず隣にいたサツキの腕をつかんだ。

「篤子さん、落ち着いて」

サツキが耳元で囁《ささや》く。

篤子は密かに深呼吸した。

主婦が玄関に出て行く間に、サツキと奥の部屋へ引っ込み、二人並んで壁に耳をピタリとつけた。壁一枚隔てた向こう側には姑が寝ているベッドがある。

「お邪魔いたします」

落ちついた女性の声のあとに、「失礼いたします」と男性の声も聞こえてきた。

二人で来たらしい。女性上司と若い男性部下という組み合わせだろうか。

「こんにちは」

女性職員は、びっくりするほど大きな声を出した。資料に耳が遠いと書かれているのかもしれない。

「な、か、た、に、さん」

またもや大声で区切りながら呼びかける。大声で呼びかけるということは……今まさに、ベッドのすぐそばまで来て、姑を覗き込んでいるのではないか。様子が見えないだけに、恐ろしくなってきた。

「おじいちゃん、僕の声、聞、こ、え、ま、す、か？」

男性も負けじと大声を出している。

姑の返事は聞こえなかった。

「おじいちゃん、自分の、名前を、言って、みて」

女性職員が大きな声で呼びかけるが、姑の返事はない。

「奥様は、中谷さんの娘さんですか？」

ベッドに横たわる老人と話すのはあきらめたようだ。

「いえ、私は息子の嫁です」

「ご立派ですね。毎日お世話するの、大変でしょう？」

「ええ、それは……まあ」

「いつから寝たきりなんですか？」

「えっと……そうですねえ、半年ほど前からですか」

行方不明になったくらいだから、本当はスタスタと歩けたのではないか。

「認知症もかなり進んでおられるんですか？」

「はい」

「要介護度は四くらいですか？」

「……はい」

「保健所の資料には載っていないようですが」

「は？」

「要介護認定は受けておられますよね」

「いえ……それがまだ」

「あら、どうしてですか？　認定してもらった方がいいですよ。そしたらケアマネージャーが訪問してケアプランを作成してくれますから」

「はい」

人間は焦ると饒舌になることがしばしばあるものだ。辻褄《つじつま》の合わないことを言ってしまって怪しまれたりする。だが、この家の主婦は言葉少なだった。聡明な女性でよかった。

「デイサービスやヘルパーさんも利用しておられないんですね」

「はい、私が全部面倒を見ておりますので」

「おじいちゃん、よかったねえ、優しいお嫁さんで」

女性職員が大声で話しかける。またもや返事は聞こえない。

「どこの病院にかかっておられますか？」

「えっと……木下《きのした》内科、ですが」

「駅前の、ですか？」

「ええ」

「木下先生は要介護の認定を受けろっておっしゃいませんでしたか？」

「どうだったかしら」

「奥さん、おじいちゃんを最近木下内科に連れて行かれたのはいつですか？」

「最近は……診てもらってはないんですが……」

「定期的に診せなくて大丈夫なんですか？」

「ええ、今のところ特に何も……」

さすがの主婦もしどろもどろになっている。

篤子は一気に不安になり、思わずサツキの手をきつく握った。サツキも不安なのか、ギュッと握り返してくる。気丈夫なサツキでさえ緊張しているのかと思うと、恐ろしくてたまらなくなってきた。自分の心臓の音が聞こえてきそうだ。

ずっと斜め座りの体勢でいたので、足がしびれてきていた。座りなおそうとしたとき、あろうことか尻餅をついてしまった。

「誰かほかにいらっしゃるんですか？」と女性職員の声が聞こえてきた。

マズイ。心臓がバクバクと脈打っている。

「犬を飼っておりまして……」

「あら、いいですねえ。このマンションは動物を飼ってもいいんですね。羨ましいわあ」

雑談などせずに、さっさと帰ってほしい。

「血圧の薬やなんかはどうしてらっしゃるんです？」

「え？　ああ、それは……私が取りにいってます」

「木下内科って、診察もせずに薬を出すの？」

「いえ、それは、あの……」

そのあとの言葉が聞こえてこない。

とうとう言葉に詰まってしまったのか。

どうしよう。

思いきって、この部屋から出て行って、正直に話してしまった方がいいのではないか。

本当は行方不明らしいです。私たちは、奥さんからどうしてもって頼まれたから、人助けだと思ってやったことなんです。私たちは騙されてここに連れてこられたんです。まさか年金詐欺だなんて思わなかったんです。

そう言ったら見逃してくれるだろうか。

「奥さんのお気持ち、わかります」

女性職員の声が、いきなりしんみりしたものに変わった。

「それは、どういう意味ですか?」と男性職員が尋ねる。

「だって寝たきりの老人を診察に連れて行くのはひと苦労でしょう。それに、連れて行ったところで、毎回同じ薬を出されるだけだもの。行くだけバカバカしくなりますよね」

「ええ、そう、そうなんです。本当にその通り」

主婦が力強く応えた。

「この辺りは、訪問診療をしてくれるお医者さんがいないでしょう?」

「そうなんです。もう本当に困っていて……」

主婦が深刻そうな声で応えている。

「藤田《ふじた》さん、もう、そろそろ」と、遠慮がちな男性の声が聞こえた。

「もうそろそろって、何が?」

女性職員の不機嫌そうな声がする。

「だって藤田さん、今日の分、まだ五軒も残ってますよ。また昨日みたいに時間が押したら夜になっちゃいます」

老人の存在を確かめに来ただけなのに、保健所を兼ねたようなことにまで口出しして長居するのは毎度のことらしい。男性職員の方は、とうにしびれを切らしていたのだろう。

「あら嫌だ。急がなくちゃ」

「では奥さん、ここにサインかハンコをお願いできますか」と男性が言う。

「はい。ここでいいですか?」と、主婦はいままでになく甲高い声で言った。

衣擦れの音がする。やっと腰を上げたようだ。

「そういえば、中谷さんて県議会議員をやってらっしゃったんですよね」

資料か何かに書いてあるのを、男性職員が見つけたのだろうか。

「はい、そうなんです。なんでも清掃事業の無駄を徹底的になくしたっていうのが自慢で」

主婦の声が急に明るくなった。職員が帰り支度をしているからホッとしたのか、それとも立派な功績のある舅を誇りに思っているのか。

「へえ、すごいですね。ウィキペディアで調べてみようっと」と男性の声も明るい。

「さあ、帰るわよ。ぐずぐずしないで。急げって言ったの、君でしょう」

「すみません」

「ほら、ほら。今どきの若い人って、何でもすぐにスマホで調べようとするんだもの。そんなのあとあと」

女性職員が急き立てる。

廊下を歩く音が遠ざかっていく。

「お邪魔いたしました」

「失礼いたします」

「お世話様でした」

バタンと玄関ドアが閉まる音がした。

篤子とサツキは、同時に大きく息を吐いた。緊張の糸が切れて、その場にへたり込んでしまいそうだった。

ドアをそうっと開けて部屋を出ると、姑はまだベッドの中に横たわっていて、放心したように天井を見つめていた。姑も緊張していたのだろう。疲れ果てたような顔をしている。

「途中ヒヤヒヤしましたけど、大丈夫でしたね」

そう言ってサツキが微笑むと、玄関から戻ってきた主婦の顔面は蒼白だった。

「どうしよう。マズイことになっちゃった……」

主婦はそう言うなり、両手で顔を覆った。

「マズイって、何が?」と姑がむっくり起き上がって尋ねた。

「ネットに義父の写真が載ってるのを忘れてました。地元じゃ有名人だったんです」

その言葉で、姑は飛び跳ねるようにしてベッドから素早く下りた。みんなが見ているのもおかまいなしに、スウェットの上下を脱ぎ棄てて下着姿になり、自分の洋服を素早く着た。

「篤子さん、帰るわよ」

姑は顔を引きつらせ、語尾が裏返った。「わたくしのバッグはどこ? ねえ、どこに置いたっけ? 早く持ってきてちょうだいっ」

最後は金切り声になり、パニックに陥っているように見えた。

「写真がネットに載っているなんて、わたし聞いてませんよ」

サツキも、それまで聞いたことがないほどの甲高い声で主婦に向かって抗議した。見ると、こめかみにくっきりと青筋が立っている。

「すみません、うっかりしてしまって。私は普段ネットなんて見ないもんですから」

「早く帰りましょう」とサツキは姑の腕をつかんで玄関へ向かう。

「サッキちゃん、そんなに慌てなくても……」

「なに言ってんですか、篤子さん、今頃、職員が車の中でスマホを検索してたらどうするんですか。すぐに引き返してくるかもしれないんですよ。ううん、もうエレベーターの中で見ちゃってるかも」

サツキの言葉で、篤子は一気に冷静さを失った。バッグを小脇にかかえ、急いで玄関に向かう。たいして長い廊下でもないのに、途中で足がもつれて更に恐慌をきたした。

「ちょっとお待ちください」

主婦が追いかけてきて分厚い封筒を差し出した。「百五十万円です。お確かめください」

「冗談でしょう、そんなもの要らないわよ」

姑はピシャリと言った。「あなたね、今日のことは口外無用ですからね」

「わかっております」

そう答えた主婦は涙目になっていた。「ではお車代だけでも」

主婦は封筒から札を二枚引き抜いて渡そうとする。

篤子が思わず手を出そうとすると、姑に腕をつかまれた。

「一円も要りません。わたくしどもは一切かかわりございませんので」

姑は振り返りもせずに玄関を出ていった。サツキ、篤子と続いた。

「エレベーターはやめて階段を使いましょう」

サツキに従い、非常階段へ向かう。

姑の歩みが遅くてはらはらしたが、遅いくらいの方がいいかもしれないと途中で考え直した。まだ職員たちがロビーでウロウロしているかもしれないから、早く下りてしまうと鉢合わせする可能性がある。

「お義母さん、ゆっくりで大丈夫ですからね」

「悪いわね。篤子さんて優しいのね」

「……いえ」

姑を真ん中にして、篤子とサツキで姑の手を引いた。

「篤子さん、もう金輪際やめましょう。いつかバレるんじゃないかと思っただけでわたくし寿命が縮むわ」

「そう……ですね」

姑の言う通りだと思う。だが、お金がない。住宅ローンもまだ残っている。もうこうなったら自分たち夫婦は野垂れ死にしてもいい。だけど、さやかのことが心配だ。離婚して実家に帰ってきたら、手に職をつけさせてやりたい。

サツキの車に乗って幹線道路へ出ると、やっと人心地がついた。

「やっぱり小心者は正直に生きていく方がいいのよ」

姑の言葉に、相槌を打つことができなかった。サツキも同じ気持ちなのか、何も言わない。

それにしても……あの主婦は封筒に百五十万円も入っていると言った。百万円という約束だったはずだ。ということは、サツキは五十万円もマージンを取ろうとしていたということになる。

いよいよベーカリーの経営が危ないのだろうか。

篤子の気持ちはどんどん塞いでいった。

26

その朝、珍しく志々子から電話があった。

——篤子さん、今日は水曜日だからコンビニのお仕事、確かお休みだったわよね。

「はい、そうですが」

——だったらデパートの帰りにお宅に寄ってもいいかしら。二時頃になると思うけど。

「ええ、どうぞ。お義母さんと電話代わりましょうか？」

そう尋ねると、ソファで前かがみになって趣味の刺繍に精を出していた姑が顔を上げた。

「電話、誰からなの？」

——もしもし、篤子さん、どうせ今日行くんだから、代わらなくていいわよ。

「志々子さんが、デパートの帰りにここにお寄りになるそうです」

「ちょっと電話代わってちょうだい」

姑が刺繡しかけの布バッグをテーブルに置いて立ち上がった。

「もしもし、志々子？　デパートってどこの？　ああやっぱりね。じゃあアレ買って来てちょうだい。ううん、抹茶餡《あん》じゃなくて粒餡の方。粒餡も二種類あるけど特製の方だからね。冷凍できるから、この際いっぱい買ってきてちょうだい。そうねえ……二十個は欲しいわね。あら多くないわよ。だって章や篤子さんも食べるもの。それとね、ついでにアソコの塩昆布もお願いね」

やはり母娘だ。アレやアソコで話が通じるらしい。

以前、夫が言っていた通り、本来は味にうるさい人なのかもしれない。うちの塩昆布はスーパーで買ったものだ。姑は食べたい物をずっと我慢していたのだろうか。舅の恩給が入るのだから、好きな物を自由に買って食べればいいのに、自分たち夫婦に遠慮していたのか。

いろいろ考えるうち、惨めな気持ちになってきた。

夫のリクエストで、昼食は野菜をたくさん入れた煮込みラーメンにした。

麺をすすりながら考えた。自分たち夫婦は以前からこのラーメンが大好きだが、姑は本当のところ、どう思っているのだろうかと。

「午後から図書館に行ってくるよ」と夫が言った。

「今日は図書館は休みじゃなかったっけ？」

「そうだったか。じゃあ本屋にでも行ってみるかな」

「せっかく志々子さんが来るのに、どうして出かけるの？」

そう尋ねると、姑も何か言いたそうに箸を止めた。

「どうしてって……志々子に会っても別に話すこともないし」

会いたくないらしい。無職であることに引け目を感じているのだろうか。

夫が出かけていって三十分ほどしたとき、志々子が訪ねてきた。

姑はいそいそと玄関まで出迎え、デパートの紙袋を奪うようにして受け取った。

「ここに来るの、何年ぶりかしら」

「どうぞお座りください。ソファでもダイニングでも」

「ありがとう」

志々子はそう言うと、ダイニングの椅子を引いて腰掛けた。

「お母さん、少しふっくらしたんじゃない？」

志々子は、向かいに座った自分の母親を、至近距離でまじまじと見つめた。

「少し太ったのよ」

「なんだか若くなったわよ。前はガリガリだったから老けて見えたもの」

「ここに越してきてから食欲が出ちゃったの」

「志々子さん、コーヒーでいいですか？」

「篤子さん、コーヒーじゃなくて煎茶にしてくださる？」と姑が言った。「美味しいキンツバを買ってきてくれたから、篤子さんも一緒に頂きましょう。ねえ、ちゃんと特製粒餡のを買ってきてくれた？」

「買ってきたわよ、それも二十個も。一個二百五十円もするのに」

「やあねえ、ケチケチしちゃって。高給取りの奥様のくせに」

「はい、はい」

呆れ顔でそう答えたあと、しみじみと言った。「なんだかお母さん、変わったわね」

「そお？　少し太ったからじゃない？」

「そうじゃなくて雰囲気が昔に戻ってる。和栗堂の店先でシャキシャキ働いてた頃みたいな顔してるわ。ついこの前までは、生きる気力を失くしたみたいにぼうっとしてたくせに」

「親に向かって『くせに』っていう言い方、ないでしょ」

「だって、お母さんたら……」

そう言った志々子の表情がいきなり変わった。

下唇をかみしめて俯いている。まるで、母親に甘えたくて仕方がない幼稚園児が拗《す》ねたときのような横顔だった。

いつだったか、彼女は子供みたいに泣いたことがあった。兄ばかりが可愛がられていたと言い、ステーキの大きさの違いを恨みに思っていたのには驚かされた。あのときと同じ顔つきだ。

「篤子さんがお母さんによくしてくれてることはわかってるの。だけどね……なんていうのかな、ここまで嫁と姑がうまくやってるなんて思わなかったから……」

うまくいっていないことを期待していた、という風に聞こえる。

豪邸ならいざ知らず、マンションでの同居はストレスが溜まることも多かった。姑だって遠慮して暮らしているはずだ。

「お母さんたら、すごく生き生きしちゃって」

まるで残念そうな物言いだった。

この志々子という人は寂しいのだ。母親に可愛がられなかったという思いが、六十歳近くになった今でも癒されないままなのだろう。櫻堂が言ったトラウマという言葉が、やっと理解できた気がした。

「ここに引っ越してきてから波瀾万丈だもの。そりゃわたくしだって生き生きしちゃうわ」

「波瀾万丈って、例えばなあに？」

志々子が甘え声で尋ねる。

篤子は煎茶を淹れ、お持たせのキンツバを菓子盆に移し替えてから、姑の隣に座った。

「わたくしね、年金詐欺の片棒を担いだのよ」と、姑は得意げに言い放った。

「お義母さん！」

篤子はびっくりして、思わず姑の袖を引っ張った。まさか志々子に言ってしまうとは。

「年金詐欺？　なんなの、それ」

志々子の表情が一変した。篤子を睨んだあと、姑の袖をつかんだままの篤子の手に視線が流れる。

篤子は弾かれたように手を放した。「お義母さん、あの話はここではちょっと……」

「いいじゃないの。志々子は身内なんだし、それに、もう終わったことよ」

「そりゃあそうかもしれませんが、でも……」

「いいの、いいの。志々子が他人に言い触らすわけないんだし」

姑は高らかに笑った。娘が会いにきてくれたのがよほど嬉しかったのか、上機嫌だった。

「志々子、あのね、驚かないでよ。実はね」

たっぷり勿体をつけたあと、姑は一部始終を話し始めた。チラリチラリと篤子に向ける志々子の視線がどんどん鋭くなってくる。いたたまれなくなり、自分の部屋へ引っ込みたくなった。だが、いま席を外したら、姑は話に尾鰭《おひれ》をつけて面白おかしく話す恐れがある。そう思うと立ち上がれなかった。

話を聞き終えても、志々子は「へえ、なるほどね」と冷たく言ったきりで、批判もしなければ感想も言わない。それが却って恐かった。

「ゆっくりしてってくださいね」

そう言って、自分の部屋に引っ込もうと、椅子から立ち上がった。

気をきかせたつもりだった。久しぶりに母娘二人だけで話をしたいだろう。姑は、実の娘に嫁の悪口を聞いてもらいたいかもしれない。姑にもストレスが溜まっているだろうから。

それなのに——。

「私そろそろ帰るわ」

志々子は椅子をガタンといわせて立ち上がった。

「えっ、もうお帰りですか？」

「用事を思い出したの」

いつもの毅然とした態度に戻っていた。

「わたくしはいつでも家にいるから、また来るといいわ」と姑が言う。

「そうはいかないわよ。篤子さんが留守のときに家に上がり込むのは篤子さんに悪いもの」

こういうところが志々子の良いところだと篤子は思う。性格は合わないが、やはり信頼に足る女性である。

「志々子さん、私は別にかまわないですよ、ここはお義母さんの家でもあるんですから」

喜んでくれるかと思ったら、予想に反して志々子はムッとした表情を晒した。

なんなのだろう。こっちは気を遣って言ったのに。感じ悪いったらありゃしない。

ついさっき信頼に足る女性だと思ったが、心の中で即刻取り消した。


小一時間ほど経った頃、玄関ドアの鍵がガチャリと開く音がした。

志々子と入れ違いに夫が帰ってきたのだろう。

台所にいた篤子は手を止めることなく、牛蒡《ごぼう》のササガキをリズミカルに続けていた。

「お母さん、お久しぶり」

背後からさやかの声がしたので、驚いて振り返った。

「まあ、さやかじゃないの。元気にしてたの？」

さやかの全身に、素早く目を走らせる。

レモン色の半袖のTシャツに七分の白いコットンパンツという夏らしい服装だった。

見たところ、痣はない。だからといって安心はできない。洋服で隠れて見えない背中や腹の辺りにあるかもしれない。

部屋から出て来た姑が、さやかを見上げた。

「もしかして……さやかちゃんなの？」

「そうだよ」

「わからなかったわ」

「やだ、おばあちゃんたらボケちゃったの？」

「さやか、そういう言い方、失礼よ」

「だって孫が十人もいるんならともかく、四人の孫のうち女は私ひとりだよ」

「さやか、いい加減にしなさい。お義母さんは久しぶりだからわからなかったのよ」

「篤子さん、そうじゃないのよ。さやかちゃん、すごく変わったわ」

姑にも、さやかが苦労していることが透けて見えてしまうのか。胸がつぶれる思いだった。

「さやかちゃんが男まさりの性格だとは知らなかったわ」

冷蔵庫に頭を突っ込んでいるさやかの後ろ姿を見ながら、姑は言った。

「男まさり、ですか？」

「古い言葉だったわね。一家を背負ってる感じ。きっとカカア天下ね。夫を尻に敷いてる」

「そんなことは……ないと思いますよ」

「ある、ある」と姑がおかしそうに笑う。

二人の会話が聞こえているだろうに、さやかは振り返りもせず、台所の抽斗を端から順に見てまわっている。

「お母さん、これもらっていい？」

家から紙袋を持ってきていたらしい。

中を覗いてみると、粉チーズにハムに冷凍庫の中の肉や魚がぎっしり入っていた。

「いいけど……お金がないの？」

「お金なんて全然ないよ。アイツ、給料めっちゃ少ないし」

ますます言葉遣いが悪くなっていた。

「さやかちゃんは働いてないの？」と姑が尋ねる。

「もちろん働いてるよ。相変わらず文化屋の店先で雑貨売ってる」

さやかが結婚後も働いていたなんて知らなかった。

「お金持ちのお坊ちゃんと結婚したんじゃなかったの？」と姑が遠慮なく尋ねる。

「親は金持ちでも、琢磨はサラリーマンだから関係ないよ。冬には子供が生まれるっていうのに、あれじゃあ困ったもんだよ」

「子供ができたの？　どうしてすぐに言ってくれないのよ」

「いま言ったじゃん」

これが、あのおとなしくて頼りなかった娘だろうか。

不思議な思いでさやかを見つめた。

「琢磨は親からは見放されてるよ。スーパーは優秀なお義姉さんが継ぐみたいだよ」

「だって結婚式は盛大だったじゃない」

「あんなの商売上の必要があってのことだよ。一応、琢磨は長男なんだから地味婚じゃカッコつかなかったんでしょ」

「さやか、なんだか変わった」と知らない間につぶやいていた。

「そりゃあ変わるよ。私がしっかりしなきゃ、家庭が立ちゆかないもん」

「ねえ、さやか、琢磨さんは暴力を振るったりはしない？」

「また、それ？　そんなことするわけないじゃん。私がひっぱたいたことは何度かあるけど」

そう言って苦笑する。

「ダンナ様には優しくしてあげなきゃダメよ」

姑が厳しい顔で注意した。「人生の伴侶なんだから。持ちつ持たれつよ」

「うん、わかってるよ、おばあちゃん」

さやかは素直に応えた。「だけどアイツ、私よりトロいんだよ。ついイライラしちゃって」

「大黒柱が倒れたら一家総倒れよ。子供も生まれるんだし、大切にしてあげなきゃ」

「おばあちゃん、いいこと言うね。要は、琢磨は金ヅルってことだね」

「なんていう言いかたするのよ」と篤子が思わず大きな声で叱ると、ペロッと舌を出した。

「さやか、よく聞いてちょうだい。男だろうが女だろうが暴力はいけないわ。金輪際やめるのよ」

「うん、わかった。本当は反省してる」

「それにしてもさやかちゃん、妊娠中なのに、そんな重い物を持って大丈夫なの？」

姑が、大きく膨らんだ紙袋を見て心配そうに言った。

「軽くて金目のものしかもらってないから大丈夫だよ」

さやかは平然と言った。「パスタと小麦粉は重いからやめた。買ったところで安いしね」

そのとき、いきなり姑が声高らかに笑った。

「篤子さんは、本当に子育てがお上手ね」

息を呑んだ。なんというイヤらしい皮肉を言うのだろう。

「だって、さやかちゃんがこんなに図々しいオバサンになってるなんて」

そう言って、また声を出して笑う。「頼もしいわよ。それに比べて志々子なんて……」

姑は笑みを消して大きな溜め息をついた。「あの子はいい歳をして、いまだに繊細で神経質で芯が弱くて……何歳になっても心配よ」

志々子を心配していたなど、今まで思いもしなかった。子育てが上手だと言ったのは皮肉ではなかったらしい。

「それでは、図々しいオバサンはこれにて失礼いたします」

さやかは、笑いながらそう言ってのけると、紙袋をしっかり握りしめて玄関に向かった。

バタンと閉まった玄関ドアを見つめて姑は言った。「さやかちゃん、やっと人生の主役になれたって感じね。幸せそうで安心したわ」

篤子の目頭が熱くなってきた。


その日、夫の帰りは遅かった。

遅いといっても午後七時だ。会社に勤めている頃は、十時、十一時が当たり前だったが、リストラされてからは、夕方には家にいるのが普通になっていたので、七時でも遅く感じた。

「いったい、どこに行ってたの？」

「……うん」

夫はそのまま食卓についたが、食欲が湧かないのか、あまり食べなかった。

「志々子さんから、これもらったのよ。食べる？」

甘い物なら食べられるかと思ってキンツバを出すと、顔がほんの少し緩んだ。

「懐かしいな。ここのキンツバは和栗堂のと味が似てるんだ」

茶碗のご飯はほとんど食べていないのに、キンツバには手を伸ばした。

「お袋は、もう寝たのか？」

「今お風呂に入ってる」

「ふうん」

夫は浴室のある方向に目をやってから簾子へ向き直り、声を落として言った。「実は今日の昼間、俺が本屋にいたら志々子から携帯に電話があったんだ」

「へえ、何時頃？」

「四時過ぎだったかな」

志々子が帰っていった時間だ。

「深刻そうな声で、『兄さん、ちょっと話があるから駅前の喫茶店に来て』なんて言うもんだから、会ってきたよ」

夫はそう言ったきり、キンツバを食べながら煎茶を飲んだ。

「話って、なんだったの？」

「全部聞いたよ。年金詐欺のこと」

「えっ？」

怒るかと思ったら、夫は「苦労かけてすまん」と弱々しく言った。

「志々子さん、怒ってた？」

「怒ってたなんてもんじゃないよ」と夫は苦笑した。

「私がお義母さんを手なずけて、無理やりやらせたって思ったでしょうね」

「いや、それはない。お袋の非常識さに腹を立ててたよ。それと俺があまりに監督不行き届きで無責任だって。お袋に目が行ってない証拠だって」

「私のことは？　なんか言ってた？」

「言ってたよ。『篤子さんはお袋に巻き込まれて大変だったろう』って」

そういう公平な見方ができるところが、志々子の良いところだと改めて思った。やはり彼女は信頼できる。

「ごめんな。篤子やお袋にまでそんな惨めなことをさせてたなんて……」

「私もどうかしてたよ。軽率だった」

「そこまで切羽詰まってるってことだよな」

「まあね。失業保険が切れたあとのことを思うと……」

「なんとかするよ」

「仕事の当てでもあるの？」

「……うん、ないこともないんだ」

そう言って、真剣な目つきで宙を見つめてから、冷めた煎茶をゴクゴクと飲み干した。

「そういえば志々子が言ってたけど……」と、夫は言いにくそうに目を泳がせた。

「はっきり言ってよ」

「……うん、篤子の淹れたお茶がまずかったって。あれは安いお茶っ葉だって」

姑の好みの茶葉は最初だけで、すぐにスーパーで安売りしている大袋に変えたのだった。

「気をつけてやってくれよな。お袋はお茶と言えば鹿児島の……」

思いきり睨みつけると、夫は黙った。

ついさっき、志々子は信頼できる女性だと思ったが、心の中で二重線で消した。

やっぱり、この兄妹、どっちも大っ嫌い。

27

家の中はしんとしていた。

姑は志々子に誘われて歌舞伎を観に行った。夕飯も外で済ませてくるというから、今夜は冷蔵庫の残り物を利用して簡単に済ませよう。

これほど心から寛げるのは久しぶりだった。姑には、今日のようにちょくちょく外出してもらいたいものだ。

ソファに座ったとき、リモコンが手に触れたので、何気なくテレビをつけた。

すると、見たことのある顔がアップで映し出された。城ヶ崎先生に似ていた。

急いでテロップの文字を追う。

——城ヶ崎綾乃（75）

「やっぱり先生だ。いったいどうしたの？」

誰もいないリビングで、思わずテレビに話しかけていた。

——警視庁赤坂署は昨夜遅く、被害者の妻を殺人容疑で逮捕しました。

「殺人？　先生が人を殺したっていうの？　嘘でしょう。何かの間違いよ」

知らない間に大声を出していた。

次のニュースに切り変わった。別のチャンネルに回してみるが、城ヶ崎に関するニュースはやっていない。

すぐさま自室へ行き、パソコンでニュースを検索すると、記事はすぐに見つかった。

それによると、夫の城ヶ崎英明《ひであき》は脳梗塞で倒れてから十年以上寝たきりだったらしい。しかも画廊経営で借金を重ねていて、自営業のため年金額も少なかった。頼みの綱の四十代独身のひとり息子は、二十代後半から引きこもりになってしまっていたため、城ヶ崎先生ひとりの稼ぎで一家を支えてきた。長年の疲労とストレスが動機の一因と分析されていた。

あまりの衝撃で、篤子はしばらく壁を見つめたまま動けずにいた。

自分の知り合いの中で、城ヶ崎先生ほどエレガントな女性はいない。本来ならば、人を殺すなどという行為とは対極のところにいるべき人なのだ。虫を殺すのさえ似合わない美しい人だ。教室での麗しい笑顔の裏には、耐えがたい私生活が隠されていたのだろうか。その精神の強靭さは、本当の意味での育ちの良さから来るものかもしれない。その反面、自分のように、「夫婦揃ってリストラされちゃったのよ、もうお金がないの」と弱音を吐いてしまえる、恥も外聞もない庶民感覚を、先生は持ち合わせていなかったのか。

相談できる人は誰ひとりいなかったのだろうか。昨年の暮れだったか、ひどくやつれていたときがあった。あのとき、声をかけてあげるべきではなかったか。でも、自分ごとき若輩者が何と言えばよかったのか。今考えてみてもわからない。

いや、嫌われてもいいから、笑われてもいいから、「私でよかったら相談に乗りますよ」とでも話しかけてみればよかった。勇気を出して。

そのとき、ポケットに入れていた携帯電話が鳴ったのでビクッとした。

――もしもし、篤子さん、ニュース見ました？

いきなりサツキの声が耳に飛び込んできた。

「うん、見たよ。びっくりした」

――あの先生に、そんな事情があったなんて……。

「人って見かけじゃわからないね」

お金に困っていたなんて、あの優雅さからは想像すらできなかった。どこから見たって、あたくし好きで働いておりますのよ、経済的には働く必要なんてまるでないんでございますけれどね、という雰囲気を常に醸し出していたではないか。

――いつも楽しそうでしたよね。昨年末あたりから、お疲れのご様子もときどきお見受けしましたけど、お歳のせいだと思ってました。

「きっと切羽詰まってたんだろうね」

――教室を幾つもかけ持ちしてることを美乃留さんから聞いたことがあったでしょう。あのとき私は城ヶ崎先生は本当にお花が好きで、その美しさを多くの人に知ってもらうことが生き甲斐なんだろう、なんて思ったんです。私としたことが、ガラにもなく。

「私だってそう思ったよ。なんだか、かわいそうだね」

――何か私たちでやってあげられることはないでしょうか。

「何かしてあげたいね」

互いに声が上ずっていた。

――あ、そうだ。報告が遅れましたけど、行方不明だったお義母さんが帰ってきたんです。

「ほんと？　今までどこにいらしたの？」

死体を床下に埋めたのではないかという疑惑が、日を追うごとに確信に変わっていたのだが、事実は違ったらしい。

――施設でお世話になっていたんです。この前、テレビで『自分が誰だかわからない』っていう特集番組があったらしいんです。

「私もそれ見たよ」

――その番組にお義母さんが映っているのを、主人の姉が見つけたんです。見つかってホッとしました。お隣のおばあさんが疑り深くて、参ってたんです。

「それは大変だったね。で、今は家にいらっしゃるの？」

――いえ、帰宅早々、誤嚥《ごえん》性肺炎になってしまって入院したんです。隣家のおばあさんに病院を教えたら、すぐに見舞いに行ったみたいで、それ以降は疑われずに済んでます。

「ねえ、サツキさん。行方不明だったんなら、どうして今まで警察に届けなかったの？」

これで何度目の質問だろう。サツキだけではない。従姉にしろ、元県議会議員にしろ、警察に届けないのが不思議でならなかった。死体を隠していると思われても仕方がないと思う。

――それは……もしもどこかで死体が見つかったら、年金が入らなくなるからです。

「やっぱり、そうだったのね」

――ご存じの通り、パン屋の経営が厳しくなったでしょう。そうなると、義母の年金が我が家にはなくてはならないものになってしまったんですよ。

とにもかくにもサツキの姑が生きていて、本当によかった。

身代わりを引き受けた罪が、きれいさっぱり消えたように感じられた。全身に安堵が広がってみると、今日まで心の底に罪の意識が常にあったことにあらためて気づく。

やはり小心者は正直に生きていくのが似合っているらしい。

その夜、勇人から電話がかかってきた。

――篤子さんの言ってること、本当だったよ。

いきなり勇人はそう言った。

――琢磨さんて、社内じゃ恐妻家で有名らしいよ。

暴力を振るっていたのは、琢磨ではなくて、さやかの方らしいとわかった日、すぐに電話で教えてやったのだった。

勇人は先週、学生時代のアルバイト仲間で飲み会をしたという。そのとき、琢磨と同じヤマオカ貿易で働いている先輩が噂を聞かせてくれたらしい。

「とんだ勘違いだったわね。勇人まで巻きこんでしまってごめんね」

——あれじゃあ誰だって誤解するよ。

「それにしても、さやかがあんなふうに変わっちゃうなんてびっくりよ」

——もともとそういった素質はあったと思うよ。僕にはいつだって偉そうにしてたもん。

そう言われてみればそうだ。あれは弟相手だからだと思っていたが。

——篤子さん、孫が生まれるの、楽しみでしょ。

「そりゃあそうよ。勇人も叔父さんになるのよ」

——そうかあ、僕が叔父さんとはね。小学生になったら、あの馬鹿夫婦に代わって勉強教えてやんなきゃな。

「そうね、頼むわよ」

しみじみと幸せな気分だった。

28

翌週、志々子がまた訪ねてきた。

前日に連絡をもらっていたが、茶葉を買い替えることはしなかった。

「篤子さん、悪いんだけどね、私、お母さんをうちに引き取りたいと思うのよ」

来るなり志々子は切りだした。

姑はいきなりで驚いたのか、何も言わずに志々子を見つめている。

だが、篤子は驚かなかった。そうくるだろうと、昨夜電話をもらったときから想像がついていた。姑が年金詐欺の片棒を担いだからここに置いておくのが心配なのではなく、志々子は寂しいのだ。いまだに母親の愛を求めている。

母親の愛が兄ばかりに向けられていたかと思えば、今度は嫁とも仲良く暮らしている。その疎外感に耐えられなかったのだろう。

「篤子さんは、どう思う?」と姑が上目遣いでこちらを見る。

「とてもいいことだと思いますよ」

そう答えると、姑は嬉しさを隠しきれないような満面の笑みになった。

年金六万円が入らなくなることがふと頭をよぎったが、姑のいない気楽な生活に戻れる嬉しさの方が何倍も勝っていた。

「じゃあ決まりね」と志々子は言うと、一枚の紙をバッグから取り出して広げた。

そこにはスケジュールが書かれていた。志々子の家の一階の奥の部屋を、姑用にリフォームする日程から始まり、姑の引っ越しなどが記載されていた。

その夜、夫はほんのり酒の匂いをさせて帰ってきた。

「遅かったわね。どこに行ってたの?」

「うん、ちょっと人と会ってたんだ」

「人って誰よ」

「……うん」

言いにくそうにしているが、さっぱりした表情だ。

「何かいいことでもあったの？」

「いいことって言えるかどうか……」

ずいぶんもったいぶる。

「実は、天馬に電話してみたんだ」

その先は聞かなくても、うまくいったことが顔に表われていた。

「現場管理の仕事に復帰することになったよ」

「いいの？　天馬さんの下で働けるの？」

「久しぶりに会ったら、アイツもずいぶん人間が丸くなってたよ。天馬もああ見えて、いろいろ苦労してきたみたいだ」

「いつから働くの？」

「来週からだ」

「お弁当作ってあげる」

「そうか、悪いな」

「節約のためよ」

「そりゃそうだ」

夫に職が見つかってよかった。

身体の隅々まで安心感で満たされた思いがした。

29

まだ昼間は暑いが、コンビニの仕事を終えて外へ出ると、少し涼しい風が頰を撫でた。自分の中の何を刺激するのかわからないが、秋の気配を感じると妙に人恋しくなるのは毎年のことだ。

散歩がてらサツキのベーカリーを覗いてみよう。姑はクリームパンを気に入ったようだから買って帰ってあげよう。再来週になると、姑は引っ越していく。志々子の家のリフォームがもうすぐ終わるからだ。

自転車を漕ぐ足に力を入れると、髪が風に揺れて清々しい気持ちになった。

前方にサツキのベーカリーが見えてきた。定休日でもないのに、クローズの札がかかっている。

自転車を降りて、店の横の細い通路を進み、昔ながらの呼び鈴を鳴らした。

誰も出てこない。どこかへ出かけたのだろうか。

「竹乃さんが亡くなったのよ」と、背後からいきなり声がした。振り返ると、隣家のおばあさんが仁王立ちになってじっとこっちを見つめていた。

「誤嚥性肺炎をこじらせちゃってね、今朝早く入院先で亡くなったのよ」

「そうだったんですか」

家に帰り、早速姑に話して聞かせると、「一度お会いしたかったわ」と残念そうだった。

そのとき携帯が鳴った。サツキからだった。

——お義母さんが亡くなったんです。区の調査のとき、ご協力いただいたので、一応お知らせだけしておこうと思ってお電話しました。

「ご愁傷様でした。手伝えることがあったら何でも言ってね」

——ありがとうございます。でも一家総出でやれば、なんとかなりそうなんで。

「サツキちゃん、もし迷惑でなかったら、是非お手伝いさせてもらいたいの」

——は？　葬式を、ですか？

「どういった式にするのか、見てみたいの」

サツキの舅が亡くなったときの葬儀の様子を聞いたことがあった。お金をかけず心温まる式だったらしい。それを遠くからでも見てみたかった。親族だけでやるというのなら、前日までの手伝いだけでもいい。

——だったら来てくださいますか。実は人手が欲しかったんです。子供たちは仕事があるし、親戚はみんな年寄りばかりだから本当は困ってたんです。

電話を切ると、姑が興味津々と言った顔つきで、傍に寄ってきた。

「今の電話、サツキさんからだったんでしょう。篤子さん、お葬式のお手伝いに行くの？」

「ええ、そうなんです」

「わたくしも手伝いたいわ」

「えっ？　いや……それはどうでしょうか」

年寄りが行っても邪魔になるだけだし、サツキにも気を遣わせてしまう。

「邪魔にならないようにするから、ねっ」

姑のしおらしい声が、あまりにわざとらしく、噴き出しそうになったので、唇に力を入れて目を逸らした。

「わたくし、お煮しめだって上手に作れるのよ」

「それは知ってますけど」

「それにね、わたくしには行く権利があると思うの」

さっきのしおらしさはどこへ行ったのか、一変して居丈高な物言いになった。

「権利、とおっしゃいますと？」

「区役所が調査に来たときに、身代わりになってあげたのはわたくしよ」

「それは……そうかもしれませんが」

「だって篤子さんは、行くんでしょう？」

「ええ、何かお役に立てればと思いまして」

「今さっきの電話だと、いったんはサツキさんに断わられたのに、それでもしつこく行きたいって言ってたじゃないの」

人の電話をよくもそこまでしっかり聞いているものだ。

「え？　そうでしたでしょうか」ととぼける。

お義母さん、あなたが死んだときのために、何か参考になるかもしれないと思ったんですよ、などと、いくらなんでも口には出せない。

「篤子さん、あなた、わたくしの葬式を出すときの参考にしようと思ってるんでしょう」

「まさか、そんな……お義母さんにはまだまだ長生きしていただきたいと思ってます」

「やあね、上手いこと言っちゃって。とにかくね、わたくしは行くわ」

姑に押し切られる形で、二人で手伝いに行くことになってしまった。


ジーンズ姿のサツキが出迎えてくれた。

「どうもすみません。お母様まで来ていただいて」

「とんでもない。わたくしも勉強になると思ったのよ。ほら、主人が亡くなったときにね、章や篤子さんにずいぶんお金を負担させてしまって申し訳なかったと思ってるの。だからね、わたくしのときはお金をかけないでもらいたいの。それにはどういう葬儀にすればいいかを学ばせてもらいたいの」

「お役に立てますかどうか。今回は徹底的に節約しますから、非常識だと思われるかもしれないです」

「非常識、おおいに結構よ」

居間へ通されたあと、サツキがすぐに台所へ引っ込んだので、篤子は慌てて声をかけた。

「サツキちゃん、お茶は要らないわ。私たちは手伝いに来たんだから気を遣わないで」

実際に、ペットボトル持参で来たのだ。

「でもやっぱり、熱いお茶くらい飲んでください。売れ残りのウグイスパンもありますから」

サツキは、一口サイズに切った菓子パンをお茶に添えて出してくれた。

「篤子さん、お言葉に甘えましょ。まずはどんなお葬式にするのかをじっくり聞かなきゃ」

三人で卓袱台を囲むと、サツキが話しだした。

「心温まる葬儀にしたいと思っています。でも、なるべくお金がかからない方法で」

「お舅さんのときも、そうしたって言ってたよね」

「はい。でも、あのときとは違う形式でやるつもりです」

「どうして？　すごくよかったって言ってたのに」

「お義父さんは孤高の人でしたから身内だけで済ませたんですけど、お義母さんはお友だちも多かったし、みんなまだお元気なものですから」

「じゃあ葬儀社に頼むの？」

「いえ、それは無理です。お義父さんのときより生活が厳しくなってますから。生きている人間の生活が困窮してしまっては本末転倒ですしね」

そんな当たり前のことに、舅のときにはどうして気づかなかったのだろう。また頭の中に後悔の渦が生まれそうになったので、頭を左右に振って、負の感情を追い払った。

終わったことを後悔しても仕方がない。何ごとも前向きに考えなきゃ。

「主人と相談した結果、葬儀社には頼まず、お寺の本堂でやっていただくことにしました。そうすれば、祭壇も車代も食事代も要りませんから」

篤子はそれまで、お寺での葬儀には参列したことがなかった。

「すみませんが、お母さまにはお煮しめをお願いしてよろしいですか」

「任せてちょうだい」

姑は張り切った声を出し、家から持ってきたエプロンを鰐革のバッグから出した。

「わたくしが作るお煮しめは誰が食べるの？」

「お寺さんにも配りますし、通夜振る舞いとしても使わせていただきます」

「花はどうするの？　お寺さんが用意してくれるの？」

「いえ、娘たちが市場やスーパーを回って買い集めてくる予定です。花瓶はお寺さんに借りて、祭壇の周りを自分たちで飾ります」

「花屋に頼んだ方が早いんじゃない？」と姑が尋ねる。

「花屋をやってた友人が言うには、葬儀が一番儲かるそうですよ。大きな冷蔵庫を見せてもらったことがあるんですが、季節はずれなのに菊の花が満杯でしたもの。大きくて立派で、びっくりするほどお高いんです」

「遺影は引き伸ばしたの？」と姑の質問が続く。

「息子がパソコンで拡大して印刷してくれました。黒い額縁は百円ショップです」

「やるわね。で、会葬御礼はどうするの？」

「文面の印刷は息子に任せました。決まりきった挨拶状じゃなくて、苦労の連続だったお義母さんの生い立ちや、末の息子が暴走族に入りかけたときに平手打ちして止めたエピソードなんかも載せたんです。普段は優しかったけれども時には厳しい一面もあった人柄が偲ばれて、とてもよいものになりました。あとでお見せしますね。それと、スーパーでハンカチをまとめて買って来たので、篤子さん、料理が終わったら一枚ずつ包装してもらえますか？」

「オッケー。私そういう単純作業、大好き」

「戒名はどうするの？」

「生前からおばあちゃんが自分で勝手につけてました。お寺さんにそんなのダメだって言われたら、戒名はつけなくていいと言って」

「そうはいかないんじゃない？」

ついさっき、非常識を結構だと言いきったはずの姑が眉間に皺を寄せた。

「だって、お金がないんです。戒名に何十万円も払うなんて、今の私たちには本当に考えられないことなんです」

「そうか……そうよね。無理しない方がいいわよね。生きてる者の方が大事だもの」

姑はあっさりと納得した。

「うちはまだマシなほうですよ。最近はゼロ葬っていうのも増えてるらしいです」

「ゼロって？」と篤子は尋ねた。

「何もしないんですって。焼き場で焼いてもらったあと、骨を持ち帰らないと聞きました」

「あら、そんなこと許されるの？」と姑が尋ねる。

「遺骨を持ち帰らない場合は、無縁墓に入れてくれるんですって」

「へえ、知らなかった」と姑が目を見開いた。

「うちは義父が生前にお墓を建ててくれてたから助かりましたけど、それがなかったらきつかったでしょうね。でも、つらいことや嬉しいことがあったときに墓前に報告したいっていう親族が多いんですよ。孫の中にもおばあちゃんに報告したいと言う子もいて」

「嬉しいわね。なんだか涙が出てきちゃう」

姑が目頭を押さえた。

「心の拠《よ》り所になる人にとってはお墓は必要ってことね」

舅の墓を作ったのは間違いではなかったかもしれない。篤子は少し気が楽になった。

「ところでサツキちゃん、あれから美乃留さん、どうしてるか知ってる？」

「何の連絡もないんです。こちらから電話かけていいものかどうか……あのとき、とてもつらそうだったし」

彼女の夫が社内不倫をして女性を妊娠させたと聞いたのは、区の講演「老後の資金について」を聴きにいった帰りだった。その後、彼女はフラワーアレンジメント教室に顔を出さなくなった。心配だったが、それほど親しくもない自分たちに打ち明けてしまったことを後悔しているのではないかと思うと、こちらから連絡するのも憚《はばか》られた。そうこうするうち夏になり、城ケ崎先生が事件を起こしたので、教室は無期限休止となってしまったのだった。

「何のお話？　ミノルさんて、どなた？」

姑は何でも知りたがるので、鬱陶しく思うことも少なくない。

「美乃留さんというのは、フラワーアレンジメント教室の仲間です」

「で、その人にどんなつらいことがあったの？」

「まあ、いろいろと」

「いろいろって何よ。わたくしには秘密なの？　そういうの、わたくし寂しいわ」

いい歳をした姑が、まるで小学生の女の子のような言い方をしたのがおかしかったらしく、途端にサツキが噴き出した。それを見た篤子は、苛々していたはずなのに、釣られて笑いだしてしまった。

率直で単純で空気が読めない姑を腹立たしく思うことは今まで多々あった。だが、他人から見ると、それが可愛らしく映ることもあるらしい。それは新しい発見だった。

「美乃留さんは、ですね」とサツキが説明し始めた。

ひと通り美乃留の身の上話を聞き終わると、「ご主人がよそに子供を作っちゃったの？　それはかわいそうだわね」と姑は言った。「そんな人をあなたたちは放っておいてるの？　ほんと冷たいわねえ」

「お義母さん、だって、そういうときはそっとしておいてほしいこともあると思うんです」

「やだやだ、この世の中、人間関係どんどん薄まっちゃって」

何でもかんでも知りたがるお義母さんもどうかと思いますけどね、と心の中で言った。

「私たちって冷たいんでしょうか」と、サツキまで姑の考えに染まりそうだ。

「あなたたちに声をかけてもらえるのを待ってるかもよ」

「あ、確かにそうかもしれない」とサツキは言って篤子を見た。「ほかに相談できる人がいないと言ってましたよね」

「わたくしだったら死にたくなっちゃうかもね」

姑のひと言で、自分たちがとてつもなく冷血な人間のような気がしてきた。

サツキも同じ思いだったのか、エプロンのポケットに手を突っ込んで、そわそわし出した。ポケットの中で携帯を触っているのがわかる。

「心配なら呼び出せばいいじゃないの」と姑が当然のように言う。

「ここに、ですか？」とサツキが尋ねる。

「そうよ。『あれからご主人とはどうなったの？』なんて尋ねちゃダメよ。『人手が足りないから葬式の手伝いに来て』って言えばいいの。表情を見れば、心の状態がわかるでしょう？」

「なるほど。それはいい考えです。さすが年の功ですね」

サツキが同意を求めるようにこちらを見たが、姑に対する腹立たしさもあり、頷くのが一瞬遅れた。

「だって篤子さん、城ヶ崎先生のときだって、何か声をかけてあげていればと思うと……」

「うん、そうだったね。ほんと、そうだったたね。取り返しのつかないことになって……」

あんな後悔は二度と味わいたくない。

サツキが電話をすると、美乃留は二十分もしないうちに現われた。

「電話、嬉しかったでえす」と、居間に入ってくるなり、ひょうきんな科《しな》を作ったので、篤子は胸をなでおろした。

姑が蓮根《れんこん》を花の形に切っている横で、サツキが人参をクッキーの型抜きで梅の形に抜き、篤子が姑に教えてもらいながらそれに花弁のような切り込みを入れているところだった。

「ほら、電話してよかったじゃないの」と、姑が勝ち誇ったようにニヤリとしたのが、また腹立たしかった。

「元気そうで良かったよ」とサツキが言い、「前よりきれいになったんじゃない？」と篤子も言った。

「離婚したんです」と、美乃留はスッキリした顔で言った。「マンション、もらっちゃいました」

今は、スポーツクラブのインストラクターになるべく研修を受けているのだという。

「来月から試用期間が三ヶ月あって、それをクリアすれば本採用される予定です」

「いいわねえ。好きなことを仕事にできて」と篤子は羨ましくなった。

「学生時代に励んでいたことが今頃になって役立つなんて思いもしませんでしたよ」

「早速だけど、美乃留さんとやら、きぬさやの筋取りをしてくださる？」

「はい、任せてください」と、美乃留は元気よく言った。

見ると、人参だけでも十本以上あった。

まさか、これを全部使うのか？

「サッキちゃん、いったい何人分作るの？」と篤子は尋ねてみた。

「五十人分です」と、サツキがこともなげに答えたので驚いた。

美乃留を呼んで正解だった。

明るい表情が見られて安心したのもあるが、五十人分も作るとなればひとりでも多いほうがありがたい。

30

コンビニの仕事を終えた帰りだった。

懐かしい香りがして、思わず自転車のブレーキに手をかけた。サドルに跨《またが》ったまま、花屋の前に並べてある鉢植えを端から順に見ていった。

ああ、そうだった。これはキンモクセイだ。

こんな強烈な香りを忘れてしまっていたなんて……。

思えば、このところ家には花を飾っていなかった。フラワーアレンジメント教室がなくなって以来、花とは無縁の生活を送ってきた。家計に余裕がなかったこともあり、花を買うという贅沢な行為は思い浮かぶことすらなかった。

城ヶ崎は今頃どうしているのだろう。拘置所での生活はさぞかしつらいことだろう。

自転車を店の前に止め、キンモクセイの小さな鉢植えをひとつ買った。

家に帰ると、玄関の下駄箱の上に鉢を置いてみた。狭い空間だからか香りが濃厚に感じられる。

今日の夕飯は夫の好物の肉じゃがにしよう。あとは、ほうれん草のゴマ和えだ。明日の弁当に入れる分はタッパーに入れて冷蔵庫にしまっておこう。

夫は天馬の会社で働き始めてから表情が明るくなった。苦労も多いだろうが、無職だったときに味わった鬱々とした気分に比べれば、今は天国だと言っている。


翌日は仕事を休んだ。

サツキの送別会をすることになったので、コンビニの店長に無理を言ってシフトを入れ替えてもらったのだ。

――奄美へ帰ることにしました。

そんな電話があったのは、二週間ほど前だった。

篤子は思わず、「ご主人は東京に残していくの？」と尋ねた。

――やだ、主人も一緒ですよ。あの人、男のくせに冷え症だから、暖かい島で暮らせるのをすごく喜んでます。

ファミリーレストランには、約束の五分前に着いたが、既にサツキと美乃留は来ていた。

「向こうに住む家はあるの？」

三人でランチを食べながら尋ねた。

「親戚が空き家を無料で貸してくれるっていうんで、踏ん切りがついたんです」

「家があるならひとまず安心ね」

「これ、少ないですけど、お餞別《せんべつ》です」と、美乃留がバッグから祝儀袋を取り出した。

「私も……」

釣られて「少ないけれど」と言いそうになり、慌てて口を噤《つぐ》んだ。夫に言われた通り、十万円を入れてきたのだった。

「そんなに気を遣わないでください。ほんと、こんなことしなくていいのに……」

サツキは戸惑った様子で祝儀袋を見つめていたが、ふっと顔を上げると、「本当にありがとうございます。嬉しいです」と笑顔で言った。

「サツキさんは、向こうでは何をして暮らすんですか?」

そう尋ねた美乃留の顔は羨ましそうだった。

「家の裏にある畑で野菜や果物を作るの。海に行けば魚も釣れるから、食べるのには困らないと思う。とはいえ現金も要るから、主人も私も何でもいいから仕事を見つけて働くつもり」

微笑んだサツキの顔が生き生きと輝いて見えた。

「お葬式のときは本当にお世話になりました。助かりました」

サツキはフォークを置くと、深々と頭を下げた。

「とんでもない。こちらこそ勉強になったもの」

「心のこもった手作りのお葬式でしたね」

「そう言っていただくと嬉しいです。住職が『おばあちゃんのためには一番いい送り方でしたよ』って褒めてくださったんです。それに戒名のことも大目に見てくれました」

篤子は、今でもときどき、寺の本堂の静謐《せいひつ》で荘厳な雰囲気を思い出す。

僧侶の読経が古いお堂に朗々と響くと、身体の底からじわじわと込み上げてくるものがあった。それは自分に信仰心がないことを思えば、不思議な感覚だった。サツキの姑と親しかったわけでもないから、正直言って悲しみは湧いてこなかった。だが、目を瞑って耳を澄ませるうちに、自分の来し方を振り返ったり、銀河系の中での自分の存在の小ささを思ったりした。

輪廻《りんね》転生に関する住職の法話で、おばあちゃん子だったサツキの子供たちのすすり泣きが止んだ。大切な人を亡くして悲しみに暮れる人々を救うために、人間は昔からたくさんの知恵や工夫をこらしてきたらしい。

サツキの夫の喪主としての挨拶も心に沁み入った。母親の生い立ちやエピソードを詳しく紹介したからか、この世に確かに存在していたのだと、故人に会ったことのない篤子にまで強い印象を残した。

霊柩車に乗せられて出棺し、親族たちは、それぞれの車で焼き場へ向かった。親族が出払った後、本堂の隣室で、篤子と姑と美乃留は食事の準備をした。通夜振る舞いのときと同じように、サツキの家で作った煮しめに揚げ物、ビール、乾き物、枝豆などをテーブルに並べた。住職の妻がテキパキと指示してくれたし、近所の人々も手伝ってくれた。

サツキが言ったように、故人には友人が多かった。たくさんのおばあさんが次々に参列して盛大な葬式になったが、費用は最小限で済んだようだ。

「篤子さんのお姑さんも結構、強烈なキャラでしたよね」と美乃留が思い出し笑いをする。

「あのあと、お義母さんは九十九里に引っ越したのよ。母娘ともに個性的だから衝突することも多いらしいけど、なんだかんだ言って、一緒に買い物や旅行を楽しんでるみたいよ」

「そういえば……城ヶ崎先生はどうしてるんでしょう」

ふとサツキが思い出したようにフォークを持つ手を止めた。

「私、拘置所に手紙を出してみたんです」と美乃留が言った。「そしたらこの前、返事が来たんです。『まだ私のことを覚えてくれてる人がいると思うと、すごく嬉しかった』って書いてありました」

「誰も先生のこと、忘れてなんかいないのに」とサツキが言う。

――あなたたちって冷たいのねえ。

そのときふと、姑の声が頭の中で蘇った。

「ここでそんなこと言ってるだけじゃダメだね。ちゃんと手紙に書いて伝えなきゃ」

「そうですね。篤子さんのお姑さんに怒られちゃいそうです」

美乃留は何のことですかと言うように首を傾げた。

「それにしても寂しくなるよ。サツキちゃんと会えなくなるなんて」

「一生会えないわけじゃないですよ。子供たちが東京にいますから、たまには遊びに来ます」

「そのときは声かけてね」

「もちろんです。それより、奄美に遊びに来てくださいよ」

「私、行きたいです。スキンダイビングやりたい」

スポーツ好きの美乃留が声を弾ませた。

「私も行くわ。コツコツと飛行機代を貯めなくっちゃ」

「なんならお二人とも老後は移住してきたらどうですか？　向こうは物価が安いですから、東京のマンションを売ればそれなりに暮らせますよ」

篤子は思わず美乃留と目を見合わせた。知恵を絞れば、まだまだ様々な可能性が残されているらしい。ウキウキした気分を味わったのは久しぶりだった。


数日後、さやか夫婦と勇人を夕食に呼んだ。

さやかはどうせ断わるだろうと思いつつ電話をかけてみたら、意外にも「もちろん行くよ」と嬉しそうに返事をしたのだった。

故郷の料理であるバラ寿司に鶏のから揚げ、イカフライ、大根サラダ、茶碗蒸し……。

あらためてテーブルの上を見渡してみると、材料費の安い物ばかりだったので、我ながらおかしくなって思わず笑いを漏らした。

「琢磨さん、ごめんなさいね。さやかったら家で威張ってるんでしょう？」

思いきって尋ねてみると、琢磨は少しはにかむように笑った。「おばあちゃんが、さやかさんに『大黒柱を大切にしろ』って注意してくださってからは、多少マシになりました」

「なんなのよ、マシって」

さやかが頰を膨らませる。

食後のデザートは、家にあるいちばん大きな皿に果物を盛りつけた。オレンジ、キウイ、イチゴ、パイナップル……これもまた安い割には、色とりどりで豪華に見えた。

「すげえきれい」と、果物好きの勇人が感激の声をあげた。

「ほんと、おいしそう」と妊娠中のさやかは食欲旺盛さを見せる。

紅茶をカップに注いでいると、琢磨がおずおずと紙袋を差し出した。「これ、よかったら」

「何かしら」と言いながら琢磨を見ると、恥ずかしそうに俯いてしまった。

「クッキー焼いてきたのよ」とさやかが言う。

「それはどうもありがとう」とさやかに礼を言うと、「私じゃなくて琢磨が焼いたんだよ。この人、お菓子作りが大好きなんだもん」

「へえ、知らなかった。ステキね」

「姉ちゃん、幸せ者だね」

「どこが？」とさやかはつっけんどんに言い返す。

夫はいつの間にか、ソファの方へ移動して本を熱心に読んでいる。ダイニングテーブルは大人五人で囲むには窮屈だから、篤子は紅茶とクッキーを夫の所へ持って行った。

「章さん、デザートどうぞ」
「おっ、すまんな」
本の背表紙が目に入った。『奄美大島の歴史と名所』と書かれている。
まさか、夫も一緒に行くつもりなのでは？
美乃留と二人のお気楽な女子旅を想定していたっていうのに……。
きっとまた、美乃留の前でも歴史や政治の知識をひけらかすに決まっている。
途中で撒《ま》くわけにもいかないし。
ああ、夫って、やっぱりめんどくさい。
いや、待てよ。荷物持ちとして便利に使えるかも。
——大黒柱は大切にしないとダメよ。
そのとき、ふと姑の言葉が頭に浮かんだ。
あれ？　私ったら、さやかのこと、とやかく言えた義理じゃないわ。
篤子はおかしくなって、またひとりフフッと笑った。

解説　こういう本が読みたかった

室井佑月

面白く、ためになる、素敵な小説だった。あたしはずっとこういう本が読みたかった。

あと二年であたしは五十歳。不規則な生活が長かったからだろうか、それとも体質なのだろうか、更年期障害も老眼も、同い年の友達より早く訪れた。そんな予感は絶えずあった。子もいるし、老後についても、誰よりも早くから考えはじめた。

いちばん真剣に考えたのは十五年くらい前、三十代半ばの頃だろう。あの頃のあたしに、この本を読ませてあげたい。

この本は、温かくて優しい。

その頃から、老後のＨＯＷ ＴＯは、多くの雑誌で取り上げられていたし、テレビ番組でも特集を組んでやっていた。それについての専門書もたくさん出ていた。けど、そのどれもがあたしを安心させてはくれなかった。逆に、老後についての知識を得れば得るほど、不安は増幅していった。

年々、ギャラの良い仕事は少なくなり、新しい仕事は単価が安くなっていった。体力もなくなっていく。これからどうなるのかと、眠れずに深夜、通帳を眺めたりした。

もちろん、通帳の数字は、どれだけ眺めても増えたりはしない。

そういう馬鹿みたいなことを、馬鹿みたいであったと気づいたのは数年前だ。きっかけは、お金のかかる母親が亡くなったこと。そして、独り息子にこれからかかる、おおよその教育費がわかったこと。

父親はまだ生きているが、老人でなかった頃、あたしや母親を一切気にせず、好き勝手に生きてきた人である。根っから明るく、いつまでも傲慢《ごうまん》で勝手で、可哀想とひとかけらも思えないような老人だ。

だから、父に対し、母が生きていたときとおなじように仕送りを、という義務感はなくなった。送金は、好意としての寄付みたいなもん。そうしなければならない、というのではなく、あたしがしたいならする。

主人公の篤子のように、あたしは父の葬式で悩んだりしないだろうな。あ、でもそれは自分の実の親だからか。あたしは離婚し、義理の親はいないから。血の繋がらない親戚に、気を使ったことはない。

そうそう、お話の中に、可愛らしい姑さんが出て来る。面白いことが大好きなお婆ちゃんだ。あたしもああいう風になりたい。

可哀想っぽさを醸し出てしまうと、いちばん幸せであってほしい、自分の子どもに心配をかけてしまう。子どもに可哀想と思われるのは、あたしの性格からすれば、居心地が悪いに違いない。

息子には、母さんは殺しても死なないんじゃないか、そのくらいに思われたら本望だ。それには、毎日、面白おかしく生きてないと。通帳を見つめて、ため息をつくような母であってはならない。

離婚してから十七年経ち、独りで育てていけるか心配だった息子は、高校三年生になった。当時、身長が七十センチだった赤ん坊が、百七十八センチになった。息子のほうがなにがあっても死にそうになくて、なによりだ。

あたしは家事が苦手だし、家庭的とはいえないが、片親であるという意地もあって、息子がどのような進学先を選ぼうと、お金はどうにか作ってこよう、とそれだけは決めていた。最悪、入学金や学費がクソ高い私立の医学部や、ベラボーな金額の個人教授をつけて受験に挑む音大に入りたいといってもなんとかしようと。

そうなったら、三十代半ばに買った、中古マンションを売るつもりでいた。

それでなくても、浮き草稼業のあたしは賃貸物件を借りづらいのに、老人になるとますます家を借りづらくなると、以前呼んだ老後ＨＯＷ ＴＯ本には書かれていたっけ。

それで、都心の高層マンションの最上階を購入することにした。息子と二人で住むには狭いし、そもそもあたしは高い所が苦手である。が、息子のために将来、売ることも計算し、買ったのだった。

このマンションを手放さなくてもよさそうだ。それがわかったのは、息子が中学三年生のときだった。古典と物理どちらが嫌いかという理由で、息子はあっさり文系を選んだのだった。医者にはならない。小学校時代、縦笛やピアニカも下手くそで居残りさせられていた息子は、音楽家にもならない。ヒャッホーッ！

最大の肩の荷が下りた瞬間である。

正直にいう。それからあたしはヒステリーを起こさなくなった。穏やかになった。それまでは些細なことでしょっちゅうキレていたのに。始終、イライラしていた。

今ならばわかる。自分に余裕がまったくなかった。自分に余裕って、結局、お金のことなのかな？

いいや、それだけということもない。仕事も二十年、子育ても十七年、どちらも自分はやり遂げられないのではないかと密かに思っていた。でも、そんなことはなかった。自信が生まれた。

経済状態や、つき合っている男の職業や、ブランド品のバッグや服……自分を大きく見せるためのアクセサリー。それら、すべてを取り払った自分の価値を、自分で認めてあげることが出来たのだった。

そして、くだらない見栄を張らなくなった。見栄で武装しなくても、人とつき合えるようになった。

自分が変われば、まわりも変わる。女友達との関係も変わった。

あたしの友人は、独り者でバリバリ働いている者ばかり。ちょっとあたしが勝っている部分もあって、ちょっと負けている部分もあって、同等でいられるから友達なのかと思っていた。でも、そういうことじゃなさそうだ。お互いに老いてきて、小さな競争をしなくなった。

世間の競争は相変わらず厳しいのだから、我々は競争しなくてもいいんじゃないかと。パートナーのいない者同士、いつの間にか助け合っている。

あたしがこの物語の中でいちばん好きなシーンは、篤子とサツキと美乃留が、サツキの家でお茶をするシーンだ。彼女たちは、見栄を張ることをやめ、ようやくほんとうの友達になりはじめる。篤子はそれまでサツキの家にあがったことさえなかったのに。

女同士の良さは、なにかきっかけさえあったら、パン屋さんの奥さんでも、上場企業の社長の奥さんでも、有名大学卒だろうが、田舎の高校卒だろうが、横繋がりで仲良くなれることだ。自分が幸せのときしかつき合えない友達なんかいらない。辛い、助けて、そういえる友達は大切だ。本音を吐き出すだけで、心は軽くなるし、誰かから問題解決の知恵を授けてもらえることだってある。

この物語を読んで改めてわかったが、豊かな老後に不必要なものは、くだらない見栄。そして、必要なものは、友達（とあたしにはいないけど仲の良い夫?）。

余談ですが、あたしのいるマスコミ業界にはちっとも景気の良い話はないが、収入は減ったままで安定した。息子は大きくなったし、友達はいる。高層マンションにも慣れた。ナイトキャップが山崎18年からホワイトホースに変わったけど、どうでもいい、大したことじゃない。幸せかどうかって、ようするに自分の考え方ひとつよね。

最後に、もう一回いうけど、通帳に書かれた数字は、いくら眺めても増えません！


（むろい・ゆづき　作家）

『老後の資金がありません』二〇一五年九月　中央公論新社刊

中公文庫

老後《ろうご》の資金《しきん》がありません

2018年3月25日　初版発行
2018年5月20日　4刷発行

著　者　垣谷《かきや》 美雨《みう》

発行者　大橋 善光

発行所　中央公論新社
〒100-8152　東京都千代田区大手町1-7-1
電話　販売 03-5299-1730　編集 03-5299-1890
URL http://www.chuko.co.jp/

DTP　ハンズ・ミケ
印　刷　三晃印刷
製　本　小泉製本

Published by CHUOKORON-SHINSHA, INC.
Printed in Japan　ISBN978-4-12-206557-4 C1193
定価はカバーに表示してあります。落丁本・乱丁本はお手数ですが小社販売部宛お送り下さい。送料小社負担にてお取り替えいたします。

中公文庫既刊より

各書目の下段の数字はISBNコードです。978－4－12が省略してあります。

い-115-1
静子の日常
井上荒野
おばあちゃんは、あなどれない――果敢、痛快、エレガント。75歳の行動力に孫娘も舌を巻く！ ユーモラスで心ほぐれる家族小説。〈解説〉中島京子
205650-3

い-115-2
それを愛とまちがえるから
井上荒野
愛しているなら、できるはず？ 結婚十五年、セックスレス。妻と夫の思惑はどうしようもなくすれ違って……。切実でやるせない、大人のコメディ。
206239-9

な-64-1
花桃実桃
中島京子
会社員からアパート管理人に転身した茜。昭和の香り漂う「花桃館」の住人は揃いも揃ってへんてこで……。40代シングル女子の転機をユーモラスに描く長編小説。
205973-3

か-61-2
夜をゆく飛行機
角田光代
谷島酒店の四女里々子には「ぴょん吉」と名付けた弟がいて……うとましいけれど憎めない、古ぼけてるから懐かしい家族の日々を温かに描く長篇小説。
205146-1

か-61-3
八日目の蟬《せみ》
角田光代
逃げて、逃げて、逃げのびたら、私はあなたの母になれるだろうか……。心ゆさぶるラストまで息もつがせぬ傑作長編。第二回中央公論文芸賞受賞作。〈解説〉池澤夏樹
205425-7

か-61-4
月と雷
角田光代
幼い頃暮らしをともにした見知らぬ女と男の子。再び現れたふたりを前に、泰子の今のしあわせが揺らいで……偶然がもたらす人生の変転を描く長編小説。
206120-0

か-61-5
世界は終わりそうにない
角田光代
恋なんて、世間で言われているほど、いいものではない。それでも……愛おしい人生の凸凹を味わうエッセイ集。三浦しをん、吉本ばなな他との爆笑対談も収録。
206512-3